明词三百首

张璋
刘卓英 ◎ 选注

天津出版传媒集团
百花文艺出版社

图书在版编目（CIP）数据

明词三百首 / 张璋，刘卓英选注. —— 天津：百花文艺出版社，2018.3

ISBN 978-7-5306-7468-0

Ⅰ. ①明… Ⅱ. ①张… ②刘… Ⅲ. ①词(文学)–作品集–中国–明代 Ⅳ. ①I222.848

中国版本图书馆 CIP 数据核字(2018)第 047298 号

选题策划:任少东   **装帧设计:**蔡露滋

责任编辑:王 欣 孙 静   **封面书法:**轧迺诚

出版发行:百花文艺出版社

地址:天津市和平区西康路 35 号   **邮编:**300051

电话传真:+86-22-23332651（发行部）

+86-22-23332656（总编室）

+86-22-23332478（邮购部）

主页:http://www.baihuawenyi.com

印刷:天津海顺印业包装有限公司分公司

开本:880×1230 毫米 1/32

字数:250 千字

印张:11.625

版次:2018 年 3 月第 1 版

印次:2018 年 3 月第 1 次印刷

定价:45.00 元

前　言

一、明代"词亡矣"之说可以休矣

在我国浩瀚的诗词海洋中,明代词的研究长期处于孤寂境地,很少有人涉足。因为人们只看到词至明代的所谓中衰,而对明人的起衰重振则鲜有所知,这对千年词史的研究,不能不说是一件憾事。为了填补这个空白,我在编纂《全唐五代词》之际,即开始着手《全明词》的编纂工作。经过十多年的辛勤耕耘,广收博采,严加考订,终于汇集成帙,即将由中华书局刊行问世。

《全明词》与已出版的《全唐五代词》(张璋、黄畲编)、《全宋词》(唐圭璋编)、《全金元词》(唐圭璋编)以及尚在编纂的《全清词》,成套地构成我国千年词史的通代总集,形成囊括词学源流的大型系列丛书。

明词由于时代久远,大量作品湮没在书海之中。其中有的附于诗文集之内,有的散见于方志、杂记之中,有的因遭战火而残缺不全,有的因虫害水患而变为断章残篇,且散落全国各地甚至流落海外,动辄牵扯善本、孤本、钞本及民间私藏,查寻之艰,难以言状。《全明词》共收作者一千三百馀家,收词一万九千馀首,其规模约与《全宋词》相当,一展明词的面貌与风采。过去所谓明代"词亡矣"的谬论,从此可以休矣!

二、千年词史转折期的明代词

朱明王朝取代元蒙而有天下,高度集权,法网森严,八股取士,思想禁锢,除以反映市民生活情趣为特征的小说、戏曲作品思想和艺术成就较高外,其他文学作品较唐宋有所逊色。就词而论,既处于衰落的末期,又处于复兴的初期,它是词史发展中的转折期。它承前启后,继往开来,在曲折中前进,在迷惘中探索,终于走出了衰落期的谷底,打开了复兴重振的大门。

明代初期,宋元遗风尚能为继。如刘基、杨基、高启、瞿祐以及跨代词人倪瓒、邵亨贞、凌云翰等,或以沈雄疏旷取胜,或以清俊婉丽见长,其承前之功,不可抹杀。

刘基可谓明初词坛的代表,其长调、小令俱佳。他的小令清新圆润,自然流畅。如《眼儿媚》云:

> 烟草萋萋小楼西,云压雁声低。两行疏柳,一丝残照,数点鸦栖。青山碧树秋重绿,人在武陵溪。无情明月,有情归梦,同到幽闺。

再看他的长调,深厚雅正,气势恢宏。如《沁园春》云:

> 万里封侯,八珍鼎食,何为故乡!奈狐狸夜啸,腥风满地;蛟螭昼舞,平陆沉江。中泽哀鸿,苞荆隼鸨,软尽平生铁石肠。凭栏看,但云霄明灭,烟草苍茫。不须踽踽凉凉,盖世功名百战场。笑扬雄寂寞,刘伶沉湎;嵇生纵诞,贺老清狂。江左夷吾,隆中诸葛,济弱扶危计甚长。桑榆外,有轻阴乍起,未是斜阳。

这首词引吭高歌,笔力遒健,谈古论今,意象雄伟,是一篇英雄愤世、倾吐怀抱的浩歌。

再看高启的少年之作《念奴娇·自述》：

> 策勋万里，笑书生、骨相有谁曾许？壮志平生还自负，羞比纷纷儿女。酒发雄谈，剑增奇气，诗吐惊人语。风云无便，未容黄鹄轻举。何事匹马尘埃，东西南北，十载犹羁旅。只恐陈登容易笑，负却故园鸡黍。笛里关山，樽前日月，回首空凝伫。吾今未老，不须清泪如雨。

他用委婉之笔，道出了从政前的矛盾心理。仕宦之后，又欲引退，在他的名篇《沁园春·雁》中曾写道："……陇塞间关，江湖冷落，莫恋遗粮犹在田。须高举，教弋人空慕，云海茫然。"他对明初统治者虽有高度警惕，但终究未能逃脱腰斩于市的厄运。

再看陶安的《水调歌头·偶述》：

> 皇天万物祖，生气本冲和。忍令古今天下，治少乱常多。血溅中原戎马，烟起长江樯橹，沧海沸鲸波。割据十三载，无处不干戈。问皇天，天不语，意如何？几多佳丽都邑，烟草莽平波。苔锁河边白骨，月照闺中嫠妇，赤子困沉疴。天运必有在，早听《大风歌》。

陶安以其雄健流畅之笔、寄语沧桑之情，极写当时战乱之苦和渴望安定统一局面的到来。

总之，明初的词作家有不少反映时代和社会的佳作流传于世，深受读者的赞赏。

中叶以还，聂大年、吴宽、马洪、施绍莘等许多作家，也有大量作品传世。但一般说来，水准平平，未能取得大的突破，与前贤相比，难以为继，但亦时有佳作，不可一概贬黜。如杨慎的《临江仙》：

> 滚滚长江东逝水，浪花淘尽英雄。是非成败转头空。青山

依旧在,几度夕阳红。白发渔樵江渚上,惯看秋月春风。一壶浊酒喜相逢。古今多少事,都付笑谈中。

这是杨慎为《廿一史弹词》第三段秦汉写的开场词,后为清人毛宗岗父子取之置于《三国演义》的卷首,成为罗贯中这部闻名于世、广为流传的著名历史小说的开卷"导词";但又有多少人知道这首流传极广的文学名著的"导词",竟然出自明代中期文学家杨慎之手?

再看书画才子唐寅的《一剪梅》,写得颇有情趣:

雨打梨花深闭门,忘了青春,误了青春。赏心乐事共谁论?花下销魂,月下销魂。愁聚眉峰尽日颦,千点啼痕,万点啼痕。晓看天色暮看云,行也思君,坐也思君。

陈霆的《踏莎行·晚景》写得也有特色:

流水孤村,荒城古道,槎牙老木乌鸢噪。夕阳倒影射疏林,江边一带芙蓉老。风暝寒烟,天低衰草,登楼望极群峰小。欲将归信问行人,青山尽处行人少。

明代中期的小令、中调清新秀丽,为人喜爱,而其长调亦时有佳篇,如文徵明的两首《满江红》,既有气势恢宏的思想内涵,又有寄托深情的文学辞藻,为后人所传颂。

其一:

拂拭残碑,敕飞字,依稀堪读。慨当初,依飞何重,后来何酷!岂是功成身合死,可怜事去言难赎。最无辜,堪恨又堪悲,风波狱。岂不念,封疆蹙;岂不念,徽钦辱!但徽钦既返,此身何属?千载休谈南渡错,当时自怕中原复。笑区区,一桧亦何能,逢其欲！

其二：

漠漠轻阴，正梅子，弄黄时节。最恼是，欲晴还雨，乍寒又热。燕子梨花都过也，小楼无那伤春别。傍栏干，欲语更沉吟，终难说。一点点，杨花雪；一片片，榆钱英。渐西垣日隐，晚凉清绝。池面盈盈清浅水，柳梢淡淡黄昏月。是何人，吹彻玉参差，情凄切！

这两首《沁园春》词，一为咏史讽刺之作，一为写景抒怀之篇，皆颇有情致。

明代中期，确有一批萎靡之作，最糟糕的是出现了大批幛词，歌功颂德，阿谀奉承，千篇一律，味同嚼蜡，至此，可以说词的创作降至谷底。但物极必反，静则思动。陈铎(字大声)的《草堂馀意》则以特殊的体裁重振唐宋词风。他把《草堂诗馀》中的春意、夏意、秋意、冬意四部分词作，每首按照原韵仿作一首，这些新作仍署原作者之名，从唐之李白、温庭筠，五代之李璟、李煜、冯延巳，到宋之晏氏父子、欧阳修、柳永、王安石、苏轼、黄庭坚、秦观、周邦彦、李清照、陆游、辛弃疾、陈亮等近五十人；只有原词无署名者，仿作才直署陈大声之名。这些仿作虽有盗名之嫌，实则成为明词复苏的前兆。这也是词坛上的一大奇闻。

现再来看明末及遗民词。时至晚明，政治腐败，社会动荡，清军入关，国家危亡，许多爱国志士目击时艰，慷慨抒怀，词坛上涌现出大批作家，写出了大量名篇佳作，为词的复兴鸣锣开道，揭开序幕。

明末词坛，以陈子龙为首。他文宗两汉，诗尊三唐，苍劲之色，与节义相符，是明代后期复古派的一个重要诗人。他的词，推崇南唐二主和北宋的周邦彦、李清照，标举婉约之旨，以纤绵浓艳之笔，传凄清委婉之神，扭转了词坛中萎靡俗陋之风。特别是他后期的词，饱含着亡国之痛、故国之思，比兴寄托，寓悲愤于花草美人之间,实为可贵。如他的《点绛唇·春日风雨有感》：

> 满眼韶华,东风惯是吹红去。几番烟雾,只有花难护。梦里相思,故国王孙路。春无主,杜鹃啼处,泪染胭脂雨。

他的词作洗尽铅华,独标清丽,外柔内刚,婀娜韶秀,熔铸着深深的悲怀故国之情,其思想性与艺术造诣极高,为明词取得了突破性的进展。

继陈子龙而起的有张煌言、夏完淳、吴易、卢象升、归庄、金堡、金俊明、陈洪绶、王夫之、屈大均等一大批词作家,写出了许多爱国词篇。

先看张煌言的《满江红》：

> 萧瑟风云,埋没尽、英雄本色。最发指,驼酥羊酪,故宫旧阙。青山未筑祁连冢,沧海犹衔精卫石。又谁知,铁马也郎当,琱弓折！谁讨贼？颜卿檄；谁抗虏？苏卿节。拼三台坠紫,九京藏碧。燕语呢喃新旧雨,雁声嘹唳兴亡月。怕他年,西台恸哭人,泪成血。

此词慷慨悲歌,直抒胸臆,充分表现了他那抗敌的决心和英雄的气概。

我国历史上以年幼而有才名的夏完淳,承父业,尊师训,少小从军,奔走抗清,十七岁即为国捐躯,气节凛然,文才横溢。生前,他在有限的生命里,写了四十多首词,实是难能可贵！如《烛影摇红·寓怨》：

> 孤负天工,九重自有春如海。佳期一梦断人肠,静倚银钉待。隔浦红兰堪采。上扁舟,伤心欸乃。梨花带雨,柳絮迎风,一番愁债。回首当年,绮楼画阁生光彩。朝弹瑶瑟夜银筝,歌舞

人潇洒。一自市朝更改,暗销魂,繁华难再。金钗十二,珠履三千,凄凉千载。

此词正如沈雄所说:"慷慨淋漓,不须易水悲歌,一时凄感,闻者不能为怀。"言极中肯。

再看王夫之的《摸鱼儿·东洲桃浪》下阕:

佳丽地,仙院迢遥烟雾,湿香飞上丹户。醮坛珠斗疏灯映,共作一天花雨。君莫诉,君不见,桃根已失江南渡。风狂雨妒。便万点落英,几湾流水,不是避秦路。

王夫之委曲婉转地指出江南已失,想找个桃花源去避秦祸(指清祸)已是不可能的了,意谓只有抵抗,才有生路,借此以动员群众。语意含蓄,寓情于景,不同凡响。

明代末期及南明期间,由于时势变化,民族矛盾突出,许多文人卷入了抗清浪潮,或悲壮,或凄婉,写出了大批感人肺腑、动人心弦的爱国词。在这些爱国词的带动下,掀起了词的复兴热潮,造成了新的局面。从此,结束了词的中衰而完成了词史所赋予的转折任务。确切地说,清词的中兴,实际上是从明末开始的,而且清代初期的许多名家,其本身就是明清之间的跨代人物。由此看来,龙榆生先生编的《近三百年名家词选》,从明末选起,是很有卓见的。

三、明词中出现的几种新情况

1.妇女词的大量增加

明词中,女性作家甚多,约占明词全部作家的五分之一强,比例之大,为前代所未有。其中居多者,一为官宦人家的妇女,一为妓女出身的妇女。

在官宦人家出身的妇女中,较为著名的有黄娥、刘碧、沈宜修及叶氏三姊妹、徐媛、商景兰、顾贞立等人。她们的词，不全是风花雪月、闺房忧怨之作，也有一些反映时代及家国忧患的佳篇。如顾贞立的《虞美人》：

> 暗伤亡国偷弹泪，此夜如何睡？月明何处断人肠，最是依然歌舞宴昭阳。几年尝遍愁滋味，难觅无愁地。欲笺心事寄嫦娥，为问肯容同住广寒么？

顾氏原名文婉，字碧汾，号避秦人。她的《满江红》词中有"江上空怜商女曲，闺中漫洒神州泪。算缟綦，何必让男儿，天应忌"之句，意境悲愤凄凉，气吞风云，语吐骚雅，毫无脂粉之气。

在妓女出身的女词人中，有一批文才高雅的作家，其中较为著名的有马守贞、寇鲼如、王微、杨宛、董小宛、朔朝霞等。她们的作品中，真正写灯红酒绿的内容并不多，往往通过个人的悲惨遭遇，写出人间的冷暖和社会的炎凉。如王微的《醉春风》：

> 心似当时醉，眼到何时睡？灯花落尽影疑水，悔，悔，悔！展转寻思，是谁催促，别时容易。无限天涯泪，难定天涯会。接君尺素表离情，碎，碎，碎！一半模糊，不如梦里，问他真伪。

除上述两类妇女外，尚有一些民间妇女，如领兵征战的刘淑，李自成之妾晁四娘，朝鲜族的权贵妃、苏世让，波斯人锁懋坚，尼姑朱仲娴等，词亦甚佳。如刘淑的《黄莺儿》下阕：

> 孤生天地宁有几，已占了，天之二。从容冷瞰尘寰事，半缕佯狂，一函愤烈，恼得天憔悴。买刀载酒空游世，笑看他、蜡虫负李。长天难卷野无据，惟有孤生是。

她壮志未酬，愤慨之情流露笔端，充满了巾帼英雄的浩气。这在妇女词中是不多见的。

2.法门中的爱国词

在明词中有一批僧人词,有的是真正出家的和尚,但也有相当一部分为明末遗民,如方以智(法号弘智)、金堡(法号澹归)、屈大均(法号今种)、万阿字(法号今无)、李绳远(法号灵素)、徐继思(法号正嵒)、徐叙彝(法号泓伦)等。在这些人中,也还有因抗清失利而避身法门者,他们有一定的政治倾向和文学造诣,不应以一般僧人和佛门词看待。如金堡的《满江红·大风泊黄巢矶下》:

> 激浪输风,偏绝分、乘风破浪。滩声战,冰霜竞冷,雷霆失壮。鹿角狼头休地险,龙蟠虎踞无天相。问何人,唤汝作黄巢,真还谤。雨欲退,云不放;海欲进,江不让。早堆块一笑,万机俱丧。老去已忘行止计,病来莫算安危帐。是铁衣著尽着僧衣,堪相傍。

再看岭南爱国词人屈大均的《长亭怨·与李天生冬夜宿雁门关作》的下阕:

> 无处,问长城旧主,但见武灵遗墓。沙飞似箭,乱穿向,草中狐兔。那能使、口北关南,更重作、并州门户。且莫吊沙场,收拾秦弓归去。

这些词都是怀念故国的感时之作,与佛门毫无关系。

3.词的应用范围在扩大

明代有一批著名书画家,如沈周、祝允明、唐寅、文徵明、董其昌等,他们不仅善书画,而且工于诗词。以诗题画,古来有之,至明,则常有以词题画者。如沈周有《唐多令·自题画》词:

闻道灞陵桥,山遥水更遥。六十年,踪迹寥寥。牖下困人今老矣,双短鬓,怕频搔。行著要诗瓢,酒壶相伴挑,望秦川、千里翘翘。再画一驴驮我去,便不到,也风骚。

本书还收有董其昌的《满庭芳·自题画》词,中有"宿雨初收,晓烟未泮,散云都逐飞龙""多少风鬟雾鬓,青螺髻,飘堕空濛""但记取,维摩诘语,山色有无中"等句,而且词中有自谓"烟霞骨相""笔底描风"之致。词中有画,画中有诗,把诗、书、画融为一体,相得益彰,其妙无穷。

明代戏曲盛行,作者甚多,其中成就最大者首推汤显祖,其《临川四梦》最负盛名,其诗词亦佳。现看他的《阮郎归·闺怨》词:

不经人事意相关,牡丹亭梦残。断肠春色在眉弯,倩谁临远山?排恨叠,怯衣单,花枝红泪弹。蜀妆晴雨画来难,高唐云影间。

此词曾以《醉桃源》之别名载于汤显祖的《牡丹亭》第十四出《写真》的开篇唱段之后。在明代杂剧中,词曲小令引用甚多,有些属词属曲一目了然,但有些不带衬字的小令,如《点绛唇》《如梦令》《阮郎归》等,则词、曲难辨矣。

明代小说盛行,有许多诗、词、曲穿插其间,一则可以渲染气氛,加深含意;二则作者可以借此显示才华,卖弄风流。就词而论,仅几部著名的小说统计即很可观。如《三国演义》中有 2 首,《水浒传》中有 69 首,《西游记》中有 47 首,《封神演义》中有 5 首,《金瓶梅》中有 51 首,《三言》中共有 147 首,《二拍》中共有 54 首,《醒世姻缘传》中有 70 首,如此等等。由此可见,词在小说中应用极其广泛,无疑增加了小说的感染力。

总之,词到明代,进一步扩大了它的社会应用范围,不仅运用在生辰寿诞、红白喜事、升迁调补、饮宴赠答等社会交往之中，而且在弹词说唱、戏曲杂剧、书画题词、小说杂记等文学艺术领域中，也得到广泛的应用。

四、明代词学研究的重大突破

明代，不仅在词的创作方面起到了承前启后、继往开来的作用，而且在词学研究方面也做出了重要贡献。

首先，明人对唐宋以及本朝的词作进行了搜集、整理、编纂、出版工作，如吴讷的《唐宋名贤百家词》、董逢元的《唐词纪》、陈耀文的《花草粹编》、温博的《花间集补》、吴承恩的《花草新编》、杨慎的《词林万选》、卓人月的《古今词统》、毛晋的《宋元十家词》《词苑英华》以及沈际飞的《草堂诗馀四集》、钱允治的《国朝诗馀》等各种总集、选集，流传至今者不下数十种，从而为后人保留了大量可供词学研究的文献。

其次，在系统整理的基础上，对前人的词作进行了初步的研究，如陈霆和俞彦的《词话》、杨慎的《词品》、王世贞的《词评》，以及各选本上的眉批或评语。这些研究，多数属于品评鉴赏性质，及至张綖的词分"豪放"与"婉约"之说出炉，进一步触及词的风格流派的研究，从而将词学理论研究推向一个新的领域，至今不衰。

尤其值得重视的是张綖的《诗馀图谱》问世，使词的格律始著于谱。在元明词乐失传、词声日下的情况下，他运用四声平仄，从唐宋词的大量实例中探索词的创作规律，制定《词谱》，以开"传谱填词"的先声，这在词学发展史上具有划时代的意义。《诗馀图谱》所列词调有限，而且时有舛误，它本身的学术价值并不高；但是在它的启发和带动下，相继掀起了词谱、词韵、词调等词学基础理论研究的高潮。如谢天瑞的《诗馀图谱补遗》、游元泾的《增正诗馀图谱》、程明善的《啸馀谱》、胡文焕的《文会堂词韵》、沈谦的《词韵略》以及毛先舒的《填词名解》等书相继出现；直至清初，屡经揣摩，不断提高,最后始有万树的《词律》、王奕清等人的《钦定词谱》、戈载的《词林正韵》以总其成,从而为词的创作提供了格律依据,为词的发展开拓了广阔的前景。由此可见,词乐的失传,是词"中衰"的重要原因;而词谱、词韵的诞生,则是词——这一具有特殊形式的韵文体裁得以"中兴"和赓续发展的重要条件。这就实现了从"倚声填词"进入"倚谱填词"的重大历史转变。

五、关于《明词三百首》的编选出版

这本《明词三百首》,是在我主编的《全明词》底稿的基础上选编而成。由于《全明词》卷帙浩繁,出书时间较长;再则也需要有个简编本,作为社会普及读物,提供给广大读者,供阅读欣赏之用,故蒙百花文艺出版社之约编此选本,以使读者对明词有一个概略的了解。

有明一代,在千年词史中延续近三百年之久,而且处于词的转折期,如不加以深入的研究和探讨,是不足以了解千年词史的全貌的,更不足以了解词的衰退与重振的轨迹和因由。清人所谓"明代词亡矣"的说法过于武断,我们不能据此一笔抹杀明词的客观存在及其继往开来的历史功绩。而且就明词总的艺术水平来说,固然不能与宋词和清词相抗衡,但相比之下,高中有低,低中有高,何况宋词和清词并非篇篇皆精品,而明词中也确还有不少名篇佳什流传于世,为人们所赏识。因此,从明代一千三百馀家的近两万首词中选出百分之一二具有代表性的作品,以展现明代各个时期和各种流派词作的风貌,供人欣赏、品评,自然是非常必要的。据此,也可以说《明词三百首》是《全明词》这部断代词总集的缩影。

这个选本共收作者一百五十馀家,作品三百馀首。对明初的刘基、杨基、高启,中期的杨慎、王世贞,晚期及明遗民中的陈子龙、夏完淳、王夫之、屈大均等名家作了重点选录,其他各家也作了面上的兼顾,尽量反映明代词的梗概。

明代,上接元,下连清,这里有个跨代词人的收录界限问题。特别是在明清之间,还有南明政权的存在,更增加了选编的复杂性。在编纂《全明词》时,曾作过认真研究,对元明之间的作者,凡《全金元词》已收者,一般不再重收;但为了保持《全明词》的完整性,对《明史》中有传记的作者则收录之。对明清之间的作者,按不同情况,分别加以处理:对抗清殉难的烈士,如陈子龙、夏完淳等,虽死于清,仍按明人收录;对跨代遗民,凡未事清者,均予收录,如王夫之、屈大均等;凡入清为官者,一概不收,如钱谦益、吴伟业、龚鼎孳等。我们认为,对这一问题的处理,不应简单地按年龄或生活时间长短来做判定,在改朝换代期间,应依作者当时的政治态度加以处理。譬如王夫之、屈大均等,虽在清代生活时间较长,但他们在南明时期参加过抗清斗争,失败后既未降清,也未事清,始终保持着民族气节,如果勉强地把他们划为清人,排除在明词收录之外,他们在九泉之下,恐怕也难瞑目。因此,本书仍将其收录其中。

本书既作为社会上广为流传的明代词的普及读物,其编辑体例亦与其他选本基本相同,词作前有作者小传,词作后有说明和注释,以方便读者。由于我们受水平和时间所限,本书的缺点错误恐在所难免,尚祈专家学者及广大读者给予批评指正。

张　璋

1994 年 6 月 20 日于七七诞辰

目　录

谢应芳(五首)

忆王孙(齐云一炬起红烟) ································· 001

点绛唇(老眼犹明) ································· 002

一剪梅(一色苍然两阿翁) ································· 002

水调歌头(战骨缟如雪) ································· 003

蓦山溪(无端汤武) ································· 004

陶宗仪(二首)

念奴娇(黄花白髪) ································· 006

木兰花慢(占山中一隩) ································· 007

贝　琼(二首)

风入松(一钩初月小如眉) ································· 009

水龙吟(楚天归雁千行) ································· 010

张以宁(二首)

浪淘沙(宦思与羁情) ································· 011

明月生南浦(海角亭前秋草路) ································· 012

倪　瓒(三首)

人月圆(伤心莫问前朝事) ································· 013

江城子(窗前翠影湿芭蕉) ································· 013

江南春(汀洲夜雨生芦笋) ································· 014

梁　寅（三首）

破阵子（黯黯凄凄草色）⋯⋯⋯⋯⋯⋯⋯⋯⋯⋯⋯ 016

鱼游春水（家临千峰翠）⋯⋯⋯⋯⋯⋯⋯⋯⋯⋯⋯ 016

八声甘州（记年时）⋯⋯⋯⋯⋯⋯⋯⋯⋯⋯⋯⋯⋯ 017

刘　基（九首）

眼儿媚（烟草萋萋小楼西）⋯⋯⋯⋯⋯⋯⋯⋯⋯⋯ 019

浣溪沙（布谷催耕最可怜）⋯⋯⋯⋯⋯⋯⋯⋯⋯⋯ 019

小重山（月满江城秋夜长）⋯⋯⋯⋯⋯⋯⋯⋯⋯⋯ 020

千秋岁（淡烟平楚）⋯⋯⋯⋯⋯⋯⋯⋯⋯⋯⋯⋯⋯ 020

八六子（到黄昏）⋯⋯⋯⋯⋯⋯⋯⋯⋯⋯⋯⋯⋯⋯ 021

水龙吟（鸡鸣风雨潇潇）⋯⋯⋯⋯⋯⋯⋯⋯⋯⋯⋯ 022

沁园春（万里封侯）⋯⋯⋯⋯⋯⋯⋯⋯⋯⋯⋯⋯⋯ 023

一萼红（白蘋洲）⋯⋯⋯⋯⋯⋯⋯⋯⋯⋯⋯⋯⋯⋯ 024

瑞龙吟（秋光好）⋯⋯⋯⋯⋯⋯⋯⋯⋯⋯⋯⋯⋯⋯ 025

陶　安（二首）

水调歌头（秋兴高何远）⋯⋯⋯⋯⋯⋯⋯⋯⋯⋯⋯ 027

水调歌头（皇天万物祖）⋯⋯⋯⋯⋯⋯⋯⋯⋯⋯⋯ 028

杨　基（七首）

清平乐（狂歌醉舞）⋯⋯⋯⋯⋯⋯⋯⋯⋯⋯⋯⋯⋯ 030

清平乐（欺烟困雨）⋯⋯⋯⋯⋯⋯⋯⋯⋯⋯⋯⋯⋯ 031

西江月（采石矶头明月）⋯⋯⋯⋯⋯⋯⋯⋯⋯⋯⋯ 031

蝶恋花（新制罗衣珠络缝）⋯⋯⋯⋯⋯⋯⋯⋯⋯⋯ 032

青玉案（晓窗啼鸟惊春睡）⋯⋯⋯⋯⋯⋯⋯⋯⋯⋯ 032

夏初临（瘦绿添肥）⋯⋯⋯⋯⋯⋯⋯⋯⋯⋯⋯⋯⋯ 033

多丽（问莺花）⋯⋯⋯⋯⋯⋯⋯⋯⋯⋯⋯⋯⋯⋯⋯ 034

王　蒙（一首）

忆秦娥（花如雪）⋯⋯⋯⋯⋯⋯⋯⋯⋯⋯⋯⋯⋯⋯ 036

杨　范（一首）

鹧鸪天（东海东头看日升）⋯⋯⋯⋯⋯⋯⋯⋯⋯⋯ 038

朱元璋(一首)

　　缺调名(望东南) ·································· 039

魏　观(一首)

　　水调歌头(湖光与山色) ·················· 040

刘　炳(三首)

　　忆秦娥(溪头柳) ···························· 042

　　虞美人(信陵门下簪缨客) ·············· 043

　　木兰花慢(写长空一雁) ·················· 043

董　纪(一首)

　　唐多令(举眼便凄凉) ···················· 045

韩　奕(二首)

　　四字令(荼蘼送香) ······················ 046

　　河传(天际舟去水和烟) ·················· 046

王　行(三首)

　　如梦令(一日寻芳一度) ·················· 048

　　一江春水(黄花翠竹临溪处) ············ 048

　　踏莎行(尘路风花) ······················ 049

高　启(七首)

　　行香子(如此红妆) ······················ 050

　　天仙子(忆共当年游冶伴) ·············· 051

　　江城子(芙蓉裙衩最宜秋) ·············· 051

　　念奴娇(策勋万里) ······················ 052

　　石州慢(落了辛夷) ······················ 053

　　贺新郎(人事浮云变) ···················· 054

　　沁园春(木落时来) ······················ 054

程本立(二首)

　　清平乐(二首)(山翁归去) ·············· 056

韩守益(一首)

　　苏武慢(地涌岷峨) ······················ 058

黎　贞（二首）

醉太平（莺花砌锦城）　…………………………………………　060

折桂令（老顽老顽）　……………………………………………　061

瞿　祐（三首）

摸鱼儿（望西湖）　………………………………………………　062

水调歌头（六十九年我）　………………………………………　063

贺新郎（风露非人世）　…………………………………………　063

张　肯（一首）

浪淘沙（雨过碧云秋）　…………………………………………　065

林　鸿（四首）

念奴娇（钟情太甚）　……………………………………………　066

玉漏迟（惊鸦翻暗叶）　…………………………………………　067

八声甘州（算人生）　……………………………………………　067

玲珑四犯（峭壁荒烟）　…………………………………………　068

张红桥（三首）

黄金缕（记得红桥西畔路）　……………………………………　070

念奴娇（凤凰山下）　……………………………………………　070

玉漏迟（轻烟笼碧树）　…………………………………………　071

胡　俨（二首）

调笑令（明月，明月）　…………………………………………　073

竹枝（船头烟暝浪花飞）　………………………………………　073

杨士奇（一首）

桂殿秋（竹君子）　………………………………………………　075

解　缙（一首）

长相思（吴山深）　………………………………………………　076

凌云翰（三首）

蝶恋花（一色杏林三百树）　……………………………………　077

蝶恋花（过雨春波浮鸭绿）　……………………………………　077

苏武慢（身在云间）　……………………………………………　078

陈　山(一首)

　　临江仙(半世林泉浑不到) ···························· 080

聂大年(一首)

　　卜算子(杨柳小蛮腰) ······························ 081

徐有贞(二首)

　　玉连环(心绪悠悠随碧浪) ·························· 082

　　千秋岁引(风搅柳丝) ······························ 083

商　辂(一首)

　　鹧鸪天(林断山明竹隐墙) ·························· 084

沈　周(一首)

　　唐多令(闻道灞陵桥) ······························ 085

马　洪(四首)

　　卜算子(花压鬓云低) ······························ 086

　　满庭芳(春老园林) ································ 086

　　东风第一枝(饵玉餐香) ·························· 087

　　凤凰台上忆吹箫(淡淡秋容) ······················ 088

史　鉴(一首)

　　解连环(销魂时候) ································ 090

吴　宽(一首)

　　采桑子(纤云尽卷天如水) ·························· 091

桑　悦(一首)

　　苏武慢(湖海疏人) ································ 092

李东阳(一首)

　　满庭芳(黄叶萧萧) ································ 094

杨循吉(一首)

　　洞仙歌(吴郊春满) ································ 095

锁懋坚(一首)

　　菩萨蛮(晓钟才到春偏度) ·························· 097

蒋　冕(一首)

　　卜算子(斜日坠荒山)　·················· 098

祝允明(一首)

　　长相思(唤多情)　····················· 099

费　宏(一首)

　　西江月(霜月高悬碧汉)　················· 100

唐　寅(一首)

　　一剪梅(雨打梨花深闭门)　··············· 101

文徵明(三首)

　　南乡子(雨过绿阴稠)　·················· 102

　　满江红(漠漠轻阴)　··················· 103

　　满江红(拂拭残碑)　··················· 103

陈　霆(一首)

　　踏莎行(流水孤村)　··················· 105

王廷相(二首)

　　苏幕遮(日迟迟)　···················· 106

　　阮郎归(一川风柳碧盈盈)　··············· 106

边　贡(一首)

　　踏莎行(露湿春莎)　··················· 108

顾　璘(一首)

　　减字木兰花(绿阴亭沼)　················· 109

周　用(二首)

　　诉衷情(人间何处有丹丘)　··············· 110

　　喜迁莺(棱棱风骨)　··················· 111

陆　深(一首)

　　念奴娇(大江东去)　··················· 112

夏　言(三首)

　　浣溪沙(庭院沉沉白日斜)　··············· 114

　　满江红(南渡偏安)　··················· 114

念奴娇（解组归来）••••••••••••••••••••••••••••••• 115

陈　铎（一首）

浣溪沙（波映横塘柳映桥）••••••••••••••••••••••• 117

杨　慎（七首）

转应曲（银烛，银烛）••••••••••••••••••••••••••••• 118

浪淘沙（春梦似杨花）••••••••••••••••••••••••••••• 118

鹧鸪天（早岁辞家赋远游）••••••••••••••••••••••• 119

少年游（红稠绿暗遍天涯）••••••••••••••••••••••• 120

临江仙（滚滚长江东逝水）••••••••••••••••••••••• 120

临江仙（楚塞巴山横渡口）••••••••••••••••••••••• 121

临江仙（数了归期还又数）••••••••••••••••••••••• 122

张　綖（三首）

临江仙（十里红楼依绿水）••••••••••••••••••••••• 123

风流子（新阳上帘幌）••••••••••••••••••••••••••••• 123

水龙吟（禁烟时候风和）••••••••••••••••••••••••••• 124

陈　儒（一首）

念奴娇（天风万里）••••••••••••••••••••••••••••••••• 126

李　濂（一首）

柳梢青（烂漫春游）••••••••••••••••••••••••••••••••• 128

吴子孝（三首）

南乡子（细雨湿轻烟）••••••••••••••••••••••••••••••• 129

浪淘沙（春去苦难留）••••••••••••••••••••••••••••••• 129

水龙吟（腰间宝剑雄鸣）••••••••••••••••••••••••••• 130

黄　娥（三首）

巫山一段云（巫女朝朝艳）••••••••••••••••••••••• 132

风入松（一丝两气病襄王）••••••••••••••••••••••• 133

满庭芳（天地侧身）••••••••••••••••••••••••••••••••• 134

刘　碧（一首）

浪淘沙（昨夜雨绵绵）••••••••••••••••••••••••••••••• 135

吴承恩（一首）

临江仙（春气著花如醉酒） ……………………… 136

王凤娴（二首）

临江仙（珠帘不卷银蟾透） ……………………… 138

浣溪沙（曲径新篁野草香） ……………………… 138

李攀龙（二首）

长相思（秋风清） …………………………………… 140

浪淘沙（风雨夜来多） ……………………………… 140

徐　渭（一首）

意难忘（燕约莺期） ………………………………… 142

王世贞（六首）

忆江南（歌起处） …………………………………… 143

菩萨蛮（高楼百尺攀星汉） ……………………… 143

渔家傲（细雨轻烟装小瞑） ……………………… 144

临江仙（迟日三眠浑似柳） ……………………… 145

玉蝴蝶（记得秋娘） ………………………………… 146

满江红（御墨淋漓） ………………………………… 146

屠　隆（二首）

清江裂石（渺渺重湖背郭斜） …………………… 149

绿水曲（万叠青山） ………………………………… 150

马守贞（一首）

蝶恋花（阵阵东风花作雨） ……………………… 152

郑如英（二首）

临江仙（夜半忽惊风雨骤） ……………………… 153

浪淘沙（日午倦梳头） ……………………………… 153

赵　燕（一首）

长相思（去悠悠） …………………………………… 155

汤显祖（二首）

阮郎归（不经人事意相关） ……………………… 156

好事近（帘外雨丝丝）⋯⋯⋯⋯⋯⋯⋯⋯⋯⋯⋯ 157

小　青（一首）

天仙子（文姬远嫁昭君塞）⋯⋯⋯⋯⋯⋯⋯⋯ 158

高　濂（一首）

西江月（有恨不随流水）⋯⋯⋯⋯⋯⋯⋯⋯⋯ 159

赵南星（一首）

水龙吟（春归忒恁愁人）⋯⋯⋯⋯⋯⋯⋯⋯⋯ 160

林　章（二首）

采桑子（可怜夜夜寒牛斗）⋯⋯⋯⋯⋯⋯⋯⋯ 162

河满子（春日弄花不影）⋯⋯⋯⋯⋯⋯⋯⋯⋯ 163

袁　黄（一首）

鹧鸪天（袖手春林散翠鬟）⋯⋯⋯⋯⋯⋯⋯⋯ 164

董其昌（一首）

满庭芳（宿雨初收）⋯⋯⋯⋯⋯⋯⋯⋯⋯⋯⋯ 165

陈继儒（二首）

点绛唇（钟鼓沉沉）⋯⋯⋯⋯⋯⋯⋯⋯⋯⋯⋯ 167

钗头凤（梧桐坠）⋯⋯⋯⋯⋯⋯⋯⋯⋯⋯⋯⋯ 167

俞　彦（一首）

长相思（折花枝）⋯⋯⋯⋯⋯⋯⋯⋯⋯⋯⋯⋯ 169

孙承宗（四首）

阳关引（无那杨花闹）⋯⋯⋯⋯⋯⋯⋯⋯⋯⋯ 170

浣溪沙（谁写南溟玉一湾）⋯⋯⋯⋯⋯⋯⋯⋯ 171

塞翁吟（云叶才生雨）⋯⋯⋯⋯⋯⋯⋯⋯⋯⋯ 171

水龙吟（平章三十年来）⋯⋯⋯⋯⋯⋯⋯⋯⋯ 173

袁宏道（一首）

竹枝词（雪里山茶取次红）⋯⋯⋯⋯⋯⋯⋯⋯ 175

魏大中（一首）

临江仙（埋没钱塘歌吹里）⋯⋯⋯⋯⋯⋯⋯⋯ 176

陈翼飞（一首）

字字双（长城饮马嘶复嘶）·····················177

袁彤芳（一首）

长相思（风满楼）·····························178

瞿寄安（一首）

长相思（朝含鼙）·····························179

徐　媛（一首）

渔家傲（板扉小隐清溪曲）·····················180

陆卿子（一首）

忆秦娥（砧声咽）·····························182

顾宜人（二首）

忆旧游（东风摇柳色）·························183

雨霖铃（禁苑春深）·························183

张　杞（一首）

浣溪沙（苔草无人半入泥）·····················185

权贵妃（一首）

踏莎行（时序频移）·························186

胡文焕（二首）

昭君怨（马上琵琶弹泪）·····················187

江城子（矶头载酒正宜秋）·····················187

徐石麒（一首）

拂霓裳（望中原）·····························189

施绍莘（四首）

谒金门（春欲去）·····························191

浣溪沙（半是花声半雨声）·····················191

菩萨蛮（一封书信千金等）·····················192

雨霖铃（吹吹还冽）·························192

谢小湄（一首）

清平乐（良辰初到）·························194

苏世让（一首）

忆王孙（无端花絮晓随风）·····································195

顾　众（一首）

浪淘沙（生小弄冰弦）·······································196

王　屋（一首）

临江仙（独访柴门深竹里）·····························197

沈宜修（二首）

忆王孙（天涯随梦草青青）·····························198

水龙吟（西风昨夜吹来）·····························198

陆　钰（一首）

曲游春（问牡丹开未）·······························200

项兰贞（一首）

摊破浣溪沙（淅淅寒风撼玉钩）·····················202

李天植（一首）

唐多令（新绿满沧洲）·······························203

陈洪绶（五首）

菩萨蛮（秋风袅袅飘梧叶）·····························204

鹧鸪词（四首）·································205

京师妓（一首）

瑞鹧鸪（少年曾侍汉梁王）·····························207

沈际飞（一首）

虞美人（阶前嫩绿和愁长）·····························208

天随子（一首）

南乡子（风雨满华亭）·······························209

过夏子（一首）

忆少年（凄凉天气）·······························210

张娴倩（一首）

菩萨蛮（风卷落花愁不歇）·····························211

卢象昇(一首)

　　渔家傲(搔首问天摩巨阙) ················· 212

张肯堂(一首)

　　满江红(满目兴亡) ····················· 213

商景兰(二首)

　　捣练子(长相思) ······················ 215

　　青玉案(一帘萧飒梧桐雨) ················ 215

张倩倩(一首)

　　蝶恋花(漠漠轻阴笼竹院) ················ 217

万寿祺(二首)

　　浣溪沙(遯渚西边桥户开) ················ 218

　　双调望江南(烟雨路) ··················· 219

徐士俊(一首)

　　念奴娇(是年壬戌) ···················· 220

葛一龙(一首)

　　忆王孙(东风吹后满天涯) ················ 222

卓人月(一首)

　　瑞鹧鸪(城中火树落金钱) ················ 223

杨　宛(一首)

　　浪淘沙(尽日若含愁) ··················· 225

王　微(二首)

　　天仙子(烟水芦花愁一片) ················ 226

　　醉春风(心似当时醉) ··················· 227

汤传楹(一首)

　　南乡子(敲落一庭秋) ··················· 228

徐之瑞(一首)

　　水龙吟(怒涛千叠横江) ················· 229

夏允彝(一首)

　　千秋岁引(泽国微茫) ··················· 231

刘　淑（三首）

　　鹧鸪天（小阁翻诗句句香） ·························· 233

　　临江仙（楼外山川浑入画） ·························· 234

　　黄莺儿（洒泪别秦关） ······························ 234

陈子龙（十二首）

　　浣溪沙（百尺章台撩乱吹） ·························· 236

　　点绛唇（满眼韶华） ································ 236

　　诉衷情（小桃枝下试罗裳） ·························· 237

　　画堂春（轻阴池馆水平桥） ·························· 238

　　望仙楼（满阶珠露溢啼痕） ·························· 238

　　山花子（杨柳迷离晓雾中） ·························· 239

　　虞美人（夭桃红杏春将半） ·························· 239

　　唐多令（碧草带芳林） ······························ 240

　　临江仙（西风料峭黄花暮） ·························· 241

　　江城子（一帘病枕五更钟） ·························· 241

　　念奴娇（问天何意） ································ 242

　　二郎神（韶光有几） ································ 243

叶纨纨（一首）

　　锁窗寒（萧瑟西风） ································ 245

黄周星（一首）

　　满庭芳（新绿方浓） ································ 246

杜濬（二首）

　　浣溪沙（曲曲红桥涨碧流） ·························· 248

　　浣溪沙（亘古谁家国不亡） ·························· 248

朱一是（一首）

　　二郎神（岷峨万里） ································ 250

沈　龙（二首）

　　蓦山溪（江山之表） ································ 252

　　玉蝴蝶（斜矗酒旗） ································ 253

吴　易(五首)

满江红(斗大江山) ············· 255

浪淘沙(落魄少年场) ············· 256

渔家傲(鹦鹉洲头天映水) ············· 257

念奴娇(江天一派) ············· 258

水龙吟(繁华自古扬州) ············· 259

叶小纨(一首)

浣溪沙(鬓薄金钗半嚲轻) ············· 261

归　庄(二首)

锦堂春(半壁横江矗起) ············· 262

朝中措(山连霄汉草连空) ············· 263

金　堡(五首)

小重山(落落寒云晓不流) ············· 264

满江红(激浪输风) ············· 265

水调歌头(好雨正重九) ············· 266

八声甘州(算军持) ············· 267

风流子(东皇不解事) ············· 268

蒋平阶(四首)

望江南(江南柳) ············· 270

临江仙(紫苑花残春殿闭) ············· 270

虞美人(白榆关外吹芦叶) ············· 271

长相思(吴山东) ············· 272

计南阳(一首)

花非花(同心花) ············· 273

魏允楠(一首)

金明池(燕子矶边) ············· 274

彭孙贻(三首)

满江红(曾侍昭阳) ············· 276

水调歌头(吴越几争斗) ············· 277

　　西河（龙虎地）‥‥‥‥‥‥‥‥‥‥‥‥‥‥‥‥‥ 278

叶小鸾（三首）

　　南歌子（门掩瑶琴静）‥‥‥‥‥‥‥‥‥‥‥‥‥‥ 280

　　踏莎行（意怯花笺）‥‥‥‥‥‥‥‥‥‥‥‥‥‥‥ 281

　　疏帘淡月（窗纱欲暮）‥‥‥‥‥‥‥‥‥‥‥‥‥‥ 281

许大就（一首）

　　满江红（极目天涯）‥‥‥‥‥‥‥‥‥‥‥‥‥‥‥ 283

余　怀（五首）

　　桂枝香（江山依旧）‥‥‥‥‥‥‥‥‥‥‥‥‥‥‥ 285

　　浣溪沙（燕子衔春入画栊）‥‥‥‥‥‥‥‥‥‥‥‥ 286

　　念奴娇（狂奴故态）‥‥‥‥‥‥‥‥‥‥‥‥‥‥‥ 287

　　沁园春（老去悲秋）‥‥‥‥‥‥‥‥‥‥‥‥‥‥‥ 288

　　摸鱼儿（最伤情）‥‥‥‥‥‥‥‥‥‥‥‥‥‥‥‥ 289

王夫之（十一首）

　　青玉案（桃花春水湘江渡）‥‥‥‥‥‥‥‥‥‥‥‥ 291

　　更漏子（斜月横）‥‥‥‥‥‥‥‥‥‥‥‥‥‥‥‥ 292

　　玉楼春（娟娟片月涵秋影）‥‥‥‥‥‥‥‥‥‥‥‥ 292

　　蝶恋花（为问西风因底怨）‥‥‥‥‥‥‥‥‥‥‥‥ 293

　　风流子（老夫无藉处）‥‥‥‥‥‥‥‥‥‥‥‥‥‥ 294

　　惜馀春慢（似惜花娇）‥‥‥‥‥‥‥‥‥‥‥‥‥‥ 295

　　烛影摇红（瑞霭金台）‥‥‥‥‥‥‥‥‥‥‥‥‥‥ 296

　　绮罗香（流水平桥）‥‥‥‥‥‥‥‥‥‥‥‥‥‥‥ 297

　　望梅（如今风味）‥‥‥‥‥‥‥‥‥‥‥‥‥‥‥‥ 298

　　摸鱼儿（向西园花飞一片）‥‥‥‥‥‥‥‥‥‥‥‥ 299

　　摸鱼儿（剪中流、白蘋芳草）‥‥‥‥‥‥‥‥‥‥‥ 300

张煌言（四首）

　　柳梢青（锦样江山）‥‥‥‥‥‥‥‥‥‥‥‥‥‥‥ 302

　　长相思（秋山青）‥‥‥‥‥‥‥‥‥‥‥‥‥‥‥‥ 302

　　满江红（屈指兴亡）‥‥‥‥‥‥‥‥‥‥‥‥‥‥‥ 303

满江红（萧瑟风云）··························· 304

沈　谦（一首）

　　东风无力（翠密红疏）····················· 306

董　白（一首）

　　河满子（眼底非关午倦）··················· 307

陆宏定（一首）

　　望湘人（记归程过半）····················· 308

徐石麒（二首）

　　柳梢青（风起晴沙）······················· 309

　　祝英台近（雨中山）······················· 310

沈永启（三首）

　　玉楼春（广寒宫闭阴风裂）················· 311

　　玉楼春（原来昼尽还须夜）················· 312

　　满江红（障眼风尘）······················· 312

贺　裳（一首）

　　木兰花慢（听嘹嘹新雁）··················· 314

刘　胜（一首）

　　苏幕遮（恨桃花）························· 316

马如玉（一首）

　　凤凰台上忆吹箫（清夜无眠）··············· 317

屈大均（十一首）

　　浣溪沙（一片花含一片愁）················· 319

　　浣溪沙（血洒青山尽作花）················· 319

　　潇湘神（潇水流）························· 320

　　梦江南（二首）··························· 321

　　虞美人（无风亦向朱栏舞）················· 321

　　江城梅花引（黄花和我满头霜）············· 322

　　紫萸香慢（恨沙蓬）······················· 323

　　长亭怨（记烧烛）························· 324

　念奴娇(萧条如此) ……………………………… 325

　高阳台(红草沟寒) ……………………………… 326

夏完淳(九首)

　采桑子(片风丝雨笼烟絮) ……………………… 327

　卜算子(秋色到空闺) …………………………… 327

　忆秦娥(伤离别) ………………………………… 328

　寻芳草(几阵杜鹃啼) …………………………… 329

　一剪梅(无限伤心夕照中) ……………………… 329

　婆罗门引(晚鸦飞去) …………………………… 330

　鱼游春水(离愁心上住) ………………………… 330

　烛影摇红(辜负天工) …………………………… 331

　满江红(无限伤心) ……………………………… 332

顾贞立(三首)

　虞美人(暗伤亡国偷弹泪) ……………………… 333

　满江红(仆本恨人) ……………………………… 333

　百字令(文窗潇洒) ……………………………… 334

吴　朏(一首)

　满江红(雨抹荷池) ……………………………… 336

曹元方(一首)

　汉宫春(架屋如巢) ……………………………… 337

陈恭尹(一首)

　白苎(未曾行) …………………………………… 338

谢应芳

谢应芳(1296—1392),字子兰,号龟巢老人。武进(今属江苏)人。以道义名节自励。终生布衣。元末至正年间隐居白鹤溪上,筑室曰龟巢,授徒讲学为生。后避乱徙居苏州。明初洪武年间归里,居芳茂山中。其词清旷自然,通俗晓畅。有《龟巢词》。另有《思贤录》《辨惑编》等书传世。

忆 王 孙

和熊元修苏州感兴①

齐云一炬起红烟②,顷刻烟销事已迁③。折戟沉沙月烂船④。问祈连⑤,安得河清亿万年? ⑥

【说明】
元末明初之际战乱频繁,百姓流离失所。此词为作者避乱苏州时所作。原词二首,词意相同,这是其中的第二首。词中吊古伤今,反映社会现实,抒发盼望安居乐业的迫切心情。

【注释】
①熊元修:元末明初诗人熊进德,字元修,上饶(今属江西)人。与谢应芳友善,多有诗词唱和。
②齐云:即齐云楼,在江苏苏州,建于唐朝。唐·白居易《齐云楼晚望偶题十韵》诗:"齐云楼北面,半日凭栏干。" 炬:俗称火把。
③迁:变易。
④折戟:折断的戟。戟,古代兵器。唐·杜牧《赤壁》诗:"折戟沉沙铁未销,自将磨洗认前朝。" 烂:明亮。
⑤祈连:当作祁连,指苍天。匈奴语呼天为祁连。
⑥安得:怎么能。 河清:黄河水浊,偶有清时,古人即视为太平祥瑞之兆。元·洪希文《朱千户自京归》诗:"海晏河清予日望,与君同作太平人。"

点 绛 唇

初 度 作①

老眼犹明,著书未了馀生债②。客来休怪,淡饭黄齑菜③。踏雪观梅,清兴依然在④。南门外,夜来寻戴,扶醉驮驴背⑤。

【说明】

元末,作者曾避乱隐居于白鹤溪上(今江苏省常州市武进区西南),取"千岁之龟,巢于莲叶"之意,筑室曰"龟巢",作者或与田夫野老相互招致,优游欢饮;或寻诗觅句,读书自乐,晚年过着清素俭朴、幽雅安适的生活。此词即是作者在"龟巢"欢度七十岁生日时所作。原词共五首,这是其中的第四首。

【注释】

①初度:原指初生之时。后人称生日亦为"初度"。

②馀生:晚年,暮年。

③黄齑菜:腌黄的酸菜、咸菜等。此处代指粗质菜。

④清兴:高洁清雅的兴致。唐·杜甫《苦雨奉寄陇西公兼呈王徵士》诗:"挂席钓川涨,焉知清兴终。"

⑤"南门外"三句:谓夜晚在南门外找到喝醉的词人,并将其扶上驴背驮载至家。 寻戴:用东晋王徽之(字子猷)寻访戴逵(字安道)的典故。王徽之居会稽时,雪夜泛舟剡溪,到了戴逵家门前又返回。人问其故,他说:"本乘兴而来,兴尽而返,何必见安道耶!" 醉:醉人。此指作者。

一 剪 梅

寿安玄卿①

一色苍然两阿翁②,年也相同,月也相同。六年湖海共飘蓬③,烟也溟濛④,雨也溟濛。 移家今住荇门东⑤,朝也相从,暮也相从。

何当归隐旧山中,桃也春风,李也春风。

【说明】

元末,作者徙居吴县(今属江苏苏州),以避战乱,词即作于此间。"年也相同,月也相同""烟也溟濛,雨也溟濛"等复叠句式的运用,生动形象地展现出两位白发老人朝夕相从、飘逸脱俗的隐居生活和山水同游、热爱自然的高雅情趣。音节宛转回环,具有浓厚的民歌色彩。

【注释】

①安玄卿:词作者的好友,其人生平事迹不详。

②苍然:灰白色。形容须发斑白的样子。　阿翁:指老年男子。

③飘蓬:随风飘转的蓬草。比喻人的行踪不定。隋·尹式《别宋常侍》诗:"无论去与住,俱是一飘蓬。"

④溟濛(míng méng):模糊不清。元·张昱《船过临平湖》诗:"只因一霎溟濛雨,不得分明看好山。"

⑤葑门:城门名。古称江苏省吴县城东门为葑门。

水调歌头

中秋言怀

战骨缟如雪①,月色惨中秋②。照我三千白发③,都是乱离愁。犹喜淞江西畔④,张绪门前杨柳⑤,堪系钓鱼舟⑥。有酒适清兴,何用上南楼?　摠金甲⑦,驰铁马⑧,任封侯⑨。青鞋布袜,且将吾道付沧洲⑩。老桂吹香未了,明月明年重看,此曲为谁讴⑪?长揖二三子⑫,烦为觅莵裘⑬。

【说明】

在寒风萧瑟的八月中秋之时,面对战骨横野、月色惨淡的景象,作者凄怆悲凉,离愁满怀,只有以酒解忧。"且将吾道付沧洲""烦为觅莵裘"等句,又反映出作者心志难酬和向往隐居避世生活的苦闷情怀。

【注释】

①缟(gǎo)：白色。《诗经·郑风·出其东门》："缟衣綦巾，聊乐我员。"

②惨：暗淡，昏暗。

③三千白发：唐·李白《秋浦歌》诗："白发三千丈，缘愁似个长。"

④淞江：黄浦江的支流，亦称苏州河或吴淞江。在上海市西部及江苏省南部。　畔(pàn)：岸，边侧。屈原《渔父》："屈原既放，游于江潭，行吟泽畔。"

⑤张绪(422—489)：字思曼，南朝齐吴郡(今苏州市)人。官至太常卿，领国子祭酒。美风姿，清简寡欲。武帝植柳于灵和殿前，尝赞叹说："此杨柳风姿可爱，似张绪当年时。"

⑥堪：可以，能够。

⑦擐(huàn)金甲：穿着金属制成的铠甲。擐，穿，穿着。

⑧铁马：披甲的战马。亦喻兵马强悍。

⑨封侯：封爵位。《礼记·王制》："王者之制禄爵，公、侯、伯、子、男，凡五等。"宋·陆游《诉衷情》词："当年万里觅封侯，匹马戍梁州。"

⑩沧洲：近水的地方。古时隐者所居之处亦称沧洲。《南史·张充传》："飞竿钓渚，濯足沧洲。"

⑪讴(ōu)：歌唱。

⑫长揖：古时不分尊卑的相见礼。拱手高举，自上而下以为礼。　二三子：诸位，几个人。宋·辛弃疾《贺新郎·甚矣吾衰矣》："知我者，二三子。"亦为知己好友之意。

⑬菟裘：古邑名。春秋时鲁隐公隐居的地方，在今山东泰安市东南楼德镇。《左传·隐公十一年》公云："使营菟裘，吾将老焉。"晋·杜预等注："菟裘，鲁邑，在泰山梁父县南。不欲复居鲁朝，故别营外邑。"后人遂称告老退隐的处所为"菟裘"。

蓦 山 溪

遣闷，至正丙申作①

无端汤武②，吊伐功成了③。赚尽几英雄④，动不动、东征西讨。七篇书后⑤，强辨竟无人，他两个⑥，至诚心，到底无分晓。　　髑髅满地⑦，天也还知道。谁解挽银河，教净洗、乾坤是好⑧。山妻笑我⑨，长夜《饭牛歌》⑩，这一曲，少人听，徒自伤怀抱。

【说明】

　　词的上片肯定了古代商汤、周武王吊民伐罪的正义之举，亦写出了现实中"东征西讨"的混战局面；下片写"髑髅满地"的悲惨景象与作者愤世忧民的苦闷心情。全词明白如话，悲壮凄凉。

【注释】

　　①至正丙申：元顺帝至正十六年（1356）。

　　②无端：无缘无故。唐·贾岛《渡桑干》诗："无端更渡桑干水，却望并州是故乡。"　　汤武：商汤和周武王。商汤灭夏桀，建立了商朝；武王灭商纣，建立了西周。

　　③吊伐：吊民伐罪，即抚慰百姓，讨伐有罪者。

　　④赚：骗。宋·杨万里《诗情》："虚名满世真何用，更把虚名赚后生。"几：多少。

　　⑤七篇书：指《武经七书》，简称《七书》，包括《六韬》《孙子》《吴子》《司马法》《三略》《尉缭子》《李卫公河对》七种兵书。

　　⑥他两个：指商汤、周武王。

　　⑦髑髅（dú lóu）：死人的头骨。此指死尸。

　　⑧"谁解"三句：此处套用杜甫《洗兵马》"安得壮士挽天河，净洗甲兵长不用"诗句。银河：亦称天河、银汉。

　　⑨山妻：自称其妻的谦词。

　　⑩饭牛歌：饲牛的歌曲。《史记·邹阳传》"宁戚饭牛车下，而桓公任之以国"句后，南朝宋·裴骃《史记集解》引汉·应劭："齐桓公夜出迎客，而宁戚疾击牛角商歌曰：'南山矸，白石烂，生不遭尧与舜禅。短布单衣适至骭，从昏饭牛薄夜半，长夜曼曼何时旦？'公召与语，说（悦）之，以为大夫。"作者借此典抒发自己不遇贤主的孤寂苦闷之情。

陶宗仪

陶宗仪(1329—1412),字九成,号南村,台州黄岩(今属浙江)人。元末举进士不第,明初累征不就,晚年曾任教官。家居松江,躬耕之馀,勤于典章制度的记述。亦善诗词。词作附于《南村诗集》后。另有《南村辍耕录》等书传世。

念 奴 娇

九日有感,次友人韵

黄花白髪,又匆匆佳节,感今怀昔。雨覆云翻无限态①,故国寒烟榛棘。杜老漂零②,沈郎瘦损③,此意天应识。划然长啸④,不知身是孤客。　　呼酒漫被清愁⑤,玉奴频劝⑥,两脸添春色。眼底平生空四海,倦拂红尘风帻⑦。戏马台荒⑧,登龙人老⑨,往事休追惜。山林无恙,也须容我高展⑩。

【说明】

农历九月九日称重九节,又称重阳节。每至此节,民间有登高、插茱萸、饮菊花酒、赏菊花、吃花糕等风俗,更是客居他乡异国之人思乡怀故、盼望与家人团聚的时候,故唐·王维《九月九日忆山东兄弟》诗中有"独在异乡为异客,每逢佳节倍思亲"之句。此词即为"九日有感"所作。作者的故国之思、飘零之苦、人生之叹和退隐山林的心志皆流露其中。

【注释】

①雨覆云翻:喻当时社会的动荡不安。

②杜老漂零:指唐代诗人杜甫在安史之乱期间颠沛流离,晚年携家出蜀,病死于湘江途中。

③沈郎瘦损:指南朝梁·沈约身体瘦损、革带移孔之事。《梁书·沈约传》:沈

约尝说自己:"百日数旬,革带常应移孔。"言其多病而腰围减损。

④划然长啸:典出苏轼《后赤壁赋》:"划然长啸,草木震动。"划然,象声词。

⑤漫祓(fú):消除,除去。漫,语助词。

⑥玉奴:古代对女子的通称。

⑦风帻(zé):一种挡风御寒的包头巾。

⑧戏马台:即项羽掠马台。在江苏省铜山县南。南朝宋武帝刘裕曾在此大会群僚,吟咏赋诗。

⑨登龙:科举时代凡中进士,致身荣显,飞黄腾达,称为登龙。

⑩屐(jī):底有齿、专用以登山的鞋。此处作动词用。

木兰花慢

次胡笔峰迁居韵①

占山中一隩②,云暗霭③,水萦纡。便小理蔬畦,深锄菊圃,细甃花衢④。平生几番卜隐,到而今、方称列仙臞⑤。问字溪翁载酒⑥,执经弟子将车⑦。　猗欤⑧! 心迹混樵渔⑨,安用绝交书⑩? 向石上围棋,松阴捣药,乐意偏殊。当年辋川图画⑪,有林泉、如此更何如! 旋买良田种秫,只知吾爱吾庐⑫。

【说明】

　　作者看到友人胡氏记迁居之词后，便欣然步其韵作此词而和之。词的上片写新居环境的幽美及友人的喜悦与自在逍遥的生活，下片写友人的高雅情趣及绝意仕途的决心。作者冲襟粹质，绝俗不凡，亦曾隐居于苍藓盈阶、落花满地、松影参差、禽声时起的山中，过着悠然自得、诗书为乐的生活，故词中写友人也是写自己。

【注释】

　　①胡笔峰:生平事迹不详。与作者友善。有诗词等作,但已失传。

　　②占:占卜。　隩(ào):可居住的地方,通"墺"。

　　③霭(ǎi):云气。

　　④甃(zhòu):井壁,砌井壁。

⑤仙癯(qú)：清瘦的神仙。癯，清瘦。

⑥问字：《汉书·扬雄传》："刘棻尝从(扬)雄学作奇字"；"时有好事者，载酒肴从(扬雄)游学。"故后人称向人请教或从人受学为"问字"或"载酒游学"。

⑦执经：手执经书，从师受业。《汉书·于定国传》："定国乃迎师学《春秋》，身执经，北面备弟子礼。"

⑧猗欤(yī yú)：叹美词。

⑨樵渔：砍柴、捕鱼的人。

⑩绝交书：三国魏人嵇康，曾作《与山巨源绝交书》，表示不仕的决心，拒绝朋友山涛(字巨源)对自己的举荐。

⑪辋川图画：唐朝诗人王维将其陕西蓝田辋川别墅处的奇绝胜景皆画入图中，称《辋川图》。画中"山谷郁盘，云水飞动，意出尘外，怪生笔端"(唐·朱景元《唐朝名画录》)。

⑫吾庐：我的住宅。晋·陶渊明《读山海经》诗："众鸟欣有托，吾亦爱吾庐。"

贝 琼

贝琼(1314—1379),一名阙,字廷珺,又字廷臣。崇德(今属浙江)人。元末隐居殳山。明洪武初年,召修《元史》,官至中都国子监助教。通经史,善诗词。为词清逸拔俗,自然平易。著有《清江贝先生集》。

风 入 松

一钩初月小如眉,又是去年时。东风著意催花柳①,元朝过②、休放春迟。野老田夫共乐,青山白水相宜。 男儿了事却成痴③,七十更何为!也知七十从来少,但从容、把酒论诗。独乐园中司马④,云台观里希夷⑤。

【说明】

洪武九年(1376),作者曾出任中都国子监助教,于洪武十一年(1378)致仕还乡。在春意盎然、花红柳绿的乡间,作者或与田夫野老相聚共乐,或寻幽赏景,把酒论诗,过着绝俗独乐的晚年生活。此词为作者七十岁时所写,不久卒于家中。

【注释】

①著意:注意,用心。宋玉《九辩》:"罔流涕以聊虑兮,惟著意而得之。"

②元朝:犹言元日,即一年的第一日。

③"男儿"句:《晋书·傅咸列传》:"生子痴,了官事,官事未易了也。了事正作痴,复为快耳。"了事:明白事理。

④独乐园:园名,故址在今洛阳市南郊。宋代司马光所建。宋·叶梦得《避暑录话》:"司马温公作独乐园,朝夕燕息其间。"

⑤云台观:观名,在今陕西省华阴市南。北宋建隆二年(961)陈抟(字图南,号希夷)所建。

水 龙 吟

春 思

楚天归雁千行①，一书不寄相思苦。匆匆过了，踏青时节②，更愁风雨。燕子黄昏，海棠春晓，几番凄楚。问谁能为写，重重别恨，算除有、江淹赋③。　　尚记银屏翠箔④，抱琵琶、夜调新谱。芳年易度，沈腰宽尽⑤，白头如许。弱水三千⑥，武陵一曲⑦，重寻何处？奈无情杜宇⑧，年年此日，到淮南路。

【说明】

词的上片写相思之苦，下片写相见之难。此词风格与诗相同，"苍古深秀，吐纳风流，足以涵蓄万有、苞举众妙而无老铁槎牙累兀之气。"(清·唐孙华《贝清江先生全集·序》)

【注释】

①楚天：泛指南方天空。古代楚国在南方，故多以楚天泛指南天。唐·杜甫《暮春》诗："楚天不断四时雨，巫峡常吹千里风。"

②踏青：古代风俗，每年春草初绿之时，人们结伴郊游，称为踏青。即春日郊游。

③江淹：南朝梁文学家。所作《恨赋》《别赋》较著名。

④翠箔：绿色的帘子。后蜀·毛熙震《木兰花》词："掩朱扉，钩翠箔。"

⑤沈腰：见陶宗仪《念奴娇·黄花白髪》注③。

⑥弱水：水名。古籍中记载，称作弱水的地方甚多。小说词曲中常以弱水形容不通舟楫、无法到达的地方。元·李好古《张生煮海》三："小生曾闻这仙境有弱水三千丈，可怎生去的？"

⑦武陵：武陵源，亦称桃花源，皆源于晋·陶潜《桃花源记》。后人多借指清静幽美、避世隐居的地方。

⑧杜宇：杜鹃鸟。传说古代蜀帝杜宇之魂化作杜鹃鸟，至春则啼，闻者凄恻，且动人思归、怀故之情，故亦称子规、催归、思归等。

张以宁

张以宁(1301—1370),字志道,号翠屏山人。古田(今属福建)人。元泰定四年(1327)进士。官至翰林学士承旨。入明后,授翰林侍讲学士。后奉使安南,卒于归途中。能文章,工诗词。为词意境高远,清新俊逸。著有《翠屏集》。

浪 淘 沙

宦思与羁情①,惯见频更。丈夫泪不等闲倾②。得丧路头羁情久,宠辱谁惊③。　诗社订新盟,元酒太羹④。鹿声鸟语共呦嘤⑤。只因昨夜思亲苦,白发齐生。

【说明】

作者在词的上片叙写自己为官的艰难及羁宦的痛苦,下片描写昔日结诗社宴宾客的欢乐和思亲怀故的情景。全词语浅情深,耐人寻味。

【注释】

①“宦思”句:居官和客居异地的情思。唐·柳宗元《柳州二月榕叶落尽偶题》诗:“宦情羁思共凄凄,春半如秋意转迷。”

②倾:流出。

③宠辱:荣耀与耻辱。

④元酒太羹:即玄酒太羹。古代祭祀时所用的水和未调五味的肉汁。《礼记·礼运》:“故玄酒在室,醴盏在户。”疏曰:“玄酒,谓水也。太古无酒,此水当酒所用,故谓之玄酒。”

⑤呦嘤(yōu yīng):鸟兽的鸣叫声。唐·张说《游洺湖上寺》诗:“清旧岩前乐,呦嘤鸟兽驯。”

明月生南浦

　　广州南汉王刘鋹故宫①,铁铸四柱犹存②。周览叹息之馀,夜泊三江口③,梦中作一词,觉而忘之④,但记二句云:"千古兴亡多少恨,总付潮回去。"因檃括为此词。⑤

　　海角亭前秋草路,榕叶风清⑥,吹散蛮烟雾⑦。一笑英雄曾割据,痴儿却被潘郎误⑧。　　宝气销沉无觅处,藓晕犹残⑨,铁铸遗宫柱。千古兴亡知几度,海门依旧潮来去⑩。

【说明】

　　南汉系五代时十国之一。南汉大宝元年(958),刘鋹于广州即位后,不理朝政,奢侈荒淫,大宝十四年(971)宋兵攻至广州,刘鋹降宋。贯通经史的作者在秋草丛生、榕叶作响的海角亭前,面对刘鋹故宫遗存的铁柱和海门自涨自落的潮水,不禁思绪万千,昼思夜梦,怀古之情、兴亡之叹涌集心头,流于笔端。词的意境苍凉,一扫元末纤缛之习。

【注释】

　　①刘鋹:五代时南汉国君,958—971年在位。建都广州。南汉大宝十四年(971)降宋。

　　②"铁铸"句:宋·方信孺《南海百咏·铁柱》:"野史云(刘)鋹铸铁柱十二,筑乾和殿。今府之治事厅尚植其四,柯公述所致也。二者犹见于相安亭濠水中,馀不知所在。"

　　③三江口:指广东境内西江、北江、东江的汇合处。

　　④觉:睡醒。

　　⑤檃括:就原有文章的内容情节,加以剪裁或修改润色,称檃括。

　　⑥榕:榕树,常绿乔木,产于闽广等热带地区。

　　⑦蛮烟雾:指南方边远山区的瘴气。

　　⑧痴儿:此指昏庸无知的刘鋹之辈。　潘郎:此指潘佑。宋·周必大《二老堂杂志》:"(宋)太祖尝令李煜作书,谕广南刘鋹,令归中国。煜命其臣潘佑视草,文甚辨丽,累数千言。"

　　⑨藓晕:藓苔的痕迹。晕,凡光影色泽四周模糊的部分皆称晕。

　　⑩海门:海口,即三江口。

倪 瓒

倪瓒(1301—1374),字元镇,号云林。江苏无锡人。元至正初年,尽散家财予亲故,弃家泛舟五湖。入明后,黄冠野服,混迹编氓以终。曾筑清闷阁,藏法书名画秘籍于其中。工诗词,善书画。为词清标绝俗。著有《清闷阁集》。

人 月 圆

伤心莫问前朝事,重上越王台①。鹧鸪啼处,东风草绿,残照花开。 怅然孤啸,青山故国,乔木苍苔。当时明月,依依素影②,何处飞来?

【说明】

元末战乱不断,作者舍弃田园产业,散尽家财,过着寄情山水的漫游生活。此词当为游广州越秀山时所作。作者再次登上越王台,惟见青山披绿,草木遍野,而故国不存,人主已去,吊古伤今,怅然孤啸。全词豪逸悲壮,意境清远。清人陈廷焯评此词说:"风流悲壮,南宋诸巨手为之亦无以过。词岂以时代限耶!"(《白雨斋词话》)

【注释】

①越王台:台名,在今广州市越秀山上。汉初,南越王赵佗所建。宋·曾巩《南游感兴》诗:"日暮东风春草绿,鹧鸪飞上越王台"。

②素影:此指月影。唐·杜审言《和康五庭芝望月有怀》诗:"雾濯清辉苦,风飘素影寒。"

江 城 子

感 旧

窗前翠影湿芭蕉,雨潇潇①,思无聊。梦入故园,山水碧迢迢。依旧当年行乐地,香径杳②,绿苔饶③。　　沉香火底坐吹箫④,忆妖娆,想风标⑤。同步芙蓉,花畔赤栏桥⑥。渔唱一声惊梦觉,无觅处,不堪招。

【说明】

　　词首"窗前"三句,写景兴梦;词尾"渔唱"三句,以声惊梦。中间十句皆写梦境,由故园到行乐地,由忆想恋人到携手桥上。自远而近,使作者思乡怀人之情层层深入,表达得含蓄而真挚。全篇构思巧妙,文词雅丽。

【注释】

　　①潇潇:形容风雨急骤,亦作风雨声。唐·王周《宿疏陂驿》诗:"谁知孤宦天涯意,微雨潇潇古驿中。"

　　②杳(yǎo):深远的样子。

　　③饶:多。

　　④沉香:植物名。木心色黑芳香,入水则沉,故名沉香。亦称沉水香、蜜香。古时富贵之家常于厅堂、内室燃之,取其香味或消闲祛暑。

　　⑤风标:风度,仪态。

　　⑥赤栏桥:设有红色栏杆的桥梁。唐·温庭筠《杨柳枝》:"正是玉人肠绝处,一渠春水赤栏桥。"

江　南　春

　　汀洲夜雨生芦笋①,日出瞳眬帘幕静②。惊禽蹴破杏花烟③,陌上东风吹鬓影。远江摇曙剑光冷,辘轳水咽青苔井④。落花飞燕触衣巾,沉香火微萦绿尘。　　春风颠,春雨急,清泪泓泓江竹湿⑤。落花辞枝悔何及,丝桐哀鸣乱朱碧⑥。嗟我胡为去乡邑,相如家徒四壁立⑦。柳花入水化绿萍,风波浩荡心忪营⑧。

【说明】

　　为逃避战乱,作者弃家泛舟五湖,过着"照夜风灯人独宿,打窗江雨鹤相依"的生活。漂泊之际,思乡之苦、人生之叹亦时有流露。

此词即写羁旅的困苦、人生的失意。结句"风波浩荡心忪营",点明社会动荡不安是造成"民生惴惴疮痍甚,旅泛依依道路长"(《寄顾仲瑛》诗)的原因。全词雅洁蕴藉,意境悲凉。

【注释】

①汀洲:水中平地。

②瞳眬:日出欲明的样子。宋·杨亿《禁直》诗:"初日瞳眬艳屋梁,鸣鞭一声下天路。"

③踘:踢。

④辘轳:井上汲水的装置。

⑤泓泓(hóng):此处意为泪水满腮的样子。唐·李贺《秦王饮酒》诗:"仙人烛树蜡烟轻,青琴醉眼泪泓泓。"

⑥丝桐:琴的别名。古代多用桐木制琴,练丝为弦,故称丝桐。

⑦相如:《史记·司马相如列传》:"相如乃与(卓文君)驰归成都,家居徒四壁立。"唐·司马贞《史记索隐》:"徒,空也。家空无资储,但有四壁而已。"此指与司马相如一样,家中一无所有。

⑧忪营:惶恐不安。

梁 寅

梁寅(1303—1389),字孟敬,学者称梁五经,又称石门先生。新喻(今江西省新余市)人。明初,被征修礼乐书。书成,以老病辞归,结庐石门山。家贫好学,淹贯百家,亦能文词。著有《石门集》等。

破 阵 子

黯黯凄凄草色,狼狼藉藉花枝。江上烟波天共远,树外云山路更迷,故人言信稀。　　因病纵教废酒,非愁自懒题诗。芍药荼蘼开渐近①,蹴踘秋千乐有谁②,雨僝风僽时③。

【说明】
　　词的上片以景物衬托出与故人彼此山水相隔,音信难通;下片以情态体现人物的孤独寂寞、思亲怀故的痛苦。感情真挚,却委婉含蓄。

【注释】
　　①荼蘼:即酴醾,属蔷薇科,为观赏植物,晚春开花。宋·苏轼《杜沂游武昌以酴醾花菩萨泉见饷》诗:"酴醾不争春,寂寞开最晚。"
　　②蹴踘:亦作蹴鞠。古代一种用于习武的足球活动。《汉书·枚乘传》:"蹴鞠刻镂。"唐·颜师古注:"蹴,足蹴之也;鞠,以韦为之,中实以物。蹴蹋为戏乐也。"后常泛指踢球游戏。
　　③"雨僝"句:是说风雨之日更为愁苦烦恼。僝僽(chán zhòu):愁苦,烦恼,折磨。宋·王质《清平乐·梅影》词:"从来清瘦,更被春僝僽。"

鱼游春水

避乱还家,见桃花盛开

家临千峰翠,幽径重开荆棘里①。小桃花艳,春日盈盈霞绮②。香入骚人碧玉杯③,色映游女青螺髻④。带露更娇,迎风尤媚。 古有墙东避世⑤,况似武陵风光美⑥。时时独酌花间,别有天地。不教扫径看尤好,意欲寻仙从兹始。岩前白云,石边流水。

【说明】

"客身千里似征鸿,恰恰秋来春去总相同"(《虞美人·舟中》);"天似洗,遥望楚山千里。归雁数声云外去,此身犹滞此"(《谒金门·舟中对月》);"扁舟来往似仙槎。还家今有日,那得更思家"(《临江仙·舟中》)。作者在以上词中写流落他乡的情景与心态,而此词则写避乱返家后的景况和喜悦。依山傍水,幽径重开,桃花娇艳,独酌花间,这一切胜似世上武陵源。全词意境幽美绝俗,字里行间透露着作者热爱家乡及盼望安定美好生活的心愿。

【注释】

①幽径:幽静的小路。

②盈盈:美好的样子。 霞绮:云霞飘散如同素雅的丝织物。南齐·谢朓《晚登三山还望京邑》诗:"馀霞散成绮,澄江静如练。"

③骚人:原称《离骚》的作者屈原或《楚辞》的作者为骚人。后亦泛指诗人。

④螺髻:螺状的发髻。

⑤墙东避世:《后汉书·逸民列传》:"(王)君公遭乱独不去,侩牛自隐。时人谓之论曰:'避世墙东王君公。'"故后世以墙东为避世不仕的典故。侩(kuài),买卖的居间人。

⑥武陵:此指武陵源。陶渊明《桃花源记》载,晋太元中武陵郡渔人误入桃花源,所见景物及居民生活情景与外世截然不同。故后人常以武陵源或桃花源比喻清静幽美、与世隔绝的地方。

八声甘州

近里有妄男子为妻所诉①,遂愤而远去,誓云非富贵不归。其妻亦誓独守无妄。既历十五年,夫竟旅困羞归,而妻能洁以自守,独理其家,衣食饶给。因咏其事,以励薄俗②。

记年时,波荡两鸳鸯,雌雄各分流。恨郎情似水,妾心如石,此恨难休。自古恩深沧海，富贵等云浮③。何忍轻离别，翻爱为仇。

君看江头枯树，纵春风虚过，根干仍留。且牵萝空谷④，蓬户自绸缪⑤。想秋胡⑥，未忘故态⑦，怕无金相赠却怀羞。归来日，郎嗔妾愤，都合冰消雾收⑧。

【说明】

丈夫为谋求富贵，轻易离妻远去。古人云："黯然销魂者，唯别而已矣。"（南朝梁·江淹《别赋》）在漫长的岁月里，妻子忍受着离别之苦，独理家务，使全家得以温饱。十五年后，当旅困羞归的丈夫出现在面前时，妻子却对其晓之以理，动之以情，夫妻和好如初。词中生活气息浓厚，感情色彩强烈。

【注释】

①妄男子：无知妄为的男人。　诟(gòu)：辱骂，责怪。

②励：劝勉。　薄俗：轻薄的风俗。

③"富贵"句：《论语·述而》："不义而富且贵，于我如浮云。"

④牵萝：此处有牵萝补屋之意。唐·杜甫《佳人》诗："待婢卖珠回，牵萝补茅屋。"后以此喻居不庇身，生活贫困。

⑤蓬户：蓬草编结的房子。喻生活清贫。　绸缪：妇女的带结。《汉书·张敞传》："进退则鸣玉珮，内饰则结绸缪。"此处引申为恪尽妻子之责。

⑥秋胡：刘歆《西京杂记》："鲁人秋胡，娶妻三月而游宦，三年休，还家。其妇采桑于郊。胡至郊而不识其妻，见而悦之，乃遗黄金一镒。妻曰：'妾有夫，游宦不返，幽闺独处三年于兹，未有被辱于今日也。'采，不顾。胡惭而退。"

⑦故态：此指丈夫长期不归非为迷恋女色，而是重名利的故态未改。

⑧冰消雾收：喻夫妻间的宿怨消释，和好如初。

刘 基

刘基(1311—1375)，字伯温，处州青田(今属浙江)人。元至顺四年(1333)进士。入明后，官至御史中丞兼太史令。封诚意伯。洪武四年(1371)辞官归里。后为胡惟庸所谮，忧愤而卒。为词或清丽委婉，或慷慨悲凉。著有《诚意伯文集》。

眼 儿 媚

烟草萋萋小楼西，云压雁声低。两行疏柳，一丝残照，数点鸦栖①。　青山碧树秋重绿，人在武陵溪。无情明月，有情归梦，同到幽闺②。

【说明】

词写秋景、秋思。明人陈霆评此词曰："刘伯温秋晚曲也。'云压雁声低'与'青山碧树秋重绿'二语动人。或谓未经前人道破，以予所见，亦转换'云开雁路长'与'春草秋更绿'耳。"(《渚山堂词话》卷二)

【注释】

①鸦栖：乌鸦归息。唐·白居易《河南尹李公邀同诸公洛滨禊饮座上作》诗："尘街从鼓动，烟树任鸦栖。"

②幽闺：深闺，特指年轻女子的居室。

浣 溪 沙

布谷催耕最可怜①，声声只在绿杨边。夕阳江上雨馀天②。满地蓬蒿无旧陌③，几家桑柘有新烟④。战场开尽是何年？

【说明】

大地回春，又是播种之时，布谷鸟处处鸣叫"布谷"，唯恐人们误了农时。而现实却是战火连年,蓬蒿遍野,百姓背井离乡。结句"战场开尽是何年",表达了人民渴望战争尽快结束和能够早日安居乐业的心愿。

【注释】

①布谷:鸟名,亦称勃姑、鸣鸠等。每年播种之时鸣叫,故相传其为劝耕之鸟。　怜:爱。

②雨馀:雨后。

③陌(mò):田间小路。

④桑柘:桑树和柘树。多为农家所种,以其叶喂蚕。

小 重 山

月满江城秋夜长。西风吹不断,桂花香。碧天如水露华凉①。人不见,有泪在罗裳。　何许雁南翔。堪怜一片影,落孤房。百年浮世事难量②。空回首,天阔海茫茫。

【说明】

西风萧瑟,白露为霜,草木摇落,大雁南翔,这一派清冷肃杀的秋景秋色,最容易牵动思绪万千的人们,故古人多有悲秋之作。此词即写秋景、秋思,着重反映人生不遇的惆怅和世事沧桑的感慨。

【注释】

①露华:露光。唐·李白《清平调》:"云想衣裳花想容,春风拂槛露华浓。"

②浮世:人世。旧时认为人间之事虚浮不定,故称。宋·苏轼《登州海市》诗:"荡摇浮世生万象,岂见贝阙藏珠宫。"　量:估量,思考。

千 秋 岁

送　别

淡烟平楚①,又送王孙去。花有泪,莺无语。芭蕉心一寸,杨柳丝千缕。今夜雨,定应化作相思树②。　忆昔欢游处,触目成前古。良会知何许?百杯桑落酒③,三叠阳关句④。情未了,月明潮上迷津渚⑤。

【说明】

词用拟人化的表现手法,赋予鲜花、莺鸟、芭蕉、杨柳等自然界的生物以人的思想感情,使之有泪、无语、动心、含情,以此渲染悲凉的气氛,烘托出离别的苦痛、欢聚的不易以及作者与友人间真挚深厚的情谊。

【注释】

①平楚:平林。明·杨慎《升庵诗话》:"楚,丛木也。登高望远,见木杪如平地,故云平楚。犹诗所谓平林也。"

②相思树:东晋·干宝《搜神记》载:宋康王夺其舍人韩凭妻何氏,韩凭与妻皆自杀,两冢相望,宿夕之间便有大梓木生于二冢之端,屈体相就,根交于下,枝错于上。后人称其树为相思树。

③桑落酒:一种酒名。北魏·郦道元《水经注·河水》:"民有姓刘名堕者,素擅工酿,采挹河流,酝成芳酎。悬食同枯枝之年,排于桑落之辰,故酒得其名矣。"唐·杜甫《九日杨奉先会白水崔明府》诗:"坐开桑落酒,来把菊花枝。"桑落,桑叶枯落。

④三叠阳关:即阳关三叠,亦称渭城曲。唐·王维《送元二使安西》诗:"渭城朝雨浥轻尘,客舍青青柳色新。劝君更尽一杯酒,西出阳关无故人。"后入乐府,为送别之曲。因反复诵唱,故称阳关三叠。

⑤津渚:渡口岸边。

八 六 子

晚 思

到黄昏,悄无情绪,凄凉又掩重门。盼草际,残阳易尽,云中征雁难凭,漫劳梦魂。　　渊明三径犹存①,白鹤不归华表②,乌鸦目满荒村。念过眼芳菲,总埋泥土,纵然回首,可堪凝睇③?伤心处处蓬蒿废井,时时烟雨啼猿。更何言,苍苔渐深泪痕。

这首词作真实地反映了元末明初兵荒马乱、农村荒芜、城镇涠散的社会现实，以及百姓妻离子散、音信难通的悲惨遭遇。可与作者《雨雪曲》中的诗句"平民避乱入山谷，编蓬作屋无环堵。回看故里尽荆榛，野鸟争食声怒嗔。盗贼官军齐劫掠，去住无所容其身"相互映照。

【注释】

①渊明三径：东晋·陶渊明《归去来辞》中有"三径就荒，松菊犹存"句。三径，相传汉朝蒋诩归隐后，于院内开出三条小路，只与两个知己往来。后人多以"三径"指家园。

②"白鹤"句：东晋·陶潜《搜神后记》卷一云：丁令威学道于灵虚山，后化为鹤鸟飞归故乡辽东，止于城门华表柱。时有少年举弓欲射之，鹤遂冲天飞去。

③凝睇：注视的样子。唐·白居易《长恨歌》诗："含情凝睇谢君王，一别音容两渺茫。"

水 龙 吟

鸡鸣风雨潇潇①，侧身天地无刘表②。啼鹃迸泪，落花飘恨，断魂飞绕。月暗云霄，星沉烟水，角声清袅③。问登楼王粲④，镜中白发，今宵又添多少？　　极目乡关何处，渺青山，髻螺低小⑤。几回好梦，随风归去，被渠遮了⑥。宝瑟弦僵，玉笙簧冷，冥鸿天杪⑦。但侵阶莎草，满庭绿树，不知昏晓。

【说明】

此词系元至正二十年（1360）以前作者避难江湖间，未遇明太祖朱元璋时所作。明人陈霆说："此词当是无聊中作。'风雨潇潇''不知昏晓'，则有感于时代之昏浊，而世无刘表、登楼王粲，则自伤于身世之羁孤。然孰知其不得志于前元者，乃天特老其材，将以贻诸皇明也哉？是则适为大幸也！"（《渚山堂词话》卷一）

【注释】

①"鸡鸣"句：《诗经·郑风·风雨》："风雨潇潇，鸡鸣胶胶。"言乱世思君子。

②侧身：置身，犹安身。唐·杜甫《将赴草堂途中有作先寄严郑公》诗："侧身天地更怀古，回首风尘甘息机。"　刘表：东汉山阳高平人，字景升。曾任荆州牧，据今湖南、湖北大部地区。此处少战乱，故中原前来避难者甚多。

③清泬：形容角声清彻悠扬，馀音不绝。

④王粲：三国魏山阳高平人，字仲宣。避乱荆州依附刘表时，曾登襄阳城楼，作《登楼赋》。

⑤髻螺：即螺髻。此处喻峰峦。唐·皮日休《缥缈峰》诗："似将青螺髻，撒在明月中。"

⑥渠：他。代指峰峦。

⑦冥鸿：高飞的鸿雁。西汉·扬雄《法言·问明》："鸿飞冥冥，弋人何篡焉。"后多用来比喻避世隐居的人。　杪（miǎo）：边，末端。

沁园春

和郑德章暮春感怀呈石末元帅①

万里封侯②，八珍鼎食③，何如故乡！奈狐狸夜啸，腥风满地；蛟螭昼舞④，平陆沉江。中泽哀鸿，苞荆隼鹉⑤，软尽平生铁石肠。凭栏看，但云霓明灭⑥，烟草苍茫。　不须踽踽凉凉⑦，盖世功名百战场。笑扬雄寂寞⑧，刘伶沉湎⑨；嵇生纵诞⑩，贺老清狂⑪。江左夷吾⑫，隆中诸葛⑬，济弱扶危计甚长。桑榆外⑭，有轻阴乍起，未是斜阳。

【说明】

　　元将石末宜孙长于诗词，并与作者友善。清·沈雄《古今词话》云："刘文成（即刘基）未遇时，便与石末元帅填词赠答。时石末方镇江浙，而文成每以《满庭芳》《满江红》调寄之。"此词亦是二人赠答之作。词的上片写元末腐朽黑暗的社会现实，下片写自己济世扶危的雄心壮志。元至正二十年（1360），朱元璋攻占浙东，刘基被召至南京，参与机要，深受朱元璋倚重，成为明朝开国元勋之一。

【注释】

　　①石末：即石末宜孙，字申之。元朝将领。性机敏好学，长于诗歌。

②万里封侯：东汉班超于西域建功，封定远侯，邑千户。后上疏求归（见《后汉书·班超传》）。故后世称立功边域、封爵食邑为万里封侯或万里侯。

③八珍：指珍贵的食物。《三国志·魏志·卫觊传》："饮食之肴，必有八珍之味。"　鼎食：列鼎而食。指生活豪奢。鼎，古代的一种炊具。

④狐狸、蛟螭：皆为有害的野兽。此处暗喻奸邪小人。

⑤苞荆：丛草灌木。　隼、鸨：均为凶鸟、恶鸟。隼善飞；鸨似雁，略大。

⑥云霓：云和虹。此喻形势动荡不定。

⑦踽踽：孤独的样子。

⑧扬雄：西汉时人，字子云。曾作《太玄》以自守，并在《解嘲》中言："知玄知默，守道之极""惟寂惟寞，守德之宅"。

⑨刘伶：西晋沛国人，字伯伦。嗜酒，曾著《酒德颂》，自言"惟酒是务，焉知其馀"。常乘鹿车，携一壶酒命仆人荷锸跟随，谓曰："死便埋我。"

⑩嵇生：即嵇康，三国魏谯郡人。放达不羁，反对礼教，蔑视权贵。后被司马氏所杀。

⑪贺老：即贺知章，唐代山阴（今浙江绍兴）人，字季真。性放旷，善谈笑，嗜酒，工诗文，自称四明狂客。

⑫江左夷吾：指管仲，春秋齐国颍上人，名夷吾，字仲。曾辅佐齐桓公成为春秋五霸之一。

⑬隆中诸葛：即诸葛亮，三国琅邪阳都人，字孔明。少孤，避难荆州，躬耕陇亩，自比管仲、乐毅。曾辅佐刘备取荆州，定益州，与魏、吴成三国鼎足之势。

⑭桑榆：日落处。后常用来喻人之晚年。唐·刘禹锡《酬乐天咏老见示》诗："莫道桑榆晚，为霞尚满天。"

一萼红

送　别

　　白蘋洲。有芦花似雪，人在木兰舟①。祖帐方开②，骊歌未阕③，斜照半入江楼。话不了、缠绵意绪，早归鸿相唤落沙头。红蓼丹枫④，青烟碧草，总为供愁。　　此去几时重见，怅秋华易谢，零雨难收。洛浦波空⑤，渭城柳尽⑥，欲饮还又回眸⑦。恨只恨、无情海水，趁归风、辄向西流。毕竟难留，一宵长似三秋。

【说明】

词的上片以"芦花似雪""红蓼丹枫"等秋景秋色,烘托出饯行时的惜别情景;下片以"零雨难收""一日三秋"等情状,说明重逢难再和相思之苦。全词不离题意"送别",悲凉凄切,情意缠绵。

【注释】

①木兰舟:用木兰树之材制成的船只。后常作为船的美称。唐·马戴《楚江怀古》诗:"猿啼洞庭树,人在木兰舟。"

②祖帐:送行饯别时所设的帷帐等。唐·王维《齐州送祖三》诗:"祖帐已伤离,荒城复愁人。"

③骊歌:《骊驹》之歌的省词。送别时所唱的歌。　阕(què):乐终。

④蓼:植物名,生于水边。

⑤"洛浦"句:言洛水枯竭,洛神不存。相传伏羲之女宓妃,溺死洛水而为神。曹植著有《洛神赋》。

⑥"渭城"句:古时有折柳赠别的习俗。此言渭城柳枝已被折尽,喻送别之人众多。

⑦眸(móu):眼珠。亦指眼睛。

瑞 龙 吟

秋光好。无奈锦帐香销,绣帏寒早。钩帘人立西风,送书过雁,依然又到。　　故乡杳①。空把泪随江水,梦萦池草②。何时赋得归来③,倚松对柳,开尊醉倒。　　衰鬓不堪临境,镜中愁见,蓬飞丝绕④。门外远山,青青长带斜照。石泉涧月,辜负侭猿啸。伤心处,枫雕露渚,荷枯烟沼。燕去玄蝉老,满天细语鸣鹠鸟⑤。花蔓当檐袅。庭院静,遥闻清砧声捣⑥。拥衾背壁,一灯红小。

【说明】

此词双拽头,即三叠之词,前二段字数、句式、平仄完全相同,且此二段的字数少于第三段,其形甚似第三段之两"头",故称。词的前两叠以"西风""过雁"等秋景秋物,勾起"梦萦池草""倚松对柳"的思乡怀故之情。第三叠写人生易老,还乡无期。结句"拥衾背壁,一灯红小",将词人夜深拥被、面对红烛的孤独情态、思乡之痛表现得生动且形象。

【注释】

①杳(yǎo):遥远。

②梦萦池草:睡梦中怀念着故乡的池边花草。

③赋得归来:晋·陶渊明曾作《归去来辞》,抒发归乡后的喜悦和对田园生活的向往。

④蓬飞丝绕:指头发蓬乱,形容老态。

⑤羁鸟:失伴孤栖的禽鸟。陶渊明《归园田居》诗(其一):"羁鸟恋旧林,池鱼思故渊。"

⑥砧(zhēn):捣衣石。

陶 安

陶安(1315—1371)，字主敬，当涂(今属安徽)人。元至正八年(1348)中浙江乡试，授明道书院山长。元末战乱时避难家居。入明后，历任知制诰、江西行省参知政事等职。能诗文，善词赋。为词平正典实。著有《陶学士集》。

水调歌头

秋　兴

秋兴高何远，爽气掬星河。雨晴山势飞动，楼外雁声多。丹桂香凝幕府①，银烛光摇青琐②，试问夜如何？天地大无外③，老子尽婆娑④。　　写兵机⑤，修马政⑥，咏铙歌⑦。西风莫添华发⑧，壮志未消磨。眼见帝都龙虎⑨，人似仙洲麟凤⑩，留我共銮坡⑪。把酒暂舒啸⑫，明月借金波⑬。

【说明】
　　元至正二十四年(1364)，朱元璋称吴王，置翰林院，首召陶安等人为学士。此词当写于此后不久。作者深受器重，并荣获写有"国朝谋略无双士，翰苑文章第一家"的御制门帖，故其在词中一反古代文人悲秋的传统，而以寥廓的秋景秋色烘托出自己辅佐君王、治理天下的情景和喜悦。气概非凡，催人向上。

【注释】
　　①幕府：军旅出征，居无定所，将帅以帐幕为府署，故称幕府。此指作者所在的官署。
　　②青琐：镂刻着青色图纹的门窗。《后汉书·梁统传》："窗牖皆有绮疏青琐。"唐·李贤等注："青琐，谓刻为琐文，而以青饰之也。"
　　③无外：指极大的范围。《吕氏春秋·下贤》："其大无外，其小无内。"

④老子：作者自称，同"老夫"。　　婆娑：舒展的样子。

⑤兵机：用兵的机宜。唐·杜甫《警急》诗："才名旧楚将，妙略拥兵机。"

⑥马政：《礼记·月令》："是月也，天子乃教于田猎，以习五戎班马政。"汉·郑玄注："马政，谓养马之政教。"

⑦铙歌：军乐，亦称骑吹。南朝宋·何承天《鼓吹铙歌》："三军且莫喧，听我奏铙歌。"

⑧华发：指老人花白的头发。

⑨龙虎：形容天子的气象。《史记·项羽本纪》："吾令人望其气，皆为龙虎，成五采，此天子气也。"

⑩麟凤：比喻圣贤之人。唐·李洞《寓言》诗："麟凤隔云攀不及，空山惆怅夕阳时。"

⑪銮坡：翰林院的别称。唐德宗时，移翰林院于金銮坡上，故有此称。

⑫舒啸：放声长啸。

⑬金波：指月光。

水调歌头

偶　述

皇天万物祖，生气本冲和①。忍令古今天下，治少乱常多。血溅中原戎马②，烟起长江樯橹③，沧海沸鲸波④。割据十三载，无处不干戈⑤。　　问皇天，天不语，意如何？几多佳丽都邑，烟草莽平坡。苔锁河边白骨，月照闺中嫠妇⑥，赤子困沉疴⑦。天运必有在⑧，早听《大风歌》⑨。

【说明】

此词为述志之作。元末群雄纷起，自至正十一年（1351）刘福通红巾军起义到至正二十四年（1364）朱元璋称吴王，经历十三年，故云"割据十三载，无处不干戈"。词中极写战乱中苔锁白骨、月照嫠妇、病染赤子等惨状，面对残酷的现实，作者决心要辅佐朱元璋，建立太平盛世。结句"天意必有在，早听《大风歌》"，就是这种豪情壮志的表达。

【注释】

①"生气"句:是说能使万物生长发育之气原本是和谐的。　冲和:冲虚平和。

②戎马:犹言兵马,亦指战争。

③樯橹:船上的桅杆和划船的工具。此处借指战船。

④鲸波:泛指江海上的洪涛巨浪。

⑤干戈:古代战争中常用的两种兵器。常借指战争。

⑥嫠(lí)妇:寡妇。

⑦赤子:婴儿。　沉疴:重病。

⑧天运:犹言天命。

⑨《大风歌》:汉高祖刘邦称帝后回到故乡所作。歌辞曰:"大风起兮云飞扬,威加海内兮归故乡,安得猛士兮守四方。"作者用此典故表达自己辅佐朱元璋平定天下的信心。

杨 基

　　杨基(1326—1378?),字孟载,号眉庵。原籍嘉定州(今四川乐山),后徙居吴县(今江苏苏州)。明洪武年间,曾任兵部员外郎、山西按察使等职。后被谗削职,罚服劳役,卒于工所。工书画,善诗词。著有《眉庵集》。

清 平 乐

江宁春馆写怀

　　狂歌醉舞,俯仰成今古①。白发萧萧才几缕②,听遍江南春雨。归来茅屋三间,桃花流水潺潺。莫向窗前种竹,先生要看西山③。

【说明】

　　明洪武二年(1369)、四年(1371),杨基因事两次免官,先后闲居秣陵(今属江苏)和句曲山(江苏句容县东南)。此词当为遭贬闲居江南时所作。原词四首,这是其中的第四首。此时作者已有四十五六岁,故词中有白发萧萧、人生易老的感叹,以及对茅屋三间、桃花流水田园生活的向往。不满、不遇的情绪寄寓其中。

【注释】

　　①俯仰:比喻时间短暂,一瞬间。晋·王羲之《兰亭集序》:"向之所欣,俯仰之间,已为陈迹。"

　　②萧萧:头发稀短的样子。宋·陆游《杂赋》诗:"觉来忽见天窗白,短发萧萧起自梳。"

　　③种竹:南朝宋·刘义庆《世说新语·任诞》:"王子猷尝暂寄人空宅住,便令种竹。……直指竹曰:'何可一日无此君!'"此处反用其意,不让种竹,以免遮挡西山的自然美景。

清 平 乐

新 柳

欺烟困雨,拂拂愁千缕①。曾把腰肢羞舞女,赢得轻盈如许。
犹寒未暖时光,将昏渐晓池塘。记取春来杨柳,风流正在轻黄。

【说明】

词中用拟人化的手法,展现了早春新柳的风流可爱。明人陈霆评此词说:"状新柳妙处,数句尽之,古今人未曾道着。歌此阕者,想见芳春媚景,暝色入帘,残月戒曙,身在芳塘之上徘徊,容与也。"(《渚山堂词话》卷一)

【注释】

①"欺烟困雨"二句:系化用宋·史达祖《绮罗香·咏春雨》词:"做冷欺花,将烟困柳。"　拂拂:随风飘动的样子。

西 江 月

月夜过采石

采石矶头明月①,娥眉亭上秋山。古今来往几人间,赢得新愁无限。　　不用朱唇低唱,何须纤手轻弹。一觞一咏到更阑②,惊起数行鸿雁。

【说明】

采石矶地势险峻,是历代江防要地。李白、梅尧臣、沈括、陆游、文天祥等名人都曾到此漫游,并写了大量有关诗文。词人月夜登临,不禁感慨万端,难以入睡。"一觞一咏到更阑",使作者吊古伤今的情态生动逼真地跃然纸上。

①采石矶:原名牛渚矶,三国吴时更名采石矶。在安徽当涂西北,为牛渚山突入长江而成,是长江最狭窄的地方。此处尚有捉月亭、娥眉亭、太白楼等古迹。

②觞:盛有酒的杯子,亦指饮酒。　　更阑:更深。

蝶 恋 花

春 闺 怨

新制罗衣珠络缝,消瘦肌肤,欲试犹嫌重。莫信鹊声相侮弄①,灯花几度成春梦②。　　风雨又将花断送,满地胭脂③,补尽苍苔空。独自移将萱草种④,金钗挽得花枝动。

【说明】

作者晚年被谗夺官,罚服劳役,虽渴望遇赦或重被起用,但都成为泡影。此词即作于遭贬期间。原词共二首,这是其中的第二首。作者于闺怨中隐寓着自己命运多舛、怀才不遇的悲愤。凄婉含蓄,感慨颇深。

【注释】

①鹊声:五代·王仁裕《开元天宝遗事》卷下:"时人之家闻鹊声,皆为喜兆,故谓灵鹊报喜。"

②灯花:灯心馀烬爆为花形。古人以灯花为喜事之兆。

③胭脂:此指落花。

④萱草:相传食其嫩苗即昏然如醉,解愁忘忧,故亦称忘忧草、金针草。三国魏·嵇康《养生论》:"合欢蠲忿,萱草忘忧,愚智所共知也。"

青 玉 案

江上闲居写怀

晓窗啼鸟惊春睡,似报道,春光至。恻恻馀寒侵绣被①,梅花飞也,杏花开也,燕子归来未? 水光山色如人意,长恨春阴杳无际②。今日新晴殊可喜,山光明媚,水光溶漾③,只有人憔悴。

【说明】

原词共七首,此是其中的第二首。词中以梅花、杏花、燕子等具有季节特征的形象,展示了山清水秀、枝翠花红、生意盎然的春景春色,并以此衬托出人物感春怀故的内心活动。意境清新,情景交融。

【注释】

①侧侧:寒气侵身的样子。唐·韩偓《寒食夜》诗:"侧侧轻寒翦翦风,杏花飘雪小桃红。"

②杳(yǎo):昏暗,幽暗。

③溶漾:波光浮动的样子。

夏 初 临

首夏书事

瘦绿添肥,病红催老①,园林昨夜春归。深院东风,轻罗试著单衣。雨馀门掩斜晖,看梅梁、乳燕初飞。荷钱犹小②,芭蕉渐长,新竹成围。 何郎粉淡③,荀令香销④,紫鸾梦远⑤,青鸟书稀⑥。新愁旧恨,在他红药栏西⑦。记得当时,水晶帘、一架蔷薇⑧。有谁知,千山杜鹃⑨,无数莺啼。

【说明】

词的上片写初夏景象及闺中少妇的感受和情态,下片写少妇孤身独处、情书不通的愁苦。全词情景相生,饶有新致。作者一生坎坷不遇,新愁旧恨积于胸际而无人所知,故以少妇自喻,借景抒情,寓意颇深。

【注释】

①"瘦绿添肥"二句:系化用宋·李清照《如梦令》词:"知否知否,应是绿肥红瘦。"

②荷钱:荷叶初生时形小如钱。

③何郎:指何晏,三国时魏人,美姿仪,面至白,平日喜修饰,粉白不离手,行步顾影,人称傅粉何郎。此处借指情人。

④荀令:指荀彧,东汉人。曾任尚书令,故称荀令,又称荀令君。相传其衣有香气,所到之处,香气经日不散。唐·李商隐《韩翃舍人即事》诗:"桥南荀令过,十里送衣香。"此处亦借指情人。

⑤紫鸾:鸟名,凤凰的一种。后人常以鸾凤喻夫妻或贤人。

⑥青鸟:传说中的鸟,为西王母使者。隋·薛道衡《豫章行》诗:"愿作王母三青鸟,飞来飞去传消息。"后多借指使者。

⑦红药:花名,即芍药。晋·崔豹《古今注·问答释义》:"芍药,一名可离,故将别以赠之。"

⑧"记得当时"三句:系化用唐·高骈《山亭夏日》诗:"水晶帘动微风起,一架蔷薇满院香。"

⑨杜鹃:鸟名,亦称杜宇、思归、催归等。相传古代杜宇自立为蜀王,号望帝,死后化为杜鹃鸟,因思乡怀故,每至春夏之交鸣叫。唐·杜甫《杜鹃》诗:"杜鹃暮春至,哀哀叫其间。"

多 丽

春 思

问莺花,晚来何事萧索①? 是东风,酿成新雨,参差吹满楼阁②。辟寒金③,再簪宝髻,灵犀镇④,重护香幄⑤。杏惜生红,桃缄浅碧,向人憔悴未舒萼⑥。念惟有、淡黄杨柳,摇曳映珠箔⑦。凭栏久,春鸿去尽,锦字谁托⑧?　奈梦里、清歌妙舞,觉来偏更情恶。听高楼,数声羌笛,管多少、梅花惊落⑨! 鸳带慵宽,凤鞋懒绣,新晴谁与共行乐?料应在、楚云湘水,深处望黄鹤。天涯路,计程难定,长恁飘泊⑩。

【说明】

词的上片以春景烘托出闺妇孤寂相思的痛苦和锦书难托的情景,下片写夫妻欢聚的梦境和相见无望的惆怅。情意缠绵,文辞锦丽,尚未摆脱元代诗词秾丽纤细的风习。

【注释】

①萧索:凄凉。

②参差:古代吹奏乐器名。《楚辞·九歌·湘君》:"望夫君兮未来,吹参差兮谁思。"汉·王逸注曰:"参差,洞箫也。"

③辟寒金:嗽金鸟所吐的金屑。传说三国魏明帝时,昆明国献嗽金鸟,吐金粟如屑。因其栖息的温室名辟寒台,故称其所吐金屑为辟寒金。当时宫人争以此金装饰钗珮。

④灵犀镇:用犀牛角制成的压物之器。灵犀,犀牛角。相传犀角有白纹,直通两端,感应灵敏,故称灵犀。

⑤幄(wò):帷帐,帐子。

⑥憔悴:困顿萎靡的样子。

⑦珠箔:珠帘。

⑧锦字:用锦织成的字。《晋书·窦滔妻苏氏传》载:前秦秦州刺史窦滔被徙流沙,其妻苏蕙十分思念,织锦为《回文璇玑图诗》相赠,词甚凄婉。后称妻子寄给丈夫的书信为锦字。

⑨梅花惊落:指笛中曲调《梅花落》。

⑩恁(rèn):这样,如此。

王 蒙

王蒙(? —1385),字叔明,号香光居士,自称黄鹤山樵。湖州(今属浙江)人。元代著名书法家赵孟頫之甥。元末隐于仁和(今杭州市)黄鹤山,号黄鹤山樵。洪武初年曾任泰安知州。后因曾谒见丞相胡惟庸于其府第,胡惟庸谋反案发伏诛后,王蒙亦获罪,被逮后瘐死于狱中。工画山水,其诗画与倪瓒齐名,与黄公望、倪瓒和吴镇并称为"元末四大家"。长于诗词。

忆 秦 娥

南方怀古

花如雪,东风夜扫苏堤月①。苏堤月,香销南国,几回圆缺。钱塘江上潮声歇②,江边杨柳谁攀折③? 谁攀折,西陵渡口④,古今离别。

【说明】

春光月下,西湖苏堤夜色朦胧,落花如雪,作者吊古伤今,怀友惜别,意境清旷悲凉。此词自序中写道:"余观《邵氏闻见录》,宋南渡后,汴京故老呼妓于废圃中饮,歌太白《秦楼月》一阕,坐中皆悲感,莫能仰视。良由此词乃北方怀古,故遗老易垂泣也。盖自太白创此曲之后,继踵者甚众,不过花间月下,男女悲欢之情,就中能道者,惟有'花溪侧,秦楼夜访金钗客。金钗客,江梅风韵,海棠颜色。樽前醉倒君休惜,不成去后空相忆。空相忆,山长水远,几时来得。'完颜莅中土,其歌曲皆淫哇蹀躞之音,能歌《忆秦娥》者甚少。有能歌者,求余作画,并填此词,以道南方怀古之意。"

【注释】

①苏堤:亦称苏公堤,在浙江杭州西湖中。宋朝元祐年间,苏轼为杭州知

州,开浚西湖,堆筑湖泥而成堤,堤上建映波、锁澜、望山、压堤、东浦、跨虹六座桥,故称为苏堤。

②钱塘江:亦称浙江,是浙江省最大的河流。

③攀折:《三辅黄图·桥》:"灞桥在长安东,跨水作桥,汉人送客至此桥,折柳赠别。"后人便以折柳为送别之词。唐·雍陶《折柳桥》诗:"从来只有情难尽,何事名为情尽桥? 自此改名为折柳,任他离恨一条条。"(见宋·计有功《唐诗记事》)

④西陵:指渡口西兴,在浙江萧山区西。

杨 范

杨范(生卒年不详),字九畴,初号栖芸,更号思诚叟。鄞县(今浙江宁波市鄞州区)人。博览群籍,通晓《诗》《书》《易》三经。为诗文,操纸笔立就。著有《栖芸稿》《四书直说》等书。

鹧 鸪 天

东海东头看日升,秋风一叶井梧零①。闲云飞尽天如洗,今夜星河分外明。　舒倦体,坐残更②,微闻促织砌间鸣③。萧萧凉气清人骨④,为爱吟诗睡未成。

【说明】

天空,秋风落叶,明星高悬;地面,蟋蟀微鸣,凉气袭人,"舒倦体,坐残更"的作者吟咏赋诗其间。一幅情景交融、清新自然、形象鲜明的生活画面展现在人们眼前,给人以美感和勤奋的启迪。

【注释】

①井梧:井边的梧桐树。　零:凋落。

②残更:将尽的更鼓声,即天快亮的时候。

③促织:蟋蟀的别名。

④萧萧:象声词。

朱元璋

朱元璋(1328—1398),即明太祖。字国瑞,濠州钟离(今安徽凤阳)人。早年贫苦,曾入皇觉寺为僧。元末爆发农民起义,朱元璋率众参加红巾军,属郭子兴部。郭子兴死后,诸将奉其为吴国公,后称吴王。先后消灭陈友谅、张士诚的割据势力。1368年建都南京,创立明王朝,年号洪武。同年攻克大都(今北京市),推翻了元朝统治,并逐步统一全国。

缺 调 名

望东南,隐隐神坛①。独跨征车②,信步登山。烟寺迁迁③,云林郁郁,风竹姗姗④。　　尘不染、浮生九寰⑤,客中有、僧舍三间。他日偷闲,花鸟娱情,山水相看。

【说明】

作者早年家境贫寒,曾出家礼佛于皇觉寺(位于安徽凤阳县凤凰山日精峰下)。明洪武初年改称龙兴寺,并有朱元璋亲撰的《龙兴寺碑》文。此词即是作者出家为僧时所作。词中以远山近水、烟寺云林、花鸟风竹等景物,构成了一幅谐美绝俗、恬淡幽雅的画面。

【注释】

①神坛:古代祭祀天神或远祖的高坛。

②征车:远行者所乘的车。唐·韩愈《送侯参谋赴河中幕》诗:"别袖拂洛水,征车转崤陵。"

③迁迁:路远而曲折。

④姗姗(shān shān):缓步的样子。此指翠竹在微风中轻轻摇曳的样子。

⑤浮生:谓人生在世,虚浮不定。　　九寰:犹言九州,天地间。

魏　观

魏观(？—1374)，字杞山，蒲圻(今属湖北)人。元末隐居蒲山。朱元璋攻克武昌后，聘其为平江学正。入明后，曾陪侍太子讲书，任翰林侍读学士、国子祭酒、苏州知府等职。洪武七年(1374)为人所谮，被诛。能诗词。

水调歌头

己亥秋七月三日①，谪来都昌②。泊舟驿亭③，登眺有感，因成《水调歌头》一曲，录呈胡君茂处士一笑④。

湖光与山色，并作十分秋。驿亭时一登眺，无处著闲愁。渺渺洞庭春渌⑤，郁郁匡庐空翠⑥，吟览复何求？眼底足清赏，赖有明月舟。

慨多士，成远别，思悠悠。班家子弟珍重，休把笔轻投⑦。遮莫石梁茅屋⑧，浑似荒村野店，随分且消忧。公论在天下，泾渭不同流⑨。

【说明】

元至正十九年(1359)秋季，作者获罪，乘船前往贬所江西都昌。途中的渺渺洞庭、郁郁庐山，贬所的石梁茅屋、荒村野店，使孤寂无亲的作者更加愁苦、不平，只得挥笔向友人倾吐苦衷与清白，并坚信"公论在天下，泾渭不同流"。全篇含蓄伤感，真切动人。

【注释】

①己亥：指元至正十九年(1359)。

②谪：获罪而被贬。　　都昌：在今江西省。

③驿亭：古代驿传有亭，作为行旅休息的地方，故称驿亭。

④胡君茂：生平事迹不详。作者好友。　　处士：有德才而隐居不仕者和尚未做官的人。《汉书·异姓诸侯王表》："秦既称帝，患周之败，以为起于处士横议。"唐·颜师古等注云："处士，谓不官于朝而居家者也。"

⑤洞庭：湖名。在湖南北部、长江南岸。　　渌(lù)：清澈。

⑥匡庐:即庐山。在江西九江市南。相传殷商之际,有匡裕先生在此修道,故后世亦称为匡庐。

⑦"班家"二句:《后汉书·班超传》载,班超家贫,为官佣书,尝辍业投笔叹曰:"大丈夫无他志略,犹当效傅介子、张骞立功异域,以取封侯,安能久事笔研(砚)间乎?"后以投笔从戎喻弃文就武。

⑧遮莫:任凭。　石梁:石造的桥。

⑨泾渭:指陕西境内的泾水和渭水。因泾水清,渭水浊,故后人以泾渭喻人品的清浊。

刘 炳

刘炳(1380年前后在世)，字彦炳，鄱阳(今江西波阳)人。洪武初年，曾任中书典签、东阿知县等职。后因病辞归。能文工诗。著有《刘彦炳集》。

忆 秦 娥

送 别

溪头柳，青青折赠行人手①。行人手，最伤心处，西风重九②。
阳关一曲长亭酒③，停鞭欲去仍回首。仍回首，少年离别，老来依旧。

【说明】

明·许瑶《泽存堂记》云："迨龙飞江左，(刘炳)以献书言事受知于上，擢官清要，辅政藩闽，出宰百里，两考而归，以病告老。"可知入明后，作者长期在外为官，故词中流露出"少年离别，老来依旧"的伤感。龙飞江左，指朱元璋定鼎南京，建立明朝。长江下游以东地区，即今江苏省一带，古时称为江左，亦称江东，江西一带则称江右。

【注释】

①"溪头柳"二句。见本书王蒙《忆秦娥·南方怀古》注③。

②重九：即农历九月九日，亦称重阳。清·富察敦崇《燕京岁时记·九月九》："京师谓重阳为九月九。每届九月九日，则都人士提壶携榼，出郭登高。"

③阳关一曲：即《阳关曲》，亦称《渭城曲》。见本书刘基《千秋岁·淡烟平楚》注④。　　长亭：秦汉时，十里置长亭，五里置短亭。是供行人在路旁休息或饯别的地方。

虞 美 人

重游三山感旧①

信陵门下簪缨客②，寂寞头都白。重来无复旧交游，上马台边烟草不胜秋。　　风流云散繁华去③，犹指将军树。长歌何处吊荒丘④，衰泪凄凉不尽与江流。

【说明】

明洪武十二年(1379)以后，刘炳曾任东阿(今属山东)知县。此词当为任职东阿时所作。词作吊古伤今，感叹人生。结尾二句更是哀婉凄凉，催人泪下。

【注释】

①三山：山名。此指山东掖县(今莱州市)北的三山。

②信陵：指信陵君魏无忌。战国时魏昭王之子、魏安釐王异母弟。封信陵君，礼贤下士，广揽人才，有食客三千。诸侯国以其贤，多年不敢对魏国用兵。曾任上将军。　　簪缨：古代官吏的冠饰。后常以此比喻高官显贵。

③风流：此指英俊杰出的人物。

④丘：此指坟墓。

木兰花慢

辛酉九日①

写长空一雁，又景物，是重阳。甚雨暗东篱，数枝青蕊②，未放秋香。揸筇倦登高处③，掩柴门、衰柳映横塘。日暮江声滚滚，西风鬓影苍苍。　　当年歌舞翠红乡④，一曲杜韦娘⑤。曾击碎珊瑚，玉人扶醉⑥，银烛成行。回头已成陈迹，早归来、茅屋石田荒。漫把清樽遣兴⑦，都非少日疏狂⑧。

【说明】

　　词为作者晚年所作。重阳佳节正是携酒登高、赏菊宴乐之时，而两鬓皤然的作者却手拄拐杖，倦掩柴门。狂歌曼舞、疏狂放逸生活的美好回忆，使作者的凄凉愁苦和人生感叹更加强烈。

【注释】

　　①辛酉九日：指洪武十四年(1381)九月九日重阳节。

　　②青蕊：青色未开的花，即青色的花苞。唐·杜甫《叹庭前甘菊花》诗："庭前甘菊移时晚，青蕊重阳不堪摘。"

　　③揰筇(zhī qióng)：拄着拐杖。筇，竹名。可以作手杖，故称杖为筇。

　　④翠红乡：犹言温柔乡，即美色迷人的地方。

　　⑤杜韦娘：唐朝歌妓名。后为教坊曲调名。唐·刘禹锡《赠李绅歌妓诗》："髻鬟梳头宫样妆，春风一曲杜韦娘。"

　　⑥玉人：姿质皎洁、容貌美丽的人，此指年轻女子。

　　⑦樽：盛酒器。

　　⑧疏狂：狂放不羁的样子。

董 纪

董纪(生卒年不详),字良史,以字行,更字述夫。上海人。洪武十五年(1382)举贤良方正。曾任江西按察使佥事,不久即辞官归里,筑西郊草堂以居,读书自娱。能诗词,风格平易朴实。著有《西郊笑端集》。

唐多令

触事感怀

举眼便凄凉,寒鸦噪夕阳①。二十年,多少兴亡。花榭柳台无片瓦②,歌舞地,放牛羊。　　往事莫思量,说来愁断肠。旧时人,都在他乡。但得酒杯长在手,终日醉,更何妨。

【说明】

作者晚年辞官归里,隐居草堂,每有感触,便寄于诗词,此词即为其中之一。元末明初战乱频仍,城乡凋敝,百姓流离。现实悲惨凄凉,往事不堪回首,作者感慨万端而又无可奈何,只能发出"终日醉,更何妨"的哀叹。

【注释】

①寒鸦:唐·张钧《岳阳晚景》诗:"晚景寒鸦集,秋风旅雁归。"
②榭:台上有屋者称榭。

韩 奕

　　韩奕(1328—?),字公望,号蒙斋。平江(今江苏苏州)人。入明后,遁迹不仕,终生布衣。父精医理,韩奕承之,隐于乡。郡守姚善以礼邀,终不住。姚善登门相诣,他先避走楞伽山,姚善亦至;复又驾小舟入太湖,姚善叹曰:"韩先生所谓名可得而闻,身不可得而见也。"博究诸子百家,亦能诗词。著有《韩山人集》《易牙遗意》等书。

四 字 令

　　荼蘼送香①,枇杷映黄②。园池偷换春光③,正人间昼长。　　鸠鸣在桑,莺啼近窗。行人远去他乡,正离愁断肠。

【说明】

　　作者终生不仕,隐居山水园林之间,人称高士。此词即以园池中花木生长变化的景象说明春光归去,以斑鸠、黄莺的啼鸣烘托人物的离愁断肠。语浅情深,清雅自然。

【注释】

　　①荼蘼:植物名。夏初开花,多黄白色。见本书梁寅《破阵子·黯黯凄凄草色》注①。

　　②枇杷:常绿乔木,夏日果熟,果实圆形,呈淡黄色。

　　③园池:种植花木并有水的地方。《汉书·成帝纪》:"广第宅,治园池。"

河 传

送俞彦行①

　　天际舟去水和烟,路遥遥,知几千?广州又在海西边,堪怜! 行人方少年。　　回首吴台连楚馆②,云树远,眼与肠俱断。念归期,是何时？休迟。莺花容易稀③。

【说明】

  词写送别。主人岸边相送，友人乘舟远去。彼此含情相向，直至万里烟波相隔，"眼与肠俱断"。全词语言质朴，意境开阔，无限的离愁别绪仿佛充斥于浩浩荡荡的烟波之中。

【注释】

  ①俞彦行：生平事迹不详。

  ②吴台连楚馆：此处借指友人故乡的所在地。

  ③莺花：指春景。唐·卢仝《楼上女儿曲》诗："莺花烂漫君不来，及至君来花已老。"

王 行

王行(1331—1395),字止仲,号淡如居士、半轩、楮园。长洲(今江苏苏州)人。洪武初,郡庠延为经师。晚年隐于石湖之滨。学问广博,淹贯诸子百家,工诗词,善泼墨山水。后因被牵涉凉国公蓝玉谋叛一事而坐死。著有《楮园集》《半轩集》等。

如 梦 令

惜 春

一日寻芳一度,一树繁花一步。回首又何时？流水乱红无数①。春暮,春暮,幽草绿阴庭户。

【说明】

词牌《如梦令》声韵结构严谨,句式整齐活跃,宜于感情和形象的表达。故词中寻芳惜春的人、繁花似锦的景皆清晰可见。情景相生,生动具体。

【注释】

①乱红:指落花。

一江春水

顾氏隐居

黄花翠竹临溪处,正是幽人住①。不嫌拄杖破苍苔,便道有时烟雨也须来。　　隔帘尘土纷纷起,久厌襄阳市②。若能招我作西邻,从此一溪流水两家分。

　　词牌《一江春水》即《虞美人》。词的上片写顾氏隐居处的柔美幽雅及交往甚密的情景，下片写自己对闹市的厌烦和脱俗避世的思想。清新自然，质朴冲淡。

【注释】
　　①幽人：避世隐居的人。
　　②襄阳：地名，属湖北省。　　市：城镇。

踏 莎 行

写 怀

　　尘路风花，暖空晴絮①。游丝剩有萦牵处②。客怀幸自不禁愁，啼鹃又恁催归去③。　　细草春莎，垂柳古渡④。忘机可得如鸥鹭⑤。平湖却也慰人心，片帆不碍烟中树。

【说明】
　　作者晚年隐居风景优美、山水秀丽的石湖之滨（今属江苏），词当作于此时。抒写思乡情怀、隐逸思想。

【注释】
　　①晴絮：晴空中的浮云。
　　②游丝：空中飘动的蜘蛛或青虫所吐之丝。南朝梁·沈约《会圃临春风》诗："游丝暖如烟，落花雾如雾。"
　　③鹃：即杜鹃。亦称子规、思归、催归等。鸣叫声似"不如归去"。　　恁：这样，如此。
　　④古渡：年代久远的渡口。唐·戴叔伦《京口怀古》诗："大江横万里，古渡渺千秋。"
　　⑤忘机：自甘恬淡，心无纷竞。宋·陆游《乌夜啼》词："镜湖西畔秋千顷，鸥鹭共忘机。"

高 启

高启(1336—1374),字季迪,号槎轩,元末隐居松江青丘,又号青丘子。长洲(今江苏苏州)人。洪武初,召修《元史》,任翰林院国史编修,擢户部右侍郎,自陈年少,不敢当重任,乞归。后因为郡守魏观改建府治作《上梁文》,其中有"龙蟠虎踞"之语而获罪,被腰斩于南京。知识渊博,能文章,工诗词。,与杨基、徐贲、张羽合称明初四杰。著有《高太史全集》《扣舷词》等。

行香子

芙 蓉①

如此红妆②,不见春光。向菊前、莲后才芳。雁来时节,寒沁罗裳③。正一番风,一番雨,一番霜。 兰舟不采④,寂寞横塘。强相依,暮柳成行。湘江路远,吴苑地荒。恨月濛濛,人杳杳,水茫茫。

【说明】

作者以木芙蓉自喻,在词中寄寓着生不逢时的感叹、孤寂自守的凄楚。其在《东池看芙蓉》诗中亦有"兰舟虽无美人采,日暮孤吟自行绕。明朝重到恐销魂,零落红云波渺渺"句。这些都反映出当时社会的黑暗及文人处境的艰难。

【注释】

①芙蓉:此指木芙蓉。亦称木莲、拒霜等。其花入秋始开,或红或白,大而美艳,凌霜不凋。

②红妆:指芙蓉花。

③沁(qìn):渗透。

④兰舟:材质上佳、制作精良、装饰华美的船。亦用作对小船的美称。

天 仙 子

怀 旧

忆共当年游冶伴①,爱听秦娥青玉案②。琐窗春晓酒初醒,莺也唤,人也唤,不问谁家花惜看。　　旧事那知回首换,画舫空闲杨柳岸。相思日暮隔梁园③,山一半,水一半,望眼别肠齐欲断。

【说明】

　　此词抒发的是作者怀旧伤今的感情和思绪。上片追忆当年与伙伴游冶的欢乐和放逸,下片描写当今与友人山水相隔的孤寂和相思。因物赋形,缘情随事,读来真挚感人。

【注释】

　　①游冶:出游寻欢作乐。指追求声色之事。

　　②秦娥:古称歌女为秦娥。　　青玉案:词调名。本于汉·张衡《四愁诗》之四:"美人赠我锦绣段,何以报之青玉案"句。

　　③梁园:园囿名。即梁苑,亦称兔园。在今河南开封市东南。汉梁孝王刘武所建,是游赏和宴集宾客的地方。

江 城 子

江上偶见

芙蓉裙衩最宜秋①,柳边头,自撑舟。一道眼波,斜共晚波流。蓦地逢人回首笑②,不识恨,却知羞。　　夕阳犹在水西楼,慢归休,欲相留。教唱弯弯,月子照湖州③。不怕鸳鸯惊起了,怕江上,有人愁。

【说明】

　　作者以实写和虚拟的手法,通过衣着、举止、笑貌、歌声等方面的描写，展现了江上偶见撑舟女子妩媚动人的形象。读之如见其人，如闻其声，眷恋之情亦油然而生。

【注释】

①芙蓉裙衩(chà)：此指绣有荷花图案的裙子。衩，裙里。

②蓦地：忽然。

③月子：犹言月儿，即月亮。　　湖州：地名，今属浙江省。

念 奴 娇

自 述

策勋万里①，笑书生、骨相有谁曾许②？壮志平生还自负，羞比纷纷儿女。酒发雄谈，剑增奇气，诗吐惊人语。风云无便③，未容黄鹄轻举④。　　何事匹马尘埃，东西南北，十载犹羁旅⑤。只恐陈登容易笑⑥，负却故园鸡黍⑦。笛里关山，樽前日月，回首空凝伫。吾今未老，不须清泪如雨。

【说明】

作者于词中自述生平志向。上片写策勋万里的壮志和超越众人的才干，下片写怀才不遇的羁旅生活以及出仕与退隐的矛盾心理。具体而又生动地反映了当时知识分子处境艰难与苦闷的心情。

【注释】

①策勋：将功勋记在简策上。北朝民歌《木兰诗》："归来见天子，天子坐明堂。策勋十二转，赏赐百千强。"

②骨相：指人的骨骼与相貌。古人常以骨相推论人的命运。

③风云：此处指局势。

④黄鹄：大鸟。此处为作者自喻。

⑤羁旅：寄居作客他乡，漂泊不定。

⑥陈登：三国时魏人。有扶世济民、忧国忘家之志。曾因许汜谈论求田问舍之事，故令其卧于下床，而自己上大床而卧(参见《三国志·魏书》)。

⑦鸡黍：谓杀鸡为黍而食之。此指家乡的饭菜。

石 州 慢

春 感

落了辛夷①,风雨频催,庭院潇洒②。春来长恁③,乐章懒按,酒筹慵把④。辞莺谢燕⑤,十年梦断青楼⑥,情随柳絮犹萦惹。难觅旧知音,托琴心重写⑦。　　妖冶⑧。忆曾携手,斗草阑边⑨,买花帘下。看到辘轳低转⑩,秋千高打。如今甚处,纵有团扇轻衫,与谁更走章台马⑪?回首暮山青,又离愁来也。

【说明】
　　作者以对比手法,忆往昔风流韵事,伤如今冷清孤寂。清·沈雄《古今词话》评此词说:"青丘乐府大致以疏旷见长,而《石州慢》又极缠绵之至。"

【注释】
　　①辛夷:落叶乔木。早春开花,花色或紫或白,香气馥郁。
　　②潇洒:此处意指凄清。
　　③恁(rèn):这样,如此。
　　④酒筹:饮酒记数之具。
　　⑤莺、燕:此处皆代指妓女。
　　⑥青楼:指妓院。
　　⑦琴心:寄情意于琴声。唐·李群玉《戏赠魏十四》诗:"兰浦秋来烟雨深,几多情思在琴心。"
　　⑧妖冶:艳丽。此指妓女。
　　⑨斗草:南朝梁·宗懔《荆楚岁时记》:"五月五日,四民并踏百草,又有斗百草之戏。"唐·司空图《灯花》诗之二:"明朝斗草多应喜,剪得灯花自扫眉。"
　　⑩辘轳:井上汲水的装置。
　　⑪章台:台名。故址在今陕西西安市长安区西南。台下有街,曰章台街。班固《汉书·张敞传》:"然(张)敞无威仪,时罢朝会,走马过章台街。"时张敞为京兆尹。后亦以"章台"为妓院的代称。

贺 新 郎

喜徐卿远访①

人事浮云变。为如何，忽然而别，偶然而见？今古这些离合梦，多少酒愁诗怨。君共我、任随蓬转②。尝忆望穷天际眼③，却今宵、看熟灯前面。谈笑处，两忘倦。　　淮乡楚泽知游遍。问江南、归时谁有，故家庭院？拂了征衫旧尘土，再整赏筝吟卷。随处里、山留水恋。作个东坡来往友，算平生、富贵非吾愿④。举此酒，祝长健。

【说明】

日夜思念的友人突然来访，作者喜出望外，故作此词以记之。在二人重逢叙别、劝勉相慰、彼此祝福的欢聚描绘中，亦展现了当时社会动荡不安、人们奔波求生的悲惨现实。文笔晓畅自然，读来真切感人。

【注释】

①徐卿：生平事迹不详。作者好友。

②蓬转：蓬草随风飞转。喻人行踪转徙不定。

③望穷天际眼：犹望眼欲穿之意。

④富贵非吾愿：此句化用东晋·陶渊明《归去来兮辞》："富贵非吾愿，帝乡不可期。"

沁 园 春

雁

木落时来，花发时归，年又一年。记南楼望信，夕阳帘外；西窗惊梦，夜雨灯前。写月书斜①，战霜阵整，横破潇湘万里天②。风吹断，见两三低去，似落筝弦③。　　相呼共宿寒烟，想只在芦花浅水边。

恨呜呜戍角④,忽催飞起;悠悠渔火⑤,长照愁眠。陇塞间关⑥,江湖冷落,莫恋遗粮犹在田。须高举,教弋人空慕⑦,云海茫然。

【说明】

明洪武三年(1370),作者被朝廷任命为户部右侍郎,坚辞不受,退居吴淞江之青丘(今属江苏)。此词当为辞官归里后所作。词中感物兴怀,"须高举"三句,是对大雁的叮嘱,更是作者决意退隐、远害自全思想的流露。语言晓畅自然,情意哀婉悲凄。因作者坚持不与统治者合作,洪武七年(1374),被明太祖借故腰斩。

【注释】

①写月书斜:此指大雁排成"一"字或"人"字飞行,斜贯月夜青空。

②潇湘:泛指今湖南地区。

③筝弦:筝柱上的弦索。古人常以雁形容筝柱。唐·李商隐《昨日》诗:"二八月轮蟾影破,十三弦柱雁行斜。"

④戍角:军中所用的号角。

⑤渔火:渔船上的灯火。

⑥间关:谓道路崎岖难行。《后汉书·马援传》:"(马援)投自西州,钦慕圣义,间关险难,触冒万死。"

⑦弋人:亦作弋者,即射取飞鸟的人。唐·张九龄《感遇》诗之四:"今我游冥冥,弋者何所慕。"

程本立

程本立(? —1402),字原道,号巽隐。崇德(今浙江桐乡市)人。官至右佥都御史。后闻燕王朱棣篡位,自缢而死。能文章,工诗词。著有《巽隐集》。

清 平 乐

其 一

山翁归去,玉洞花千树①。拍手儿童花下路,惊动落花无数。
山中红雨苍苔②,人间白发黄埃。借问玄都道士,刘郎何日重来③?

其 二

山翁归去,记得来时路。雨涨溪泉人不渡,花外鸟啼何处?
人间不在山中,高怀都付丝桐④。一曲《瑶池宴》罢⑤,春风吹尽残红。

【说明】

作者在这两首小词中写自己与山翁间的阻隔及对山翁的深切思念,写山中与人间的不同和自己对隐逸于山水林泉的向往。人生感慨寄寓其中。

【注释】

①玉洞:指神仙或隐者的住所。唐·卢纶《寻贾尊师》诗:"玉洞秦时客,焚香映绿萝。"

②红雨:指花飞如落雨。唐·李贺《将进酒》诗:"况是青春日将暮,桃花乱落如红雨。"

③"借问玄都道人"二句:唐代诗人刘禹锡作有《元和十一年自朗州召至京戏赠看花诸君子》诗:"紫陌红尘拂面来,无人不道看花回。玄都观里桃千树,尽

是刘郎去后栽。"十四年后,即唐文宗太和二年三月,刘禹锡复为主客郎中,回到长安,作《再游玄都观》诗,云:"百亩庭中半是苔,桃花净尽菜花开。种桃道士归何处,前度刘郎今又来。"此处借此典表达盼望好友再来相聚之意。玄都:本指神仙所居之处,亦指玄都观,隋唐时道观,原名通道观,后改称玄都观,位于长安崇宁坊,后废。　　刘郎:指刘禹锡。此处借指作者好友。

④高怀:高尚的胸怀。　　丝桐:琴的别名。古代多用桐木制琴,练丝为弦,故称丝桐。

⑤《瑶池宴》:亦作《瑶池燕》。古琴曲名。

韩守益

韩守益(公元 1398 年前后在世),字仲珍,号樗寿。石首(今属湖北)人。曾任河南道御史、重庆太守、安庆府判等职。曾三次任御史,均因敢谏言而激怒皇帝,尝命力士以铁锤击打,倒在地上,待怒气平息,命太医院调治,限三日后上朝。后改任春坊中允,以病归,卒。工诗词。著有《樗寿稿》。

苏 武 慢

江亭远眺

地涌岷峨①,天开巫峡②,江势西来百折。击楫中流③,投鞭思济④,多少昔时豪杰!鹤渚沙明,鸥滩雪静,小艇鸣榔初歇⑤。喜凭阑、握手危亭,偏称诗心澄澈。　　还记取、王粲楼前⑥,吕岩矶外⑦,别样水光山色。烟霞仙馆,金碧浮图⑧,尽属楚南奇绝。紫云箫待,绿醑杯停⑨,咫尺良宵明月。弃高歌、一曲清词,遍彻冯夷宫阙⑩。

【说明】

此词写作者自江亭中远眺长江时的所见所感。岷峨、巫峡、江势的雄伟壮丽,祖逖、符坚等英雄豪杰的生动形象,王粲、吕岩等文人骚客的传闻轶事,鹤渚鸥滩、仙馆浮图等山水景物,皆展现在作者视野所及的画面中。字词锤炼颇为讲究,"地涌岷峨"的"涌"字顿使大自然活化了,与杜甫《咏怀古迹》之三"群山万壑赴荆门"中的"赴"字和《月》诗"四更山吐月"中的"吐"字有异曲同工之妙。词情豪逸,意境壮阔。

【注释】

①岷峨:岷山和峨嵋山。

②巫峡:长江三峡之一,因巫山得名。西起四川巫山县,东至湖北巴东县。

③击楫：敲击船桨。《晋书·祖逖传》载，西晋末年，晋室大乱，祖逖率部下百余家渡江，中流击楫而誓曰："祖逖不能清中原而复济者，有如大江！"后常以"击楫"形容志节慷慨，壮怀激烈。

④投鞭：投掷马鞭。《晋书·苻坚载记》：前秦苻坚将攻晋，曰："以吾之众旅，投鞭于江，足断其流。"后常以"投鞭断流"喻兵士众多或兵力强大。

⑤鸣榔：击打船舷作声。

⑥王粲：字仲宣，三国魏山阳高平人。依附荆州刘表时，曾登上当阳城楼，作《登楼赋》。

⑦吕岩矶：在今湖北武昌蛇山脚下。相传为吕岩（字洞宾）歇息之处，故称吕岩矶。

⑧浮图：此处指佛塔。

⑨绿醑(xǔ)：绿色的美酒。醑，美酒。唐·李白《送别》诗："惜别倾壶醑，临分赠马鞭。"

⑩冯(píng)夷：又名冰夷、冯迟，河神名。宋·苏轼《后赤壁赋》："攀栖鹘之危巢，俯冯夷之幽宫。"

黎 贞

黎贞(? —1407?),字彦晦,号秫坡,又号陶生。新会(今属广东)人。洪武年间,曾任本邑训导。性格狂荡不羁,常以诗酒自放。后因事被诬,戍辽阳十八年,伴随者多人。放还后卒。早年从孙蕡学诗,亦能填词。著有《秫坡先生诗集》,其中包括词作。

醉 太 平

八月十八日遍游凤凰坡

莺花砌锦城①,龙虎壮瑶京②。文明礼乐播新声,赛周成治平③。英雄气压边疆靖④,贤良策奏人材盛⑤。阴阳顺气鬼神宁,与陶唐并称⑥。

【说明】

作者登游凤凰坡,感时触事,写下了这首歌功颂德的词作。

词中展现了一派君臣和谐、国泰民安、法正官清、歌舞升平的盛世景象。

【注释】

①砌:堆砌,筑成。 锦城:成都的别称。

②龙虎:天子的气象。《史记·项羽本纪》:"皆为龙虎,成五采,此天子气也。" 瑶京:此指京师、宫廷。

③周成:指周成王姬诵。 治平:治国平天下。

④靖:安定,无战事。

⑤贤良:指有德行的人。

⑥陶唐:古代传说中的圣贤之主帝尧。尧初居于陶,后封于唐,为唐侯,故称陶唐。

折 桂 令

寄 东 海

老顽老顽①,酒诗萧条②。别后相思,高兴迢迢③。只影茕茕④,孤灯寂寂,两鬓萧萧⑤。　　不平恨,何时是了? 这离愁,对景难消。地远天遥。何时归来? 快活了,暮暮朝朝⑥。

【说明】

词中迢迢、茕茕、寂寂、萧萧、朝朝、暮暮等叠字的运用,不仅增强了词调音节的谐美,显示出作者对文字高超的驾驭能力,更衬托出作者的相思之苦及盼望与友人朝夕欢聚的心愿。

【注释】

①老顽:愚妄的人。作者自指。

②萧条:寂寥,冷清。

③"高兴"句:意谓感发的情思缠绵不绝。　　迢迢:遥远的样子。此指情意绵长。

④茕茕(qióng):孤单无依的样子。

⑤萧萧:头发花白稀短的样子。宋·陆游《杂赋》诗:"觉来忽见天窗白,短发萧萧起自梳。"

⑥暮暮朝朝:亦作朝朝暮暮,即日日夜夜。唐·白居易《长恨歌》:"蜀江水碧蜀山青,圣主朝朝暮暮情。"

瞿　祐

　　瞿祐(1341—1427)。一作瞿佑。字宗吉,号存斋,又号山阳道人。钱塘(今浙江杭州)人。一生只做过几任学官。永乐年间因诗获罪,放逐保安,洪熙元年(1425)释还。博学多才,尤长于香奁艳体诗。著述多达二十馀种,现仅存《归田诗话》《咏物诗》及传奇小说《剪灯新话》。

摸　鱼　儿

苏堤春晓①

　　望西湖,柳烟花雾,楼台非远非近。苏堤十里笼春晓,山色空濛难认。风渐顺,忽听得,鸣榔惊起沙鸥阵②。瑶阶露润③。把绣幕微搴,纱窗半启,未审甚时分。　　凭栏处,水影初浮日晕④。游船未许开尽。卖花声里香尘起,罗帐玉人犹困。君莫问,君不见,繁华易觉光阴迅。先寻芳信,怕绿叶成阴,红英结子,留得异时恨⑤。

【说明】

　　作者曾云:“丁巳岁(1377)夏,寄居富氏馀清楼,俯视西湖,如开一镜。凡阴晴风雨,寒暑昼夜,未尝不与水光山色相接也。技痒不能忍,因制《望西湖》十阕。”(《渚山堂词话》卷二)此词便是其中的一首。词中再现了轻烟淡霭中苏堤春晓的迷人景象,以及西湖由夜之沉静到昼之喧哗的苏醒过程。作者珍惜青春、及时行乐的思想亦寄寓其中。

【注释】

　　①苏堤春晓:杭州西湖十景之一。见本书王蒙《忆秦娥·花如雪》注①。
　　②鸣榔:敲击船舷发出声响作为音乐的节拍。
　　③瑶阶:玉阶。唐·崔颢《七夕》诗:“长信深阴夜转幽,瑶阶金阁数萤流。”
　　④日晕:太阳四周有时出现彩色光圈,称日晕。

⑤"先寻芳信"四句:唐·杜牧《叹花》诗:"自恨寻芳到已迟,往年曾见未开时。如今风摆花狼藉,绿叶成阴子满枝。"

水调歌头

乙未初度日自寿①

六十九年我,老作塞垣民②。更无官守言责,依旧一闲身。试把光阴屈指,明日中元到也③,不觉遇生辰。尊酒自相慰,谁主复谁宾。

对蓬荜④,思往事,独伤神。遥知妻子垂念⑤,坐久嚏声频⑥。四度儒宫设讲⑦,六载王门效职,贺客竞来亲。今日异前日,聊且认吾真。

【说明】

明永乐年间(1403—1424),瞿祐因诗祸被谪戍保安(今属陕西)十年。这首自寿词即为此间所作。全词明白如话,语浅情深,荣辱难料、炎凉无常的人生感叹流露于字里行间。

【注释】

①乙未:即明永乐十三年(1415)。　初度:初生之年月日时。屈原《离骚》:"皇览揆余初度兮,肇锡余以嘉名。"后称生日为初度。

②塞垣:指长城或边远地带。

③中元:古人称农历七月十五日为中元。

④蓬荜:蓬户荜门。指贫者居住的茅屋草房。

⑤垂念:惦念,系念。

⑥嚏(tì):打喷嚏。俗谓人打喷嚏,则是被他人思念或谈论。

⑦儒宫:讲授儒学的宫室或学校。明洪武年间,作者曾任仁和、临安、宜阳等地的训导或教谕。

贺新郎

题《秦女吹箫图》①

风露非人世,正良宵、月华如昼②,云开天霁③。十二台高无人到,只有彩鸾飞至。便同跨抟风双翅④。手弄参差琼玉琯⑤,向曲中吹出求凰意⑥。霄汉上,共游戏。　　祥飙浩荡吹香袂⑦。任钗横鬓乱,懒把妆梳重试。偿尽平生于飞愿⑧,到处相随犹殢⑨。果然是、赤绳双系⑩。天若有情天也许⑪,愿人间夫妇咸如是⑫。欢乐事,莫相弃。

【说明】

此为一首题画词作。词以优美形象的语言,展现了《秦女吹箫图》中风露绝俗、月华如昼的仙人境界,以萧史、弄玉二人纯真浪漫、终生相爱的夫妻生活。"愿人间夫妇咸如是"一句,是作者对美满婚姻的向往,对人间夫妻的美好祝愿。

【注释】

①秦女吹箫图:汉·刘向《列仙传》卷上云:秦穆公之女弄玉,嫁于萧史为妻。萧史善吹箫,日教弄玉作凤鸣,致使凤凰止息其屋。穆公作凤凰台,使夫妇居止其上。数年后,萧史、弄玉皆随凤凰飞去。此图意即由此而来。

②月华:月光。

③霁(jì):风雪停止后初晴。

④抟(tuán)风:指鸟鼓动翅膀,结聚风力,乘风而高飞。《庄子·逍遥游》:"(鹏鸟)抟扶摇而上者九万里。"

⑤参差、琼玉琯:古代乐器名。

⑥求凰:相传西汉司马相如向卓文君求爱,作《琴歌》,其中有"凤兮凤兮归故乡,遨游四海求其凰"句。故后人称男子求偶为求凰。

⑦祥飙:犹言祥风,即和风。飙,暴风。此处泛指风。　　袂(mèi):古人称衣袖为袂。

⑧于飞:指鸟比翼而飞。《诗经·大雅·卷阿》:"凤凰于飞,翙翙其羽。"后人多以"于飞"喻夫妻恩爱和美。

⑨殢(tì):滞留,停留。

⑩赤绳双系:唐·李复言《续幽怪录·定婚店》云:唐朝韦固夜宿宋城南店,遇一老人倚布囊坐,向月检书。韦固问:"何书?"答曰:"婚牍耳。"又问:"囊中何物?"老人曰:"赤绳子,以系夫妻之足。虽仇敌之家、贵贱悬隔、吴楚异乡,只要生时暗用此绳相系,将来定成夫妻。"

⑪许:赞许,赞美。

⑫咸:都,皆。

张 肯

张肯(生卒年不详),字继梦,一作寄梦。吴县(今江苏苏州)人。少从宋金华学,终生布衣。诗文清丽有法,尤长于南词新声。著有《梦庵集》。

浪 淘 沙

咏 莎 滩①

雨过碧云秋,占断滩头②。沧浪翻处湿纤柔③。谁展翠茵平似剪,宿鹭眠鸥。 沙尾远凝眸④,雨惨烟愁。萋萋不共水东流⑤。几度渔人来傍宿,绿映孤舟。

【说明】

词写莎滩秋景。近处,白鸥、雪鹭眠宿在翠绿如茵的莎草上;远处,渔翁、孤舟停息在烟雨迷蒙的莎滩旁。意境清新柔媚,浑然和谐,给人以美的享受。

【注释】

①莎(suō):莎草。又名香附子,一种草本植物。

②占断:完全占有。唐·白居易《题孤山寺石榴花》诗:"山榴花似结红巾,容艳新妍占断春。"

③纤柔:纤细柔嫩。

④凝眸:注视的样子。

⑤萋萋:草木茂盛的样子。

林 鸿

林鸿(生卒年不详),字子羽。福清(今属福建)人。官至礼部精膳司员外郎。洪武初,太祖朱元璋亲试《龙池春晓》《孤雁》二诗,林鸿所作诗称旨,名震京师。与高棅、王偁、陈亮等并称"闽中十才子"。著有《鸣盛集》。

念 奴 娇

留别红桥故人①

钟情太甚,人笑我、到老也无休歇。月露烟云多是恨,况与玉人离别②。软语叮咛,柔情婉娈③,熔尽肝肠铁。歧亭把酒,水流花谢时节。　　应念翠袖笼香,玉壶温酒,夜夜银屏月。蓄喜含嗔多少态,海岳誓盟都设④。此去何之,碧云春树,合晚峰千叠。图将羁思⑤,归来细与伊说⑥。

【说明】

闽县(今福建闽侯县)才女张红桥曾对父母言:"欲得才如李青莲(李白)者事之。"一日,闽中才子林鸿偶经其居,作诗托邻媪投之,甚称张红桥之意,遂结为夫妻。从此二人唱和推敲,情好日笃。第二年,林鸿宦游金陵(今南京),作此词流连惜别。参见本书张红桥所作答词《念奴娇·次韵送外之金陵》)。

【注释】

①留别:临别留为纪念。　　红桥:桥名。在今福建闽侯县境内。是当时张红桥家所居之处。

②玉人:姿质皎洁、貌美如玉的女子。此指张红桥。

③婉娈:缠绵,深挚。

④海岳誓盟:即海誓山盟。

⑤羁思:客居异地的愁苦、情思。

⑥伊:你。

玉 漏 迟

记红桥故人春游①

惊鸦翻暗叶,桐花坠露,曲房新晓②。蜡炬香笼,准备惜花起早。翠沼凝寒冰活,呵素手③、衬妆初了。香径小。水溶溶波暖,正宜临眺。　　谁信造物无私④,偏付与容华,称颦宜笑⑤。更放花朝⑥,日日雾多阴少。不惜千金费尽,但惜取、数峰残照。归期杳,纵醉宜眠芳草。

【说明】

鸟语花香的媚景,称颦宜笑的丽人,相互辉映,构成了一幅赏心悦目的春意图。词中处处流露着作者流连春色、爱怜亲人的深情。参见本书张红桥《玉漏迟·游白湖别墅和鸿韵》。

【注释】

①红桥故人:指居住在闽县红桥的妻子张红桥。

②曲房:深幽隐秘的房屋。

③呵素手:呵气以温暖洁白的手。

④造物:此谓创造万物者,多指天。

⑤称颦宜笑:指一颦一笑皆相宜、美丽。颦(pín),皱眉。

⑥花朝:旧俗以农历二月十五日为百花生日,称花朝节,亦称花朝。或以二月二日、二月十二日为花朝。

八声甘州

怀冶城游好①

算人生、离合似参辰②,恰又是浮萍。看百年逆旅,一时过客③,

几度歧亭。何事眼前知己，惟我最飘零。天门惊折翼④，一梦才醒。

记取冶城人物，是烟霞俦侣⑤、海岳英灵⑥。每长吟大嚼，逸气贯青冥⑦。叹祖筵⑧、宴歌声断，向青铜、短鬓易星星⑨。红桥上，有人倚望，清泪盈盈。

【说明】

作者在词中写自己宦游金陵（今江苏南京）时的情景。上片以"参辰""浮萍""过客"喻自己漂泊不定的羁旅生活，下片写冶城才气出众、豪逸脱俗的伴侣及当时对妻子张红桥的怀念。不遇的悲愤、人生的感叹寄寓其中。

【注释】

①冶城：城名。故址在江苏南京市朝天宫附近。

②参辰：二星名。辰星亦称商星。参星居西方，辰星在东方，出没各不相见。后人常以"参辰""参商"比喻人不相遇，彼此隔绝。

③"看百年"二句：系化用李白《春夜宴桃李园序》："夫天地者，万物之逆旅；光阴者，百代之过客"句。逆旅：客舍。

④天门：天上的门。亦指帝王宫殿的门。　　折翼：折断翅膀。此处喻指怀才不遇。

⑤烟霞：指山水景色。　　俦侣：伴侣。

⑥海岳：四海五岳，指天下。

⑦逸气：超脱世俗之气。　　青冥：青天，碧空。

⑧祖筵：送别的宴会。

⑨青铜：此指青铜所制的镜子。　　星星：指鬓发花白。晋·左思《白发赋》："星星白发，生于鬓垂。"

玲珑四犯

次杉关怀古①

峭壁荒烟，摧垣衰柳②，伤心一片遗垒。英雄成草蔓，俯仰今何似。江山宛然画里，但纵横、暮禽寒水。西指匡庐③，南窥沧海，长啸倚天际。　　无人会,凭高意。黯魂销故国,双垂清泪。萧萧残月下④,叠鼓连云起。仲宣老去乡情切⑤,叹牢落⑥,风尘如寄。更多少闲愁,问春来燕子。

【说明】

这首词为怀古伤今之作,意境荒凉,情调凄楚。林鸿读书博闻强记,才气横溢,但性情脱落而不善做官,故思国怀乡、坎坷不遇的悲叹时有流露。

【注释】

①杉关:关名。在今福建光泽县西北杉岭上。古代为战略要地,亦是赣闽往来的通道。

②摧垣:被毁坏的墙壁。

③匡庐:庐山。

④萧萧:凄清冷落的样子。

⑤仲宣:即三国魏王粲,字仲宣。所作《登楼赋》中有"悲旧乡之壅隔兮,涕横坠而弗禁""人情同于怀土兮,岂穷达而异心"等句。

⑥牢落:孤寂,无所寄托。晋·陆机《文赋》:"心牢落而无偶,意徘徊而不能掎。"掎,抛弃。

张红桥

张红桥,女(生卒年不详),号红桥。闽县(今福建闽侯县)才女。居本县红桥之西,因以为号。聪明雅丽,能属文,善诗词。因闽中才子林鸿投诗称意,遂为之外室。后因林鸿宦游金陵(今江苏南京市)久而难归,思念成疾而卒。其诗词流传甚少。

黄 金 缕

记得红桥西畔路①,郎马来时,系在垂柳树。漠漠梨云和梦度②,锦屏翠幕留春住。

【说明】

此词原混杂在林鸿《鸣盛集》的词卷中,题为《蝶恋花·红桥忆别》,仅存半阕。张红桥居住在闽县红桥之西,自与林鸿相遇,二人常于此处欢会。这首词即以白描手法,生动地再现了林鸿骑马至红桥与作者相会的情景。

【注释】

①红桥:见本书林鸿《念奴娇·钟情太甚》注①。

②梨云:白如梨花的浮云。元·陈樵《玉云亭》诗:"梨云柳絮共微茫,春色园林一色芳。"

念 奴 娇

次韵送外之金陵①

凤凰山下②,恨声声玉漏③,今宵易歇。三叠阳关歌未竟④,城上栖乌催别。一缕情丝,两行清泪,渍透千重铁⑤。重来休问,尊前已是愁绝。   还忆浴罢描眉,梦回携手,踏碎花间月。谩道胸前怀豆蔻⑥,

今日总成虚设。桃叶津头⑦,莫愁湖畔⑧,远树云烟叠。剪灯帘幕,相思与谁同说?

【说明】

此系作者与林鸿的唱和之词。林鸿即将宦游金陵,作《念奴娇·钟情太甚》词赠别妻子张红桥。张红桥此时"一缕情丝,两行清泪",离愁别恨凝聚心头,遂次夫君之韵作此词以和之。夫妻间的相思之苦、纯真之情尽展现词中。参见本书林鸿《念奴娇·留别红桥故人》。

【注释】

①次韵:与他人的诗词相和并依原诗词用韵的次序,称次韵。

②凤凰山:此指福建同安县北的大凤山。

③玉漏:古代以玉为饰的计时器。

④三叠阳关:见本书刘基《千秋岁·淡烟平楚》注④。　　竟:完。

⑤铁:此处指布被。唐·杜甫《茅屋为秋风所破歌》:"布衾多年冷似铁,娇儿恶卧踏里裂。"

⑥豆蔻:植物名。南人称尚未大开的豆蔻花为含胎花。俗言女子佩戴含胎花易生子。

⑦桃叶津:即桃叶渡。在江苏南京市秦淮河畔。相传是晋朝王献之作歌送别爱妾桃叶的地方,故有此称。

⑧莫愁湖:在江苏南京市水西门外。相传六朝时,有女子莫愁曾居于湖滨,故称莫愁湖。

玉 漏 迟

游白湖别墅和鸿韵①

轻烟笼碧树,莺啼春露,绣帏春晓。短梦初回,颇怪卖花声早。懒下银床慢起,纤纤手、靓妆未了②。郎语小。这绿稀红暗,与君临眺。　　为侬巧画双蛾③,移几步金莲④,花间谈笑。联袂寻芳⑤,恰是春光年少。一杯竹叶同斟⑥,休学取、乐昌破照⑦。佳兴杳⑧,日日踏青斗草⑨。

【说明】

作者和丈夫林鸿《玉漏迟·惊鸦翻暗叶》词韵而作此词。词中描写自己与林鸿同游白湖别墅时的爱情生活及欢乐情景。神态逼真，情意缠绵。张红桥与林鸿间的深挚情爱后人书中多有记载:婚后林鸿有金陵之游,"张自鸿去后,独坐小楼,顾影欲绝。及见鸿诗词,感念成疾,不数月而卒。鸿归,遽往访之,及至红桥,闻张已卒,失声号绝。"(清·钱谦益《列朝诗集小传·张红桥》)

【注释】

①白湖:亦称玉湖。在福建莆田市东南。　　鸿:指林鸿。

②靓妆:美丽的脂粉妆饰。

③双蛾:此指女子的双眉。唐·李珣《河传》:"送君南浦,愁敛双蛾。"

④金莲:喻女子的纤足。

⑤联袂:亦作连袂。携手。

⑥竹叶:酒名,即竹叶青。唐·刘禹锡《忆江南》:"犹有桃花流水上,无辞竹叶醉尊前。"

⑦乐昌破照:唐·孟棨《本事诗》载,南朝陈时,徐德言看到政局混乱,对其妻乐昌公主说:"以君之才容,国亡必入权豪之家,斯永绝矣。"遂破一镜,各执其半。陈亡后,徐德言如前所约,以镜相寻,终于重见乐昌公主。

⑧杳(yǎo):远,广大。南朝宋·鲍照《芜城赋》:"灌莽杳而无际,丛薄纷其相信。"此处意谓(兴致)不尽。

⑨踏青斗草:春日郊游做游戏。南朝梁·宗懔《荆楚岁时记》:"五月五日,四民并踏百草,又有斗百草之戏。"

胡俨

胡俨(1361—1443),字若思,号颐庵,江西南昌人。洪武年间中举,授华亭教谕。永乐初年被荐举,入翰林院,任国子监祭酒,居国学多年,当时朝廷大著作、重要文诰,多出自其手。洪熙初,进为太子宾客兼祭酒致仕,归家后闲居二十馀年卒。博览群书,知识广博。通晓天文、地理、象纬、占候、律历、医卜等。亦能文章,善诗词,工书画。著有《颐庵集》。

调 笑 令

明月,明月,今古几回圆缺?天风吹上云端,琼楼玉宇露寒①。露寒露,寒寒露,捣药谁怜顾兔②?

【说明】

此首咏月小词,意境清虚寥廓,形象鲜明生动。冷静的月宫、捣药的白兔,仿佛就在眼前。

【注释】

①琼楼玉宇:形容瑰丽堂皇的建筑物。诗文中多用以指仙界楼台殿阁或月宫中的殿宇。此处指月中宫殿。宋·苏轼《水调歌头·中秋》:"我欲乘风归去,又恐琼楼玉宇,高处不胜寒。"

②捣药:古代神话传说,月中有白兔捣药。晋·傅玄《拟天问》:"月中何有?白兔捣药。"

竹 枝

船头烟暝浪花飞,船里风来浪湿衣。独棹兰桡下莲渚①,迎郎不见又空归。

【说明】

　　少女独棹小舟去会情人的举止情态、喜悦心情,以及迎郎不遇的伤感形象,皆鲜活地展现在这词情画意之中。意境清幽柔美,人物纯真可爱。

【注释】

　　①棹(zhào):船桨。此处用作动词,划船之意。　兰桡:同"兰舟",小船的美称,也指材质考究、制作精良、装饰精美的小船。桡,船桨。此处代指小船。　渚(zhǔ):水中小块陆地。

杨士奇

杨士奇(1365—1444),初名寓,以字行。泰和(今属江西)人。历事仁宗、宣宗、英宗三朝,官至少师、华盖殿大学士。与杨荣、杨溥并称"三杨"。其诗文号称台阁体,词气安闲,不尚辞藻。著有《东里全集》《文渊阁书目》等书。

桂 殿 秋

题 梅

竹君子①,松大夫②,梅花何独无称呼?回头试问松和竹,也有调羹手段无③?

【说明】

《晚香堂词话》云:"宣德中(1426—1435),有从官出松竹梅来题者,(杨)荣题松,(杨)溥题竹,后皆书'赐进士第'、'赐进士出身'。独(杨)士奇起于辟召,乃作题梅词。"所称题梅词,即指这首词。词中以对比手法,赞美梅花"不要人夸颜色好,只留清气满乾坤"(元·王冕《墨梅》)的高尚品格,及如同宰相般的才干。构思巧妙,饶有情趣。作者自比梅花不言而喻。

【注释】

①竹君子:指竹。因其心虚有节,故有竹君之称。宋·杨万里《壕上感春》诗:"竹君不作五斗谋,风前折腰也如磬。"

②松大夫:指松树。史载秦始皇泰山封禅时曾封松树为大夫。

③调羹:《尚书·说命》载,殷武丁曾对宰相傅说言:"若作和羹,尔惟盐梅。"后世遂以"调羹"指宰相之职。此指梅花可调羹,有宰相的作用。

解　缙

解缙(1369—1415),字大绅,号春雨,一字缙绅。吉水(今属江西)人。明洪武二十一年(1388)进士。官至翰林学士兼右春坊大学士。直文渊阁,参预机务。总裁《太祖实录》,监修《永乐大典》,深为明成祖器重。才气放逸,勇于任事,议政无所顾忌。因议立太子事为汉王高煦所忌遭谮,谪广西布政司参议,复改谪交阯(今广西、越南一带),复遭谗陷,下狱死。著述丰富,但多散佚。后人辑有《解文毅公集》。

长　相　思

寄　友

吴山深,越山深①,空谷佳人金玉音②,有谁知此心? 夜沉沉,漏沉沉,闲却梅花一曲琴③,高松对竹林。

【说明】
作者才名烜赫,直言敢谏,故为俗儒小人所忌,屡遭谗被贬,终以"无人臣礼"得罪而下狱死。这首寄友词,即以写佳人的孤寂生活、高尚情操及不为人所理解的痛苦,寄托自己坎坷不遇的情怀。

【注释】
①"吴山深"二句:化用宋·林逋《相思令》中"吴山青,越山青"句。
②空谷:深谷,山中。
③梅花:即《梅花落》,汉时横吹曲名。

凌云翰

凌云翰(生卒年不详),字彦翀,号柘轩。钱塘(今浙江杭州)人。元至正年间举人,洪武十四年(1381)荐授四川成都府学教授。博通经史。后得罪,贬谪南荒而卒。工诗词。著有《柘轩集》。

蝶 恋 花

杏庄为莫景行题①

一色杏林三百树,茅屋无多,更在花深住。旋压小槽留客醉②,举杯忽听黄鹂语。　醉眼看花花亦舞,风卷残红③,飞过邻墙去。恰似牧童遥指处,清明时节纷纷雨④。

【说明】

词为题咏之作。写友人居处的俭朴、环境的幽美,及嗜酒好客、放逸脱俗的情态。词情画意生动形象,使人如临其境,如见其人。

【注释】

①莫景行:人名,其生平事迹不详。

②槽:盛酒器或注酒器。

③残红:指落花。

④"恰似牧童"二句:系化用唐·杜牧《清明》诗:"清明时节雨纷纷,路上行人欲断魂。借问酒家何处有,牧童遥指杏花村。"

蝶 恋 花

过雨春波浮鸭绿①,草阁三间,人住清溪曲。旧种小桃多映竹,乱红遮断松边屋。　有客抱琴穿翠麓②,隔水呼舟,应是怜幽独③。历历武陵如在目④,几时同借仙源宿⑤?

词的上片写景,下片写人。茅屋草房依山傍水,桃竹掩映,高人雅士居住、往来其间。意境恬静幽美,飘逸绝世之趣自在其中。

【注释】

①鸭绿:此指春水像鸭头绿色。宋·苏轼《清远舟中寄耘老》诗:"觉来满眼是湖山,鸭绿波摇凤凰影。"

②麓:山脚。

③幽独:默然独居的人。此指隐士。此二句系化用唐·韦应物《滁州西涧》诗:"独怜幽草涧边生,上有黄鹂深树鸣。春潮带雨晚来急,野渡无人舟自横。"

④武陵:指武陵源。见本书贝琼《水龙吟·楚天归雁千行》注⑦。

⑤仙源:神仙居住的地方。

苏 武 慢

身在云间,目穷天际,一带远山如隔。隐隐迢迢①,霏霏拂拂②,蔓草寒烟秋色。数著残棋,一声长啸,谁识洞庭仙客③? 对良宵、明月清风,意味少人知得。　君记取、黄鹤楼前④,紫荆台上⑤,神有青蛇三尺。土木形容⑥,水云情性⑦,标韵自然孤特⑧。碧海苍梧,白蘋红蓼,都是旧时行迹。细寻思、离乱伤神,莫厌此生欢剧。

【说明】

这首词主要描写秋色、秋思。身处离乱、不满现实的作者面对烟波浩渺、蔓草寒烟的洞庭秋景,孤寂苦闷之情油然而生;黄鹤楼、紫荆台的仙迹传说又勾起绝俗出世的内心活动。意境清旷凄凉,词情伤感含蓄。

【注释】

①隐隐迢迢:隐约不清、辽阔无边的样子。

②霏霏拂拂:云烟飘浮、草色茂盛的样子。唐·吴融《秋色》诗有"霏霏拂拂又迢迢""蔓草寒烟锁六朝"之句。

③洞庭:湖名。在湖南省北部,长江南岸。

④黄鹤楼:故址在湖北武汉市蛇山的黄鹄矶头。宋·乐史《太平寰宇记》:"昔费祎登仙,每乘黄鹤于此憩驾,故号黄鹤楼。"

⑤紫荆台:台名。在湖南岳阳县南滟湖上。《岳阳纪胜》载,昔有江叟,遇樵夫遗以铁笛,吹之无声。一日吹于紫荆台,响震林谷。

⑥土木形容:亦作土木形骸。即不加修饰的本来面目。《晋书·嵇康传》:嵇康"有风仪,而土木形骸,不自藻饰。"

⑦水云:亦作云水。旧称行脚僧为云水。言其到处为家,有如行云流水。唐·丰干《壁上诗》:"一身如云水,悠悠任去来。"

⑧标韵:仪表风度。

陈 山

陈山（生卒年不详），字伯高。福建沙县人。洪武二十六年（1393）举人。永乐九年（1411）任吏科给事中，充东宫讲官。官至户部尚书、谨身殿大学士。能诗词。

临 江 仙

游玉山庵留题,和丁主簿韵

半世林泉浑不到①,偶来流水孤村。盘桓诗酒易黄昏②,云栖松上鹤,风掩竹边门。　　湖海元龙年未迈③,鹏程万里长存④。朝游元圃暮昆仑⑤,清光依日月⑥,忠节著乾坤⑦。

【说明】

词为抒怀言志之作。作者仕途通达,官至户部尚书、谨身殿大学士,故词中以形象的比喻展示自己鹏程万里的气概和忠贞高尚的品德,给人以奋发向上之感。典故运用得自然妥帖,不着痕迹。

【注释】

①林泉:有山林、泉石的幽静之处。　　浑:全,皆。唐·戎昱《苦哉行》诗:"身为最小女,偏得浑家怜。"

②盘桓:逗留,留恋。

③元龙:东汉陈登,字元龙。深沉有大略,怀救世济民之志。封伏波将军。《三国志·魏志》载,许汜曰:"陈元龙湖海之士,豪气不除。"此处系作者自喻。

④鹏程万里:《庄子·逍遥游》:"鹏之徙于南溟也,水击三千里,抟扶摇而上者九万里。"后多喻人前程远大。

⑤元圃:即玄圃。在昆仑山上,神仙所居之处。东汉·张衡《东京赋》:"左瞰汤谷,右睨玄圃。"

⑥清光:美好的风采。唐·李白《赠潘侍御论钱少阳》诗:"君能礼此最下士,九州拭目瞻清光。"

⑦忠节:忠义贞节。

聂大年

聂大年(1402—1455),字寿卿。临川(今属江西)人。曾任长洲、仁和教官等职。学识渊博,通经史,工诗词古文,尤长于七律。著有《东轩集》。

卜 算 子

杨柳小蛮腰①,惯逐东风舞。学得琵琶出教坊②,不是商人妇。

忙整玉搔头③,春笋纤纤露④。老却江南杜牧之,懒为秋娘赋⑤。

【说明】
作者以细致的描写、典故的运用,使一位姿质姣美、能歌善舞的演艺女子形象跃然纸上。画面清丽艳冶,人物栩栩如生。

【注释】
①小蛮:唐代诗人白居易的家妓之名。唐·孟棨《本事诗·事感》:"白尚书(即白居易)姬人樊素,善歌;妓人小蛮,善舞。尝为诗曰:'樱桃樊素口,杨柳小蛮腰。'"

②教坊:唐代掌管和教习音乐、歌舞、百戏等事务的官署名。

③玉搔头:首饰名,即玉簪。

④春笋:喻女子的手指如春笋般纤细美好。南唐·李煜《捣练子》词:"斜托香腮春笋懒,为谁和泪倚阑干?"

⑤秋娘:即杜秋娘。唐时金陵女子。原为李锜妾,李锜获罪被杀后入宫,唐宪宗李纯宠之。后赐归乡里,穷老以终。唐·杜牧(字牧之)赋有《杜秋娘》诗。

徐有贞

徐有贞(1407—1472),初名珵,字元玉。吴县(今江苏苏州)人。明宣德八年(1433)进士。官至兵部尚书兼华盖殿大学士。封武功伯。博览群籍,通晓天官、地理、兵法等,尤精经济之学。亦能诗文及长短句。著有《武功集》。

玉 连 环

临江仙别体

心绪悠悠随碧浪,良宵空锁长亭。丁香暗结意中情①。月斜门半掩,才听断钟声。　　耳畔盟言非草草②,十年一梦堪惊。马蹄何日到神京③? 小桥松径密,山远路难凭。

【说明】

此词为作者晚年所作。明天顺年间(1457—1464),徐有贞为人构陷被谪戍金齿(今属云南)。释归乡里后,他时时仰观天象,希望再次得到皇帝的召见和重用。此词即写自己回乡后的生活状况及重返帝都的心愿。委婉含蓄,激愤感伤。

【注释】

①"丁香"句:丁香的花蕾繁密,世人称为丁香结,并以此比喻固结不解的情思。唐·李商隐《代赠二首》诗之一:"芭蕉不展丁香结,同向春风各自愁。"

②草草:草率,随意。

③神京:即京城。

千秋岁引

暮春书感

风搅柳丝,雨揉花缬①,早过了清明时节。新来燕子语何多,老去莺花飞未歇。秋千院,蹴踘场②,人踪绝。　　踏青拾翠都休说③,是谁马走章台雪④?是谁箫弄秦楼月⑤?从前已自无情绪,可奈而今更离别⑥。一回头,人千里,肠百结。

【说明】

作者晚年遭贬释归后,不得重用,便放情弦管山泉之间,并常以长短句寄寓抑塞激昂的情怀。此词即是其中的一首。上片写暮春景象和孤寂无伴的处境,下片写忆昔伤今、思故怀远的愁苦。通篇情景相生,用典贴切。

【注释】

①花缬(xié):此指花蕾、花朵。缬,结。

②蹴踘(cù jū):亦作蹴鞠,古代军中用以习武的一种游戏、运动,后多为娱乐性的踢球活动。《后汉书·梁冀传》:"性嗜酒,能挽满、弹棋、格五、六博、蹴鞠之戏。"唐·李贤等注曰:"刘向《别录》曰:'蹴鞠者,传言黄帝所作,或曰起战国之时。'蹴鞠,兵艺也,所以讲武知有材也。"唐·韦应物《寒食后北楼作》诗:"遥闻击鼓声,蹴鞠军中乐。"

③拾翠:此指游春时,士女采拾花草及嬉乐情景。唐·杜甫《秋兴八首》之八:"佳人拾翠春相问,仙侣同舟晚更移。"

④章台:指汉时长安章台下的街名。见本书高启《石州慢·落了辛夷》注⑪。

⑤秦楼:亦作凤楼。见本书瞿祐《贺新郎·风露非人世》注①。

⑥可奈:无奈。

商 辂

商辂（1414—1486），字宏载，号素庵。淳安（今属浙江）人。明正统年间进士。曾任兵部尚书、谨身殿大学士等职。谥文毅。诗文多应酬之作。亦能词。著有《商文毅公集》等。

鹧 鸪 天

秋

林断山明竹隐墙，乱蝉衰草小池塘。翻空白鸟时时见，照水红蕖细细香①。　　村舍外，古城傍，杖藜徐步转斜阳②。殷勤昨夜三更雨③，又得浮生一日凉。

【说明】

此词为咏秋之作。作者精心选择乱蝉衰草、翻空白鸟、照水红蕖、村舍古城、斜阳细雨等典型景物，构成一幅意境幽寂清凉、恬淡平和而又谐美自然的秋意图。

【注释】

①红蕖：亦作红莲，即红色荷花。

②杖藜：拄着手杖。唐·杜甫《绝句漫兴九首》之五："肠断春江欲尽头，杖藜徐步立芳洲。"

③殷勤：情意亲切。

沈 周

沈周(1427—1509),字启南,号石田,又号白石翁。长洲相城(今江苏苏州)人。终生隐居不仕。博学多才。擅画山水、花鸟等,世称"吴门派"。亦能诗词文章。著有《石田集》等。

唐 多 令

自 题 画

闻道灞陵桥①,山遥水更遥。六十年、踪迹寥寥②。牖下困人今老矣③,双短鬓,怕频搔。　行著要诗瓢④,酒壶相伴挑。望秦川、千里翘翘⑤。再画一驴驮我去,便不到,也风骚⑥。

【说明】

　　沈周终生隐逸不仕,所居之处有水竹亭馆之胜,日与四方名士过从其间,风流文翰照映一时。所作画,评者誉为明世第一。画中自题诗词多有佳篇,此词即为其中之一。词中依画写意,随事缘情,展现出清新质朴、幽美冲淡的意境和作者老来风雅乐观的情态。

【注释】

　　①灞陵桥:即灞桥。故址在今西安市东,横跨灞水之上。

　　②寥寥:稀少。

　　③牖(yǒu)下困人:此指窗下疲惫的老人。牖,窗户。

　　④诗瓢:贮存诗稿的瓢。宋·计有功《唐诗纪事·唐球》云:"(唐)球居蜀之味江山,方外之士也。为诗拈稿为圆,纳之大瓢中。"

　　⑤秦川:地名。今陕西、甘肃两省之地。　翘翘:遥远的样子。《左传·庄公二十二年》:"翘翘车乘,招我以弓。"

　　⑥风骚:指风雅放逸的情态。

马 洪

马洪(生卒年不详),字浩澜,号鹤窗。仁和(今浙江杭州市)人。明正统元年(1436)前后在世。终生布衣。善诗词,其词调尤工。著有《花影集》。

卜 算 子

花压鬟云低①,风透罗衫薄。残梦瞢腾下翠楼②,不觉金钗落。几许别离愁③,犹自思量着。欲寄萧郎一纸书④,又怕归鸿错⑤。

【说明】

作者通过头饰衣着、举止情态、心理活动等方面的细致描写,使一位痴情专一、饱尝相思之苦的少妇形象跃然纸上。词的语言朴实,感情凄婉。

【注释】

①鬟云:犹言云鬟。指年轻女子秀美如云的鬟发。

②瞢腾:此指睡梦初醒、朦胧迷糊、恍惚不清的情态。宋·范成大《睡觉》诗:"寻思断梦半瞢腾,渐见天窗纸瓦明。"

③几许:多少。唐·韩愈《桃源图》诗:"当时万事皆眼见,不知几许犹流传。"

④萧郎:本为对萧姓男子的称谓,后指女子所爱恋的男子。唐·温庭筠《赠知音》诗:"窗间谢女青蛾敛,门外萧郎白马嘶。"此处指夫君。

⑤鸿:即大雁。相传鸿雁能传递书信。

满 庭 芳

落 花

春老园林,雨馀庭院①,偏惹蝶骇莺猜。蔫红皱白②,狼藉满苍苔。正是愁肠欲断，珠箔外③、点点飘来。分明似、身轻飞燕④，扶下碧云台。　　当初珍重意，金钱竞买，玉砌新栽。更翠屏遮护，羯鼓催开⑤。谁道天机绣锦⑥，都化作、紫陌尘埃⑦。纱窗里，有人怜惜，无语托香腮。

【说明】

　　词的上片写暮春雨后，百花凋谢萎缩的景象；下片追忆当初，主人精心栽培护理百花的情况。结尾"纱窗里"三句写得极为传神，不仅使读者看到一位临窗伤春的少女形象，更凝聚着人物自伤迟暮的悲愁。全词意境凄凉，感情哀婉。

【注释】

　　①雨馀：雨后。唐·韦应物《杂曲歌辞·三台二首》之二："冰泮寒塘始绿，雨馀百草皆生。"

　　②蔫红皱白：指零落萎缩的百花。蔫（yān，今音 niān），植物凋萎。

　　③珠箔：珠帘。

　　④飞燕：即赵飞燕，汉成帝皇后。能歌善舞，因体轻如燕，故以飞燕称之。此处以飞燕喻落花。

　　⑤羯鼓催开：即羯鼓催花。唐人南卓《羯鼓录》云：唐玄宗好羯鼓，曾临轩击鼓，内庭柳、杏等皆展翠吐艳。玄宗笑谓宫人曰："此一事，不唤我作天公可乎？"

　　⑥天机绣锦：此指自然界美如锦绣。

　　⑦紫陌：旧称帝都的道路为紫陌。唐·李白《南都行》诗："高楼对紫陌，甲第连青山。"

东风第一枝

梅

　　饵玉餐香①，梦云惜月，花中无此清莹。俨然姑射仙人②，华珮明珰新整③。五铢衣薄④，应怯瑶台凄冷。自骖鸾⑤，来下人间，几度雪深烟暝。　　孤绝处，江波流影。憔悴也，春风销粉。相思千种闲愁，声声翠禽啼醒。西湖东阁，休说当时风景。但留取、一点芳心，他日调羹翠鼎⑥。

【说明】

　　词为咏梅之作。上片写梅花清莹绝俗，雪魄冰魂；下片写梅花春风憔悴和"调羹"的心志。《尚书·说命》载：殷武丁曾对宰相傅说云："若作和羹，尔惟盐梅。"由此后人常以"调羹"或"盐梅"代指宰相或才干相当于宰相的人。其实梅花的高洁品格、杰出才干亦是作者的自我表现。

【注释】

　　①饵玉：食玉。

　　②姑射(yè)仙人：居住在北海姑射山上的神仙。《庄子·逍遥游》："藐姑射之山，有神人居焉。肌肤若冰雪，绰约若处子。"

　　③明珰：用明珠制成的耳饰。南朝陈·江总《宛转歌》："宿处留娇堕黄珥，镜前含笑弄明珰。"

　　④五铢衣：神仙所穿的极轻薄的衣服。唐·李商隐《圣女祠》诗："无质易迷三里雾，不寒长著五铢衣。"

　　⑤骖鸾：即乘鸾。南朝梁·江淹《别赋》："驾鹤上汉，骖鸾腾天。"

　　⑥翠鼎：青玉制成的饮食盛器。

凤凰台上忆吹箫

秋　夜

　　淡淡秋容，澄澄夜影，娟娟月桂梧桐①。爱箫声缥缈，帘影玲珑②。彩凤衔书未至，玉宇净③、香雾空濛。凉如水，翠苔凝露，琪树吟风④。

　　匆匆。年华暗换，旧欢成梦，仿佛飞蓬。想清江泛鹢⑤，紫陌游骢⑥。应念佳期虚负，瞻素彩、感慨相同。凝情久，谁家捣练⑦，砧杵丁东⑧？

【说明】

　　词的上片写空旷清幽、洁净柔美的秋容月色；下片忆昔伤今，感叹人生短暂，聚散无常。是一幅有情有景、生动形象的月夜秋思图。明·杨慎《词品》评其词云:"马鹤窗善咏诗,尤工长短句,虽皓首韦布,而含吐珠玉,锦绣胸肠,褒然若贵介王孙也。词名《花影》,盖取月下灯前,无中生有,以为假则真,谓为实犹虚之意。"

【注释】

①娟娟:明媚美好的样子。此指月光。

②玲珑:空明通透的样子。李白《玉阶怨》诗:"却下水晶帘,玲珑望秋月。"

③玉宇:明净的天空。

④琪树:此指挺秀如玉的树木。

⑤鹢(yì):船。古时画鹢鸟于船上,故称船为鹢。南朝齐·谢朓《泛水曲》诗:"罢游平乐苑,泛鹢昆明池。"

⑥骢:即青骢马,青白间色的骏马。

⑦练:白色的丝绢。

⑧砧杵(zhēn chǔ):捣衣石与木槌。　　丁东:象声词。

史 鉴

史鉴(1434—1496),字明古。吴江(今属江苏)人。终身隐居不仕。所居水竹幽茂,亭馆相通。因地处西村,人称西村先生。博览群籍,精于史,亦善诗词文章。著有《西村集》。

解 连 环

送 别

销魂时候①,正落花成阵,可人分手②。纵临别、重订佳期,恐软语无凭③,盛欢难又。雨外春山,会人意、与眉交皱④。望行舟渐隐,恨杀当年,手栽杨柳⑤。　　别离事,人生常有。底何须著⑥,成个消瘦?但若是两情长,便海角天涯,等是相守。潮水西流,肯寄我、鲤鱼双否⑦?倘明年,来游灯市,为侬沽酒⑧。

【说明】

这首词写落花成阵的暮春时节,送别可爱之人的情景与思绪。上片写分手离别之苦,下片写自我宽慰之情。语不求奇而意致绵密,近于北宋柳永,于明词中殊为罕见。

【注释】

①销魂:指人为情所感,若魂离体。

②可人:可心可意的人。

③软语:温柔的言语。

④“雨外”三句:是说蒙蒙细雨中的山峦似知人意,亦眉峰紧皱。

⑤“恨杀”二句:古人有折柳赠别的习俗,故言恨当年栽柳。

⑥底:底事,什么事。

⑦鲤鱼双:古人寄信常以尺素结成双鲤鱼状,故后人称书信为鲤鱼或鲤鱼双。汉·蔡邕《饮马长城窟行》诗:“客从远方来,遗我双鲤鱼。呼童烹鲤鱼,中有尺素书。”

⑧侬:汝,你。吴地方言。　　沽:买。

吴　宽

吴宽(1435—1504),字原博,号匏庵。长洲(今江苏苏州市)人。明成化八年(1472)进士。官至礼部尚书。曾参与修《宪宗实录》。能诗词,工书法。著有《家藏集》。

采　桑　子

纤云尽卷天如水,芦荻风残①,松竹霜寒,更看前溪月满山。

画船红映金尊酒,子夜歌阑②,缓吹轻弹,得意人生且尽欢。

【说明】

秋高气爽,清风明月,松竹山水,景色宜人,船中游客欢饮弹唱,唯恐良辰美景难再。词中有画,画中含情,真是一幅清新绝俗、放逸行乐的秋意图。吴宽词尚有"繁花落尽留红药,新笋丛生带绿苔"等名句。

【注释】

①芦荻:芦苇和荻草。

②子夜歌:晋曲名。唐·吴兢《乐府古题要解·子夜》云:"晋有女子曰子夜所作,声至哀。"又云:"后人依四时行乐之词,谓之《子夜四时歌》,吴声也。"阑:尽。

桑　悦

桑悦(1447—1503)，字民怿。常熟(今属江苏)人。明成化年间举人。曾任长沙、柳州府通判。因父亲去世，辞职回家治丧守孝，服阕后亦未再出来做官。性格放诞，好为大言。能诗词文章。著有《思元集》《桑子庸言》等。

苏　武　慢

寓京师作

湖海疏人①，尘容俗状，难入英豪群队。鬓发萧萧②，腰围清瘦，不是悲秋憔悴。雪点青衫、风吹乌帽③，减却吾生况味。被儿童、笑这先生，行动如痴如醉。　　休歆羡④、直入纱厨，轻尝玉食⑤，此是蚊蝇富贵。龙卧九渊⑥，凤翔千仞⑦，岂在牢笼之内！置屋三间，凿池半亩，好与虞山相对⑧。试长歌、坐石观天，拍手云霞破碎。

【说明】

桑悦为人疏狂，敢为大言，或自署"江南才子"，或自云"举天下亦惟(桑)悦"等，故其不为权贵所重。这首词为抒怀言志之作。通过体态容貌、善恶情趣的描写，再现了作者蔑视权贵、愤世嫉俗的狂傲性格与生动形象。

【注释】

①疏人：旷达而不拘礼法的人。

②萧萧：鬓发稀疏变短的样子。宋·陆游《杂赋》诗："觉来忽见天窗白，短发萧萧起自梳。"

③青衫：唐制，八九品官员之官服。指官位卑微。唐·白居易《琵琶行》诗："座中泣下谁最多，江州司马青衫湿。"　　乌帽：乌纱帽的省称。隋唐时权贵者多戴乌纱帽。其后闲居者亦多戴此帽。宋·陆游《东阳道中》诗："风吹乌帽送轻

寒,雨点春衫作醉斑。"

④歆(xīn)羡:羡慕,爱慕。

⑤玉食:珍美的食物。

⑥九渊:指极深的水。汉·贾谊《吊屈原文》:"袭九渊之神龙兮,沕深潜以自珍。"明·刘基《蜀国弦》诗:"瞿塘喷浪翻九渊,倒泻流泉喧木杪。"

⑦千仞:此指极高。仞,古时八尺为一仞。

⑧虞山:山名。在今江苏常熟县西北。

李东阳

李东阳(1447—1516),字宾之,号西涯。湖广茶陵(今属湖南)人。明天顺八年(1464)进士。官至吏部尚书兼华盖殿大学士。善文,工诗词,是茶陵诗派的领袖。著有《怀麓堂集》《怀麓堂诗话》等。

满 庭 芳

石门与诸公别

黄叶萧萧,白沙隐隐,梁安峡里孤舟。斯文恋恋①,无计可攀留。更欲相从谈笑,奈故园、桑梓日系心头②。休辞醉,凄风苦雨,酝酿晚来愁。　　画舫青帘乌丝,红袖歌舞醉扬州③。于今憔悴④,空想少年游。琵琶拨断相思调,总无如、青衫司马风流⑤。南城外,梅花开遍,能寄一枝否?

【说明】
　　词为伤别之作。上片写离别的时间、地点、原因,下片写昔日同游的欢乐和对朋友的依恋之情。相传南朝宋陆凯与范晔交善,自江南寄梅花一枝至长安与范晔,并赠诗曰:"折梅逢驿使,寄与陇头人。江南无所有,聊赠一枝春。"作者于词的结尾三句用此典,希望诸公不要忘怀自己。

【注释】
　　①斯文:旧称儒者或文人为斯文。此指诸公。
　　②桑梓:桑树与梓树为古代住宅旁边常栽的树木。后人多用以喻指故乡。
　　③扬州:今属江苏。
　　④憔悴:瘦弱疲惫的样子。
　　⑤青衫司马:指唐代诗人白居易。其《琵琶行》诗中有"座中泣下谁最多,江州司马青衫湿"之句。

杨循吉

杨循吉(1456—1544)，字君谦，号南峰。吴县(今江苏苏州)人。明成化二十年(1484)进士。官至礼部主事。后辞官归里，时仅三十一岁。晚年落寞，寄食以卒。通经史，工诗词，善文章。著有《松筹堂集》《南峰乐府》等。

洞 仙 歌

题酒家壁

吴郊春满①，绿草薰南陌②。风弄轻帘小桥侧③。瞰荒园、秾丽几处夭桃④，仿佛似、薄醉西施颜色⑤。　　酴香飘十里，更着流莺，乱掷金梭向林织⑥。天宇净繁芳⑦，日暖蜂游，早拦住高阳狂客⑧。便典却罗衫又何妨⑨，算容易飞花，韶光难得⑩。

【说明】

杨循吉性格狂傲放诞，不满官场生活，年仅三十一岁时即称病辞官，归隐支硎山下(在今江苏苏州西南)。正当"千里莺啼绿映红"的阳春时节，作者欢饮于苏州郊野的酒家，乘酒兴题词壁上。上片写吴地郊野的春光媚景，下片写游客对酒香春色的迷恋。青春难再、韶光易逝的人生感叹亦寄寓其中。其词唯求直吐胸怀，实叙景象，清新晓畅。

【注释】

①吴：此指江苏境内苏州、无锡一带。

②南陌：南面的道路。陌，田间小道，街道。南朝梁·沈约《临高台》诗："所思竟何在，洛阳南陌头。"

③轻帘：此指微风中轻轻晃的酒帘。酒帘，亦称酒望、酒旗、酒幌、招子等。悬挂于酒店门首的标志，以招徕酒客。唐·李中《江边吟》诗："闪闪酒帘招醉客，

深深绿树隐啼莺。"

④瞰(kàn):远望,俯视。　　夭桃:艳丽的桃花。《诗经·周南·桃夭》:"桃之夭夭,灼灼其华。"

⑤西施:春秋时越国女子,以美艳著称。

⑥金梭:黄金制成或饰以金色的织布梭子。此处比喻飞莺。

⑦天宇:指天空。

⑧高阳狂客:亦称高阳酒徒。《史记·郦生陆贾列传》载:高阳狂生郦食其求见沛公刘邦,使者入内通报。刘邦曰:"为我谢之,言我方以天下为事,未暇见儒人也。"使者出以告。郦食其瞋目案剑,叱使者曰:'走!复入言沛公,吾高阳酒徒也,非儒人也!'"后人遂称狂放嗜饮者为高阳狂客或高阳酒徒。

⑨典:抵押,典当。

⑩韶光:春光。亦指美好的时光。

锁懋坚

锁懋坚（女，生卒年不详），明成化年间（1465—1487）尚在世。西域人。生平事迹不详。长于诗词。所存词作，辑录在《明词综》等书中。

菩 萨 蛮

送 春

晓钟才到春偏度，一番日永伤迟暮①。谁送断肠声？黄鹂知客情②。山光青黛湿③，仍带伤春泣，绿酒泻杯心，卷帘空抱琴。

【说明】
词中缘情写景，使黄鹂、青山等变得深知人意，亦为春归悲鸣哀泣，从而托出作者惜春的情怀与迟暮的感叹。

【注释】
①迟暮：晚年，暮年。亦指晚景。
②黄鹂：亦称黄莺、黄鸟等。鸣叫声婉转流利。
③青黛：青黑色。

蒋冕

蒋冕(生卒年不详),字敬之。全州(今属广西)人。明成化二十三年(1487)进士。曾任户部尚书、谨身殿大学士等职。为官持正不阿,守志不移,"论者谓有古大臣风"(《明史·蒋冕列传》)。能文,善诗词。著有《湘皋集》《琼台诗话》等。

卜 算 子

斜日坠荒山,云黑天垂暮①。时见空中一雁来,冷入残芦去。惊起却低飞,有意同谁语? 啄尽枝头数点霜,还向空中举②。

【说明】

词的上片写雁的艰难处境,下片写雁的心理活动。作者运用比兴寄托的手法,以飞雁自喻,委婉曲折地反映了当时社会的黑暗及自己的孤高志向。后人评其词曰:"若碧水芙蓉,不假雕饰,而天巧自在。"(见清·王昶《明词综》卷二)

【注释】

①垂暮:傍晚。

②举:飞起,飞翔。《管子·七法》:"有飞鸟之举,故能不险山河矣。"

祝允明

祝允明(1460—1526)，字希哲，号枝山，又号枝指生。长洲(今江苏苏州)人。明弘治五年(1492)举人。官至应天府通判。能诗词，善文章，工书法。与唐寅、文徵明、徐祯卿并称为"吴中四才子"。著有《怀星堂集》。

长 相 思

多 情

唤多情，说多情，谁把多情换我名？换名人可憎。　　为多情，转多情，死向多情心也平。休教情放轻。

【说明】

此词紧扣题意，连连叠用"多情"一词却并无重复繁缛之嫌，清新流畅，潇洒明快。后人评此词曰："无古无今，一时邂会，急起追之，情流韵溢，不须点染。"(明·沈际飞《古香岑批点草堂诗馀·新集》卷一)

费 宏

费宏(1468—1535),字子充,号鹅湖。铅山(今属江西)人。明成化二十三年(1487)中进士第一,授翰林院修撰,历任户部尚书、文渊阁大学士等职。卒赠太保,谥文宪。善诗词。著有《太保费文宪公摘稿》(一作《鹅湖摘稿》)。

西 江 月

舟中夜行,独坐无酒,抚卷作

霜月高悬碧汉①,画船自泛寒江。银灯独对夜何长,窗外浮光荡漾。　可怪麹生疏阔②,闲来冷落琼觥③。思量无计助清狂,且与青编相向④。

【说明】

词中寒江素月、画船自泛的美景,与风情雅致、灯下读书的船客相互辉映,浑然一体,构成了一幅意境清旷寂寥、意兴高雅闲适的月夜泛舟图,从中展现出作者嗜酒爱书的生活情趣和清狂脱俗的精神风貌。

【注释】

①霜月:寒月。　碧汉:天空。

②麹生:唐·郑綮《开天传信记》记载:道士叶法善曾会朝客数十人于长安玄真观。满座思酒,忽一人自称麹秀才,傲睨直入。叶法善疑是鬼怪为惑,暗以小剑击毙阶下。视之,乃盈瓶酿酒,饮之其味甚佳。故后人以麹生或麹秀才作为酒的别称。

③琼觥:玉制酒杯。

④青编:《南齐书·文惠太子列传》:"时襄阳有盗发古冢者,相传云是楚王冢,大获宝物玉屐、玉屏风、竹简书、青丝编。"故后人以青编或青丝编泛指古书。

唐 寅

唐寅(1470—1523),字伯虎,一字子畏,号六如居士、桃花庵主等。吴县(今属江苏苏州)人。明弘治十一年(1498)乡试第一。会试中,因受科场舞弊案牵涉而被下狱。放归后,归居乡里,绝意仕途,优游以终。能诗文词,工书画。与文徵明、祝允明、徐祯卿并称为"吴中四才子"。著有《六如居士全集》等。

一 剪 梅

雨打梨花深闭门①,忘了青春,误了青春。赏心乐事共谁论,花下销魂,月下销魂。   愁聚眉峰尽日颦②,千点啼痕,万点啼痕。晓看天色暮看云,行也思君,坐也思君。

【说明】

作者以形象生动的文笔,通过典型景物和环境、人物神态和举止的细致描写,展现了闺妇对远离夫君的深切怀念。青春、销魂、啼痕、思君等词的叠用,更衬托出主人公的相思之苦和情意之深。

【注释】

①"雨打梨花"句:宋·李重元《忆王孙·萋萋芳草》词有"雨打梨花深闭门"句。此处系借用。

②颦(pín):皱眉。

文徵明

文徵明(1470—1559),原名璧,字徵明,一字徵仲,号衡山。长洲(今江苏苏州)人。屡试进士不中。明正德末年,以岁贡授翰林院待诏。后辞官归里。工书画,善诗词。为"吴中四才子"之一。著有《甫田集》。

南 乡 子

春 闺

雨过绿阴稠,燕子飞来特地游。日暮重重帘幕闭,悠悠①,残梦关心懒下楼②。　　芳草弄春柔,欲下晴丝不自由③。青粉墙西人独自,休休④,花自纷纷水自流。

【说明】

这首词描写闺妇思春。花红柳绿、春燕来归之时,独处绣楼的少妇却忧思恍惚,犹在回味着与夫君欢聚的残梦。其神态、举止鲜活逼真,如在眼前。结尾"花自纷纷"句,衬托出亲人离家的长久与离愁别恨的无穷无尽。全词娟秀流畅,情意缠绵。后人评此词曰:"伤悯气不露。"(明·沈际飞《古香岑批点草堂诗馀·新集》卷二)

【注释】

①悠悠:忧思。《诗经·邶风·雄雉》:"瞻彼日月,悠悠我思。"

②残梦:残留之梦。　　关心:犹言心连心。

③晴丝:亦称游丝。飞扬在空中的虫类所吐之丝。宋·范成大《初夏》诗:"晴丝千尺挽韶光,百舌无声燕子忙。"　　晴,与"情"谐音。

④休休:安闲的样子。

满 江 红

　　漠漠轻阴，正梅子、弄黄时节①。最恼是，欲晴还雨，乍寒又热。
燕子梨花都过也，小楼无那伤春别②。傍阑干、欲语更沉吟，终难说。
　　一点点，杨花雪③；一片片，榆钱荚④。渐西垣日隐⑤，晚凉清绝。
池面盈盈清浅水，柳梢淡淡黄昏月。是何人、吹彻玉参差⑥，情凄切！

【说明】
　　梅雨连绵，燕过花残。这清寂阴晦的暮春景象，使独守小楼、凭
栏望夫的闺妇更加愁苦不堪，正是"生怕离怀别苦，多少事，欲说还
休"(宋·李清照《凤凰台上忆吹箫·香冷金猊》)。最后，这无法排遣
的离愁别恨随着一阵哀婉悠扬的箫声回荡在空中，更加馀味无穷。
后人评此词曰："芊绵宛约，得北宋遗意。"(清·陈廷焯《词则·别调
集》卷三)

【注释】
　　①"正梅子"二句:春暮夏初之时，是江南梅子黄熟的季节，故以"梅子弄
黄"言之。
　　②无那:即无奈，无可奈何。
　　③杨花雪:指杨花柳絮。宋·苏轼《少年游·去年相送》词:"今年春尽，杨花
似雪。"
　　④榆钱荚:亦称榆钱儿。指形似钱状的榆树荚。唐·施肩吾《戏咏榆荚》诗:
"风吹榆钱落如雨，绕林绕屋来不住。"
　　⑤垣(yuán):矮墙。亦泛指墙。
　　⑥玉参差:饰以美玉的排箫。唐·杜牧《望少华三首》诗之三:"好伴羽人深
洞去，月前秋听玉参差。"

满 江 红

　　拂拭残碑，敕飞字①、依稀堪读。慨当初，倚飞何重，后来何酷！
岂是功成身合死，可怜事去言难赎。最无辜、堪恨又堪悲，风波狱②。
　　岂不念，封疆蹙③？岂不念，徽钦辱④？但徽钦既返，此身何属？千

载休谈南渡错,当时自怕中原复。笑区区、一桧亦何能⑤,逢其欲⑥!

【说明】
  词的上片写岳飞冤狱,下片明确指出杀害岳飞的真正凶手是宋高宗赵构。有史实,有议论。作者以犀利的笔锋戳穿了宋高宗为保自己的帝位而不惜丧国称臣的丑恶灵魂,以及秦桧之所以能够诬陷杀害忠良的根源所在。语言朴实,感情激愤。后人评此词曰:"《春秋》诛意。高宗于徽、钦不两立,亘古一眼。"(明·沈际飞《古香岑批点草堂诗馀·新集》卷四)

【注释】
  ①敕飞字:此指宋高宗赵构赐予岳飞手书的石刻碑文。《宋史·岳飞列传》云:绍兴三年(1133)秋,岳飞入见,"帝手书'精忠岳飞'字,制旗以赐之。"
  ②风波狱:宋绍兴十年(1140),在岳飞挥师北伐抗金、连连取胜之时,却被秦桧以十二道金牌召回。不久被诬下狱,以"莫须有"的罪名杀害于大理寺狱风波亭(故址在今浙江杭州市)。
  ③封疆蹙(cù):国土疆界缩小。蹙,减缩,缩小。《诗经·大雅·召旻》:"昔先王受命,有如召会,日辟国百里。今也,日蹙国百里。"
  ④徽钦辱:亦称靖康耻。宋徽宗赵佶与宋钦宗赵桓,于靖康二年(1127)被金兵俘虏,北宋灭亡。
  ⑤一桧:指秦桧。绍兴年间秦桧为相,为迎合宋高宗只顾保住自己的帝位,而不顾民族耻辱、国家安危的心愿,力主和议,反对恢复北方疆域,以至向金国纳币称臣。
  ⑥其:指宋高宗赵构。

陈　霆

陈霆(生卒年不详),字声伯。德清(今属浙江)人。明弘治十五年(1502)进士。曾任刑科给事中、山西提学佥事等职。博学多闻,兼善诗词古文。著有《水南稿》《渚山堂诗话》《渚山堂词话》等。

踏 莎 行

晚　景

流水孤村,荒城古道,槎牙老木乌鸢噪①。夕阳倒影射疏林,江边一带芙蓉老。　　风暝寒烟②,天低衰草,登楼望极群峰小③。欲将归信问行人,青山尽处行人少。

【说明】
　　词中以流水孤村、荒城古道等典型景物,展现出秋日傍晚萧瑟荒凉的景象,并衬托出人物怀远思归的离愁别恨。作者善于化用前人成句,如"鲤鱼风起芙蓉老"(唐·李贺《江楼曲》)、"平芜尽处是春山,行人更在春山外"(宋·欧阳修《踏莎行·候馆梅残》)、"斜阳外、寒鸦数点,流水绕孤村"(宋·秦观《满庭芳·山抹微云》)等,经熔冶后,皆显得浑成自然,一如己出。

【注释】
　　①槎牙:错杂不齐的样子。　　乌鸢(yuān):乌鸦和老鹰。
　　②暝(míng):昏暗。
　　③极:远。

王廷相

王廷相(1474—1544),字子衡,号浚川。仪封(今河南省兰考县东)人。明弘治十五年(1502)进士。官至南京兵部尚书。博学多才,好发议论,能诗词古文。与李梦阳、何景明等并称"前七子"。著有《王氏家藏集》《内台集》等。

苏 幕 遮

睡 思

日迟迟,风淡淡。杨柳阴浓,忽听流莺啭①。正值昼长人意倦,午睡撩人,不觉挥琴懒。 琐窗幽,春梦浅。野水斜阳,何处堪游衍②?意绪几何容易辨,说与无情,只作闲愁怨。

【说明】

作者以白描手法,写风和日丽、柳绿花红、莺啼鸟鸣之春景和自己孤寂无聊、闲适疏懒而午晌思睡的情态。通篇如同一幅意境清幽、形象鲜明的生活图景。

【注释】

①啭(zhuàn):鸟的婉转鸣叫。北周·庾信《春赋》:"新年鸟声千种啭,二月杨花满路飞。"

②游衍:纵情游乐。南朝齐·谢朓《登山曲》诗:"王孙尚游衍,蕙草正萋萋。"

阮 郎 归

偶 赋

一川风柳碧盈盈①,夕阳蝉乱鸣。行人过尽水烟生,孤舟自在横。　　池草满,岸花平,燕雏学语轻②。清歌劝醉玉山倾③,黄鹂太剧情④。

【说明】

面对清新自然、秀媚幽静而又充满生机的春日傍晚风光,作者欣然命笔,写出这首为人传诵的春意词。

【注释】

①盈盈:美好的样子。

②燕雏:幼燕。

③玉山:喻仪容秀美。南朝宋·刘义庆《世说新语·容止》:"山公(涛)曰:'嵇叔夜(康)之为人也,岩岩若孤松之独立;其醉也,傀俄若玉山之将崩。'"此处代指人。　　倾:倒。

④剧情:多情。

边 贡

边贡（1476—1532），字廷实，号华泉。历城（今山东济南市）人。明弘治九年（1496）进士。官至南京户部尚书。工诗词古文。与李梦阳、何景明、王廷相等人并称为"前七子"。著有《华泉集》等。

踏 莎 行

露湿春莎①，草生芳甸②，渔舟迤逦依山转③。斜阳明灭照村墟，绿槐深护幽人院④。　　小栅鸣鸡，古梁巢燕，柴门不锁蓬蒿遍。问渠莫是武陵源⑤，一溪流水桃花乱。

【说明】

边贡有词数首，此为其中之一。上片描绘幽人院外的自然美景，下片刻画幽人院内的幽静环境。内外相映，构成了一幅清雅秀美的画面。幽人的生活情趣及悠然自得的情态皆隐含于词中。

【注释】

①莎（suō）：草名。

②芳甸：春野，即长满芳草的郊野。唐·张若虚《春江花月夜》诗："江流宛转绕芳甸，月照花林皆似霰。"

③迤逦：曲折连绵。

④幽人：隐居避世的人。

⑤渠：代词。他。宋·朱熹《观书有感》诗："问渠那得清如许，为有源头活水来。"　　武陵源：亦称桃花源。见本书贝琼《水龙吟·楚天归雁千行》注⑦。

顾 璘

顾璘(1476—1545)，字华玉，号东桥居士。祖籍吴县(今江苏苏州)，后移居金陵(今南京市)。明弘治九年(1496)进士。官至南京刑部尚书。罢归后，筑息园以待四方之客。能诗词古文。与陈沂、王韦、朱应登并称"金陵四大家"。著有《息园存稿》《浮湘集》等。

减字木兰花

春 昼

绿阴亭沼①，天南二月春归早②。起觅残红③，万点随风西复东。
檐牙乳雀④，啄破苔花新试角⑤。柳外黄鹂，欲弄新声不住啼。

【说明】

作者运用即小见大的手法，通过对微风飘残红、乳雀啄苔花、黄莺弄新声等具体小景的描写，来展现万紫千红、莺歌燕舞、充满生机的春光媚景。清新活泼，明丽多姿，构思也很新颖。

【注释】

①亭沼：凉亭和水池。

②天南：旧称岭南(今两广一带)为天南。亦泛指南方。

③残红：落花。

④乳雀：待哺的幼雀。

⑤啄(zhuó)：鸟用嘴取食称啄。《诗经·小雅·黄鸟》："无集于桑，无啄我梁。" 角：指鸟喙，即鸟的嘴。

周 用

周用(1476—1547),字行之。吴江(今属江苏)人。明弘治十五年(1502)进士。历任南京工科给事中、广东参议、吏部尚书等职。卒赠太子太保,谥恭肃。工诗词,能古文,尤善绘画。著有《周恭肃集》。

诉 衷 情

寄 友

人间何处有丹丘①?曾到大湖头。日高主人犹卧,花影满重楼。寻画史,接诗流②,老沧洲③。一村烟树,数家茅屋,几个渔舟。

【说明】

　　这首词为寄赠之作。作者能诗善画,情趣高雅,故有"寻画史,接诗流,老沧洲"的诉说。同时向友人描绘了自己临湖傍水、花影重楼、犹如仙境的居处及周围幽美的自然环境。意境清新脱俗,别有风致。

【注释】

　　①丹丘:神仙居住的地方,昼夜长明。屈原《远游》:"仍羽人于丹丘兮,留不死之旧乡。"

　　②诗流:诗的流派。唐·李频《江上送从兄群玉校书东游》诗:"逍遥蓬阁吏,才子复诗流。"

　　③沧洲:临水的地方。旧称隐者所居之处。南齐·谢朓《之宣城郡出新林浦向板桥》诗:"既欢怀禄情,复协沧洲趣。"

喜 迁 莺

答汪户侍①

棱棱风骨②,看飞黄自是③,天闲中物④。一寸丹心,数茎白发,合在云台西壁⑤。点检平生到处,几许坚木寒雪⑥。且听取,为从头屈指,古来豪杰。　　卓绝。待赤手,扫破顽阴⑦,画地惊雷发⑧。五岭烟消,三湘波静⑨,谁信口碑磨灭!千古是非公论,毕竟不差毫发。问心事,有海首今夜⑩,十分明月。

【说明】

词的上片写坚贞高洁的情操,下片写除恶安良的功绩。作者以朴素坦诚的语言,向知己好友汪户侍诉说了自己的生平和志向。生动具体的描写,使一位"端亮有节概"(《明史·周用传》)的自我形象跃然纸上。

【注释】

①汪户侍:作者好友,户侍或为其职官名。其人生平事迹不详。

②棱棱:威严的样子。南朝宋·刘义庆《世说新语·容止》:"孙兴公见林公,棱棱露其爽。"

③飞黄:传说中的神马。《淮南子·览冥训》:"青龙进驾,飞黄伏皂。"汉·高诱注曰:"飞黄,乘黄也,出西方,状如狐,背上有角,寿千岁。"

④天闲:天子的马厩。宋·陆游《感秋》诗:"古来真龙驹,未必置天闲。"

⑤云台:此指高入云霄的台阁。《后汉书》卷二十二论曰:"永平中,显宗追感前世功臣,乃图画二十八将于南宫云台。"

⑥坚木寒雪:喻坚贞高洁的情操。

⑦顽阴:指顽劣愚钝、阴险恶毒之类。

⑧惊雷:比喻声望极大,如雷贯耳。

⑨三湘:流经湖南境内的湘江及其支流。

⑩海首:犹言海头,即海边。唐·岑参《裴将军宅芦管歌》诗:"可怜新管清且悲,一曲风飘海头满。"

陆 深

陆深(1477—1544),初名荣,字子渊,号俨山。上海人。明弘治十八年(1505)进士。历任延平府同知、太常卿兼侍读学士、詹事府詹事等职。学识渊博,工诗词,善书画。著述宏富。著有《俨山集》《河汾燕闲录》《玉堂漫笔》等。

念 奴 娇

秋日怀乡,用东坡韵

大江东去,是吾家、一段画笥中物①。襟带五湖吞百渎②,说甚黄州赤壁!两岸芦汀③,一湾柳浪,海涌桥头雪。沧浪声里,渔翁也是豪杰。　　明年拟赋归来,轻舟短棹,两腋清风发。春水稳如天上坐,闲看浮沤兴灭④。黄歇穿沙⑤,袁崧筑垒⑥,到处堪晞髪⑦。鲈鱼莼菜⑧,一任江天岁月。

【说明】

北宋苏轼的词作《念奴娇·大江东去》,后人评曰:"语意高妙,真古今绝唱!"此词即步其韵而和之。上片称赞家乡的壮美、人物的出众,下片写怀乡情思和对自由生活的向往。词中遣词用典都和故乡有关,紧扣题意"秋日怀乡"。

【注释】

①画笥(sì):收藏画卷的小箱子。笥,以竹制成的方形盛器。

②襟带:喻山川回互环绕,相连如襟如带。唐·王勃《滕王阁序》:"襟三江而带五湖。"　　百渎(dú):水名。在江苏宜兴县西。

③芦汀:长有芦苇的水中小洲或水边平地。

④浮沤:水面的泡沫。亦喻世事变化无常。唐·李远《题僧院》诗:"百年如过鸟,万事尽浮沤。"

⑤黄歇:即春申君。战国时楚人。相传流经上海的黄浦江(亦称春申浦或黄歇浦)就是他主持开凿的。

⑥袁崧:一名袁山松。晋时阳夏(今河南太康县)人。曾任吴郡太守。

⑦晞髮:披着头发,使其快些干。晞,晒,晒干。

⑧鲈鱼莼菜:《晋书·张翰列传》:"(张)翰因见秋风起,乃思吴中菰菜、莼羹、鲈鱼脍,曰:'人生贵得适志,何能羁宦数千里,以要名爵乎!'遂命驾而归。"故后人常以"鲈鱼莼菜"为思乡之典。

夏　言

夏言(1482—1548)，字公谨。贵溪(今属江西)人。明正德十二年(1517)进士。官至吏部尚书、华盖殿大学士，参与机务，居首辅。后为严嵩构陷致死。工诗文，喜作长短句。著有《桂洲集》《鸥园新曲》《南宫奏稿》等。

浣　溪　沙

春　暮

庭院沉沉白日斜，绿阴满地又飞花。瞢腾春梦绕天涯①。　　帘幕受风低乳燕，池塘过雨急鸣蛙。酒醒明月照窗纱。

【说明】

词的上片写白日斜时入梦，下片写明月照时酒醒。前后相映，使作者的闲适生活、惜春感慨跃然纸上。通篇结构严谨，语言清丽。其中"帘幕"二句对仗工整，更为生动传神。

【注释】

①瞢(méng)腾：指刚睡醒时神志不清、朦胧迷糊的状态。宋·晁叔用《如梦令·春情》："墙外辘轳金井，惊梦瞢腾初省。"

满　江　红

和岳武穆

南渡偏安①，瞻王气、中原销歇②。叹诸公，颠倒经纶③，可怜忠烈。曾见凄凉亡国事，而今惟有西湖月。睹祠官、梓木尚南枝④，伤心切。　　人生易，头如雪；竹汗简，青难灭。竖乾坤⑤，要使金瓯无缺⑥。后土漫藏遗臭骨⑦,龙泉耻饮奸臣血⑧。恨当时、无奈小人朋,盈朝阙⑨。

【说明】

南宋抗金将领岳飞,谥武穆。所作《满江红·怒发冲冠》词,千古传诵。此词即和其韵而作,咏史抒怀,借古喻今,字里行间流露着作者对忠烈的崇敬,对奸臣的仇恨;同时揭示出经纶颠倒、忠奸不分的黑暗现实,是由君王昏庸、小人当道所造成的。后人评此词曰:"句句设身处地而出,不惟和韵,并性情、事业俱和之矣。但未审先生后,继响更有谁人?"(清·顾璟芳等《兰皋明词汇选》卷六)

【注释】

①南渡偏安:宋靖康二年(1127),徽宗与钦宗被金兵俘虏,北宋灭亡。宋高宗赵构即位后,建都临安(今浙江杭州市),称为南宋。

②销歇:亦作消歇,即消散、灭亡。北周·庾信《拟咏怀诗》之五:"壮情已消歇,雄图不复申。"

③经纶:整理丝缕。引申为治理国家大事。

④祠官:古代掌管祭祀、祠庙的官员。 南枝:南向的树枝。多作为思念乡国的代称。《古诗十九首》之一:"胡马依北风,越鸟巢南枝。"

⑤竖乾坤:此指支撑天地。

⑥金瓯:黄金制成的盆盂之类。多喻疆土完固。《南史·朱异传》:"我国家犹若金瓯,无一伤缺。"亦指国土。

⑦后土:古时称大地为后土。战国楚·宋玉《九辩》:"后土何时而得干?"

⑧龙泉:宝剑名。唐·郭震《宝剑篇》诗:"良工锻炼凡几年,铸得宝剑曰龙泉。"据晋《太康地记》记载,西平县(属河南)有龙泉水,可以砥砺刀剑,故名。

⑨朝阙:朝廷。阙,古时帝王所居宫门左右建有楼观的高台称阙。

念 奴 娇

述 怀

解组归来①,拟种秫荒田②,采芝空谷。散诞已无名利累③,野性颇同麋鹿。抵冒风波，淹留岁月，岂为千钟粟？久怀丘垄④，几度伤心欲哭。　谁想今日溪山，重寻游钓，里社仍分肉⑤。三十馀年尘土梦，勘破人间荣辱⑥。夏赏清池，春游芳草，秋饮黄花菊。烟霞深处，高卧不嫌矮屋。

【说明】

夏言为官三十馀年，备尝仕途荣辱，晚年罢官归里，作此词以抒发情怀。词写归田后的计划、摆脱名利之累的感受，并展现出自己"夏赏清池，春游芳草，秋饮黄花菊"的生活情景和超然绝俗的情趣。但由于严嵩的构陷，不久即获罪致死。后人评此词曰："意欲投闲，语多慷慨。"（清·顾璟芳等《兰皋明词汇选》卷七）

【注释】

①解组：解下印绶，辞去官职。组，系官印的丝带。

②拟：计划，打算。　秫（shú）：即黏高粱。泛指谷物。

③散诞：即散淡，逍遥自在，放诞不羁。

④丘垄：田野。

⑤钧：古代重量单位，三十斤为一钧。　里社：古时乡里村社中供奉土地神的地方。

⑥勘破：查明看破之意。

陈　铎

　　陈铎(1488? —1521?),字大声,号秋碧,别号七一居士。下邳(今属江苏)人,家居金陵(今南京市)。明正德初年尚在世。世袭济州卫指挥。工诗善画,尤善乐府。散曲与徐霖齐名。著有《秋碧轩集》《香月亭集》《梨云寄傲》《秋碧乐府》等。

浣　溪　沙

　　波映横塘柳映桥,冷烟疏雨暗亭皋①。春城风景胜江郊。　　花蕊暗随蜂作蜜,溪云还伴鹤归巢。草堂新竹两三梢。

【说明】
　　此词描写清新自然、幽静柔美、生机蓬勃的春光媚景。"花蕊"一联婉约清丽,自然流转,堪称名句。结尾"草堂"句,情馀言外,含蓄不尽。清·况周颐评陈铎词曰:"兼乐章(指柳永)之敷腴、清真(指周邦彦)之沉着、漱玉(指李清照)之绵丽。"(《蕙风词话》卷五)

【注释】
　　①亭皋:水边的平地。唐·王勃《饯韦兵曹》诗:"亭皋分远望,延想间云涯。"一说堤上之亭为亭皋。

杨 慎

杨慎(1488—1559),字用修,号升庵。新都(今属四川)人。明正德六年(1511)进士。授翰林修撰。嘉靖三年(1524),因事谪戍云南永昌卫,长达三十馀年,卒于戍所。学识渊博,兼善诗文词曲。著述宏富,多至百馀种。有《升庵集》《陶情乐府》等书传世。

转 应 曲

银烛①,银烛,锦帐罗帏影独。离人无语消魂②,细雨斜风掩门。门掩,门掩,数尽寒城更点③。

【说明】

《转应曲》即《调笑令》,又称《宫中调笑》等,此调形成于中唐之际。杨慎用此调填词达十首之多。此词描写女子深闺独处、雨夜思夫的情景。结句"数尽寒城更点",点出了闺妇彻夜未眠、离肠百转的痛苦及夫妻感情的深挚。通篇婉转回环,清丽晓畅。

【注释】

①银烛:喻明亮的烛光。
②消魂:亦作销魂。见本书史鉴《解连环·销魂时候》注①。
③更点:古时一夜分为五更,每更约现今两小时。

浪 淘 沙

春梦似杨花,绕遍天涯。黄莺啼过绿窗纱。惊散香云飞不去,篆缕烟斜①。　油壁小香车②,水溆云赊③。青楼珠箔那人家。旧日罗巾今日泪,湿尽铅华④。

　　词的上片写闺妇思念郎君而入梦的情景，下片写郎君揣想妻子怀念自己的情态。前后相映，浑然一体，更衬托出这对小夫妻的恩爱与相思。构思巧妙，情意缠绵。正如后人所评："明代才人自以升庵为冠，词非专长，偶一涉猎，却有独到处。"（清·陈廷焯《词则·闲情集》）

【注释】

　　①篆缕：犹言篆烟。香烟曲细如篆字形。

　　②油壁小香车：古时妇女所乘之车。因车身饰以油漆，故称油壁车。唐·温庭筠《春晓曲》："油壁车轻金犊肥，流苏帐晓春鸡早。"

　　③渺、赊：二字皆为遥远之意。

　　④铅华：化妆时所用的搽脸粉。唐·郑史《赠妓行云》诗："最爱铅华薄薄妆，更兼衣著又鹅黄。"

鹧 鸪 天

乙酉九日①

　　早岁辞家赋远游②，东西南北任萍浮③。熟知津路无劳问④，惯听阳关不解愁⑤。　　临远水，望归舟，流波落木又惊秋⑥。多情黄菊休添泪，且向尊前泛玉瓯⑦。

【说明】

　　明嘉靖三年（1524）七月，作者两次上书议明世宗生父的庙号和相应的祭礼，并跪门哭谏，因而获罪，被谪戍云南永昌卫。途中行程万里，历尽艰辛，于嘉靖四年（1525）初才抵达永昌，卜馆云峰居之。此词即作于同年的重阳节。人生旅途的坎坷及作者内心的愤懑皆体现于词中，委婉含蓄，寄意深刻。

【注释】

　　①乙酉：即明嘉靖四年（1525）。此时作者已被谪戍云南永昌。　　九日：指

农历九月初九,即重阳节。

②赋:授,给予。后引申为得以。

③萍浮:犹浮萍。诗文中多用以喻行踪不定。《后汉书·郑玄列传》:"萍浮南北,复归邦乡。"

④津路:渡口和道路。

⑤阳关:即阳关曲、渭城曲。见本书刘基《千秋岁·淡烟平楚》注④。

⑥落木:落叶。唐·杜甫《登高》:"无边落木萧萧下,不尽长江滚滚来。"

⑦玉瓯:玉制的盛酒器。

少 年 游

红稠绿暗遍天涯,春色在谁家? 花谢蝶稀,柳浓莺懒,烟景属蜂衙①。 日长睡起无情思,帘外夕阳斜。带眼频移②,琴心慵理③,多病负年华。

【说明】

作者三十七岁时即被贬至云南。身处边远之地,孤苦寂寞,体弱多病,故春景懒赏,琴心慵理,只好作词篇以寄情怀。

【注释】

①蜂衙:群蜂簇拥蜂王,如朝拜或请示,故称蜂衙。宋·程垓《乌夜啼》词:"春尽难凭燕语,日长惟有蜂衙。"

②带:腰带。见本书陶宗仪《念奴娇·黄花白发》注③。

③琴心:托琴声以寄情思。《史记·司马相如列传》:"是时卓王孙有女文君新寡,好音,故(司马)相如缪与令相重,而以琴心挑之。" 慵(yōng):懒散,懒惰。

临 江 仙

《二十一史弹词》第三段说秦汉开场词①

滚滚长江东逝水,浪花淘尽英雄。是非成败转头空。青山依旧在,几度夕阳红②。　　白髮渔樵江渚上③,惯看秋月春风。一壶浊酒喜相逢,古今多少事,都付笑谈中。

【说明】

作者晚年作《二十一史弹词》,全书分为十段,故原名称《历代史略十段锦词话》。此词是书中第三段说秦汉的开场词。词中虽评说秦汉兴亡、感叹人生,但并未提到任何历史人物与具体史实,意境清静虚旷,给人留有极大的想象徐地。此词被后人置于《三国演义》卷首,传播极广。

【注释】

①二十一史弹词:杨慎作。是以正史所记史实为题材,用有白有曲的弹词形式写成的一部历史通俗读物。

②几度:几回。

③渔樵:捕鱼和打柴的人。　　江渚:江中小块陆地。亦指江边。

临 江 仙

戍云南江陵别内①

楚塞巴山横渡口②,行人莫上江楼。征骖去棹两悠悠③。相看临远水,独自上孤舟。　　却羡多情沙上鸟,双飞双宿河洲。今宵明月为谁留,团团清影好④,偏照别离愁。

【说明】

明正德十四年(1519),杨慎娶工部尚书黄珂之女黄娥为继室,夫妻情爱甚笃,常相诗词唱和。嘉靖三年(1524),杨慎获罪,被贬谪云南。黄娥伴送出京南下,溯江西上洞庭,行至江陵始别。"江陵初解帆,苍皇理征衫。家人从此别,客泪不可缄。"(《恩遣戍滇纪行》)即是当时离别情景的写照。此词亦作于同时,它以白描的手法、朴素的语言,再现了作者与爱妻江陵分手时的情景和别后的离愁,意境凄凉,感情哀婉。

【注释】

①江陵:地名,今属湖北。　　内:妻子。

②楚塞:指古代楚地边界,亦指楚地。南朝梁·江淹《望荆山》诗:"奉义至江汉,始知楚塞长。"　　巴山:此指四川境内的山。

③征骖(cān):即远征的车马。骖,同驾一车的三匹马。此处代指车马。悠悠:忧思。《诗经·邶风·终风》:"莫往莫来,悠悠我思。"

④团团:圆形。汉·班婕妤《怨歌行》:"裁为合欢扇,团团似明月。"

临 江 仙

将至家寄所欢①

数了归期还又数,今朝才是归期。独眠孤馆费相思,梦阑鸡叫早②,心急马行迟。　　寄语同心双带结③,休教瘦损腰肢。花明月满尽来时,先凭双喜鹊④,报与个侬知⑤。

【说明】

此是作者久别亲人之后又将至家中时,写给妻子的词篇。上片写归心似箭的内心活动,下片写寄词给妻子的缘由。作者急切归家的喜悦及对妻子的深情流露于字里行间。全词语浅情深,生动形象,具有很强的艺术感染力。

【注释】

①所欢:情人,亲爱的人。三国魏·刘桢《赠五官中郎将诗四首》之三:"涕泣洒衣裳,能不怀所欢。"

②阑:尽。

③同心双带结:犹言同心结。用锦带制成的连环回文结。多表恩爱之意。

④喜鹊:俗谓鹊鸣报喜。　　凭:依靠,凭借。

⑤个侬:你。系吴地方言。

张 綖

张綖(生卒年不详),字世文。高邮(今属江苏)人。明正德八年(1513)举人。曾任武昌通判、光州知州等职。工诗词。著有《南湖集》《诗馀图谱》《杜诗通》等。

临 江 仙

忆 旧

十里红楼依绿水,当年多少风流。高城重上使人愁。远山将落日①,依旧上帘钩。　　一曲琵琶思往事,青衫泪满江州②。访邻休问杜家秋③。寒烟沙外鸟,残雪渡傍舟。

【说明】

作者紧扣题意"忆旧",上片写旧地重游及对当年风流往事的追忆;下片写旧曲重闻,及探访红楼女子而不遇的感伤。全词缘情写景,以景寄情,今昔之感、聚散之悲皆在清旷凄凉的意境之中。

【注释】

①将:与、和。唐·卢纶《与畅当夜泛秋潭》诗:"离人将落叶,俱在一船中。"

②"青衫"句:系化用白居易《琵琶行》"座中泣下谁最多,江州司马青衫湿"诗句之意。

③杜家秋:即杜秋娘,亦作杜秋,唐代金陵女子。见本书聂大年《卜算子·杨柳小蛮腰》注⑤。

风 流 子

新阳上帘幌①,东风转、又是一年华。正驼褐寒侵②,燕钗春褭③,句翻词客,簪斗宫娃④。堪娱处、林莺啼暖树,渚鸭睡晴沙。绣阁轻烟,剪灯时候;青旆残雪⑤,卖酒人家。　　此时因重省⑥,瑶台畔⑦,曾遇翠盖香车,惆怅尘缘犹在,密约还赊⑧。念鳞鸿不见⑨,谁传芳信? 潇湘人远⑩,空采蘋花。无奈疏梅风景,碧草天涯。

【说明】

　　这首词为春日怀人之作。作者以春景的秀美、众人的欢娱,反衬出自己的孤寂与相思之苦。后人评其词曰:"维扬张世文著《诗馀图谱》,绝不似《啸馀谱》,辨词体之舛错而为之规矩,真填词家功臣也! 其所制《蝶恋花》《风流子》数阕,风流蕴藉,更足振起一时。"(清·沈雄《古今词话》)

【注释】

　　①新阳:犹言春阳,即初春的阳光。　　帘幌:帘子和帐幕。

　　②驼褐:用骆驼毛制成的短衣。宋·周邦彦《西平乐》词:"驼褐寒侵,正怜初日,轻阴抵死须遮。"

　　③燕钗:燕形的头钗。

　　④斗:争比。

　　⑤青旆:犹言青旗。此处指酒帘。白居易《杭州春望》诗:"红袖织绫夸柿蒂,青旗沽酒趁梨花。"

　　⑥省:记,记忆。唐·许浑《听唱山鹧鸪》诗:"夜来省得曾闻处,万里月明湘水秋。"此处引申为回忆。

　　⑦瑶台:仙境。此指所遇女子的所居之处。

　　⑧赊(shē):遥远。唐·李白《送王屋山人魏万还王屋》诗:"眷然思永嘉,不惮海路赊。"

　　⑨鳞鸿:鱼和雁。书信的代称。

　　⑩潇湘:多指湘江。亦指湖南地区。

水 龙 吟

春 闺

禁烟时候风和①,越罗初试春衫薄②。昼长深院,梦回孤枕,风吹铃索。绮陌花香③,芳郊尘软,正堪游乐。倚栏杆,瘦损无人问,重重绿树围朱阁。　　对镜时时泪落,总无心、淡妆浓抹。晨窗夜帐,几番误喜,灯花檐鹊。月下琼卮④,花前金盏⑤,与谁斟酌?望王孙、甚日归来⑥,除是车轮生角⑦。

【说明】

宋·周密《武林旧事》载:"清明前后十日,城中士女艳妆饰,金翠琛缛,接踵联肩,翩翩游赏,画船箫鼓,终日不绝。"此词即写值此寻春游乐之际,闺妇朱阁独守、日夜思夫的情态和痛苦。细致生动的描写,使一位纯真痴情的少妇形象跃然纸上。

【注释】

①禁烟:指寒食节。在清明节的前一天或两天。

②越罗:古时越国所产的丝织品,是当时名产。

③绮陌:锦绣纵横的道路。

④卮:盛酒器。

⑤盏:酒杯。

⑥王孙:公子。《楚辞·招隐士》:"王孙游兮不归,春草生兮萋萋。"此指所思念的人。

⑦车轮生角:喻不可能的事。意指没有归期。

陈 儒

陈儒(1488—1561),字懋学,号芹山。锦衣卫人。明嘉靖二年(1523)进士。曾任刑部侍郎、右都御史等职。工诗词,善文章。著有《芹山集》。

念 奴 娇

出 塞

天风万里,廓妖氛①、正是防秋七月②。电掣星流③,驱虎豹,隐隐狼烟息灭④。金城天府⑤,虎踞龙蟠⑥,直与天雄接⑦。长城登眺,沙草阵云横绝。　　忆昔黄扉从事⑧,紫塞经营⑨,韬略曾闻说⑩。天地龙蛇变化里⑪,多少阴山冰雪。义旗直指,皇威遥播,惊看螭头节⑫。风声鹤唳⑬,累累单于悲切⑭。

【说明】

这首词描写明时将士守边卫国、英勇破敌的情景。意境开阔,气势雄壮,反映了明朝中期将士精悍、边防巩固、国家强盛的现实。

【注释】

①廓:肃清。　妖氛:不祥之气。多指凶灾、祸乱。

②防秋:古时西北少数民族常于秋季南侵,朝廷往往于此前调遣重兵守边,称为防秋。

③电掣:像电光一样迅速掠过。

④狼烟:狼粪烧烟,烟直而聚,风吹不斜,故用作军事上的报警信号。

⑤金城:言城池坚固无比,如金所铸。

⑥虎踞龙蟠:亦作龙蟠虎踞。形容地势雄壮险要。多指帝都。

⑦天雄:指古代的天雄军。防地在今河北大名县一带。

⑧黄扉:犹言黄阁。宰相官署。唐·楼钥《次周益公韵》诗:"顷尝假手向中川,公在黄扉已数年。"

⑨紫塞:长城。晋·崔豹《古今注上·都邑》云:"秦所筑长城,土色皆紫,汉亦然,故云紫塞也。"亦指北方边塞。

⑩韬略:古代兵书有《六韬》《三略》,故后人称用兵的谋略为韬略。

⑪龙蛇:喻出众非凡之人。

⑫螭(chī)头节:雕有螭头形的符节。螭,传说中一种无角的龙。

⑬风声鹤唳:《晋书·谢玄传》云:前秦苻坚兵败,"闻风声鹤唳,皆以为王师已至"。后多以此形容惊慌失措或自相惊扰。

⑭累累:犹屡屡。《穀梁传·哀公十三年》:"吴,东方之大国也,累累致小国以会诸侯。"致,招致。　单于:匈奴称其君长为单于。

李 濂

李濂(1488—1566),字川父。祥符(今河南开封)人。明正德九年(1514)进士。官至按察司佥事。嘉靖五年(1526)免归,年仅三十八岁。家居四十馀年而卒。能诗词,善为文,名于当世。著有《嵩渚集》《观政集》等。

柳 梢 青

修武道中①

烂漫春游,人生行乐,山水夷犹②。昨夜河阳③,今朝修武,明日怀州④。　　平生雅兴难酬。信辔去⑤,东风紫骝⑥。问酒花村,题诗松寺,飞梦蓬丘⑦。

【说明】

清人钱谦益《列朝诗集小传·李佥事濂》云:"川父少负俊才,时时从侠少年联骑出夷门,驰昔人走马地,酾酒悲歌。"此词即生动地展现了作者流连山水、遨游嗜饮的情状。文笔纵横,词情豪放,于"七子"之外挺然自成一格。

【注释】

①修武:县名。今属河南省。

②夷犹:犹豫不进;亦为从容不迫的样子。此处意为后者。宋·张耒《泊长平晚望》诗:"川稳夷犹棹,春归杳霭天。"

③河阳:古县名。即今河南孟州市。

④修武:今河南省修武县。　　怀州:州名。即今河南沁阳市。

⑤信:任意,听凭。　　辔(pèi):马的缰绳。

⑥紫骝:良马名。

⑦蓬丘:汉·东方朔《海内十洲记》云:"蓬丘,蓬莱山是也。"

吴子孝

吴子孝(1495—1563)，字纯叔。长洲(今江苏苏州)人。明嘉靖八年(1529)进士。官至湖广布政司参政。能诗文，尤工词。著有《玉涵堂集》《海峰词集》等。

南 乡 子

效冯延巳作

细雨湿轻烟，烟外鸠声欲暮天。望断天涯人不见，绵绵。泪尽残釭只自眠[①]。　　芳草碧萋然。憔悴心情减去年。欲遣闲愁那可得，花前。忍见长空片月圆。

【说明】

南唐词人冯延巳曾作《南乡子·细雨湿流光》词，描写闺情。吴子孝作此词效之。细雨黄昏，芳草萋然，自然景物的渲染更烘托出闺妇望断天涯、辗转不眠、忍看月圆的相思之苦，和对远离自己身边的郎君一片痴情。全词情景相生，凄婉缠绵。

【注释】

①釭(gāng)：灯。

浪 淘 沙

春去苦难留，花落溪头。年年三月替花愁。想到天涯芳草遍，望断吟眸[①]。　　燕子已啁啾[②]，日暖风柔。画帘垂下雨初收。纵是明年春到也，犹隔今秋。

　　词的上片写春景难留,下片写新春难再。作者惜春怀远、自怜迟暮的伤感流露其中。语言晓畅清丽,感情哀婉含蓄。

【注释】

　　①眸(móu):眼珠。

　　②啁啾(zhōu jiū):鸟鸣声。

水 龙 吟

鄢城道中次刘青田韵①

　　腰间宝剑雄鸣,一身何事留江表②。玉京寥泬③,蓬莱清浅④,梦魂常绕。猿狖穷山⑤,竹梧蛮府⑥,戟门萝薜⑦。叹流年如许,虚名相误,勋业半生全少。　　念昔峥嵘志气⑧,奋双袖、八荒犹小⑨。岂知今日,英雄老矣,折磨未了!天地生吾,风尘终岁,水涯山杪⑩。但歌残伏枥⑪,悲深揽镜,从昏达晓。

【说明】

　　刘青田(即刘基)未遇明太祖朱元璋前,曾作《水龙吟·鸡鸣风雨潇潇》一词(本书已选),以抒胸臆之忧愤。吴子孝和其韵而作此词,抒写自己功名未就、壮志难酬的垂暮之叹。意境清寂悲凉,感情深沉哀婉。

【注释】

　　①鄢城:地名。故址在今河南鄢陵县境。

　　②江表:指长江以南地区。

　　③玉京:天阙,天帝所居之处。　　寥泬(liáo xuè):空虚冷静。

　　④蓬莱:即蓬莱山。

　　⑤狖(yòu):黑色的长尾猿。

　　⑥蛮府:古代南方少数民族官员办事的地方。

　　⑦戟门:古代宫门立兵器戟。唐时三品以上官员才得立戟于门,后人遂称显贵之家为戟门。　　萝:女萝,松萝。一种地衣类植物。《诗经·小雅·頍弁》:"茑

与女萝,施于松柏。" 夒:细长柔弱的样子。此句意谓戟门已经爬满了藤萝。

⑧峥嵘:不平凡,不寻常。唐·杜荀鹤《送李镡游新安》诗:"邯郸李镡才峥嵘,酒狂诗逸难干名。"

⑨八荒:八方荒远的地方。《史记·秦始皇本纪》:秦孝公有"囊括四海之志,并吞八荒之心"。

⑩山杪:犹言山巅,即山顶。

⑪伏枥:马伏于槽枥,即关在马厩中饲养。三国魏·曹操《步出夏门行·神龟虽寿》诗:"老骥伏枥,志在千里。"

黄　娥

黄娥(1498—1569),女,字秀眉。人称黄夫人、杨夫人或黄安人。遂宁(今属四川)人。工部尚书黄珂之女,文学家杨慎之继室。封安人。通经史,工笔札,善诗词,尤长于散曲。著有《杨夫人曲》《黄夫人乐府》《杨状元妻诗集》等。

巫山一段云

美　人

巫女朝朝艳①,杨妃夜夜娇②。行云无力困纤腰。媚眼晕红潮。阿母梳云髻,檀郎整翠翘③。起来罗袜步兰苕④,一见又魂销。

【说明】

黄娥有才情,善作诗词而不多为,亦不存稿,故传世者甚少。此词以巫山神女、杨妃玉环作比,将佳人的美艳娇态,及得宠于阿母、檀郎的情景刻画得生动形象,淋漓尽致。作者雅丽俊逸的艺术风格可见一斑。

【注释】

①巫女:即巫山神女。宋玉《高唐赋》云:"昔者先王(楚怀王)尝游高唐,怠而昼寝,梦见一妇人曰:'妾巫山之女也,为高唐之客。闻君游高唐,愿荐枕席。'王因幸之。"

②杨妃:即杨玉环。晓音律,善歌舞。入宫后,深得唐玄宗李隆基宠爱,被封为贵妃。

③檀郎:晋朝潘安,小字檀奴,姿仪秀美异常。后世女子称所喜爱的男子为檀郎。亦常作为美男子的代称。　　翠翘:妇女的头饰。因似翡翠鸟尾上的长毛,故称翠翘。

④兰苕:兰花的茎。唐·杜甫《戏为六绝句》诗之三:"或看翡翠兰苕上,未掣鲸鱼碧海中。"

风 入 松

一丝两气病襄王①,枕上时光。风流自古多魔障②,几时得、效对鸾凰③。觅水重来崔护④,看花前度刘郎⑤。　　千娇百媚杜韦娘⑥,恼乱柔肠。昨宵梦里成恩爱,待醒来、依旧凄凉。欢乐百年嫌早,忧愁一夜偏长。

【说明】

明嘉靖三年(1524),杨慎获罪,被谪戍云南永昌长达三十馀年。黄娥留蜀独理家政,备尝离别之苦。此是黄娥写给戍所丈夫的词作。词中多用典故,表达了自己对夫婿的思念和对恩爱夫妻生活的向往之情。杨慎对妻子所寄也异常珍惜,曾说:"易求海上琼枝树,难得闺中锦字书。"(《青蛉行寄内》)

【注释】

①一丝两气:谓气息相通。　襄王:指战国时楚襄王。宋玉《神女赋》云:楚襄王游云梦之浦,夜寝,梦与神女遇,女甚奇丽。醒后,不见神女,惘然不乐,怅然若失。

②魔障:佛家语。指恶鬼神所设的障碍。亦指意外、挫折等。

③鸾凰:鸾鸟和凤凰。多比喻夫妻。

④崔护:唐代诗人,字殷功,博陵(今属河北)人。计有功《唐诗纪事》卷四十云:崔护清明独游都城南,因酒渴叩村人门户,有美丽女子自门隙问之,遂以杯水予(崔)护。来岁清明,崔护又径往寻之,户扃已锁。临去,于其左扉留《题都城南庄》诗一首:"去年今日此门中,人面桃花相映红。人面不知何处去,桃花依旧笑春风。"

⑤前度刘郎:指去而复来者。唐·刘禹锡《再游玄都观绝句》:"百亩庭中半是苔,桃花净尽菜花开。种桃道士归何处,前度刘郎今又来。"刘郎,指刘禹锡。

⑥杜韦娘:唐朝歌妓名。刘禹锡《赠李司空妓》诗:"高髻云鬟宫样妆,春风一曲杜韦娘。"

满 庭 芳

旅 思

　　天地侧身①,风尘回首,何年梦落南荒②。家山千里,烟月记微茫。萍水蓬风无定③,相逢处、随意徜徉④。葛藤语⑤,浮生半日,且卧老僧房。　　门前来往路,叹迷踪羁旅,混迹儒商。看海波渺渺,曲似回肠。多愁易老,算不如、沉醉为乡。旗亭下⑥,千金斗酒⑦,一曲买春芳。

【说明】

　　明嘉靖五年(1526)七月,黄娥曾随杨慎同至云南戍所,嘉靖八年(1529)十一月返回四川家乡。此词即为她和丈夫相伴云南永昌期间所作。词中生动形象地再现了夫妻二人在南荒孤寂清冷、相互慰藉的生活情景,以及内心的抑郁愤懑之情。后人评此词曰:"论闺阁手,贵洗脂粉气。此则并无儒生酸寒气矣。"(清·顾璟芳《兰皋明词汇选》卷六)

【注释】

　　①侧身:同"厕身",置身。唐·杜甫《将赴成都草堂途中有作先寄严郑公》诗之五:"侧身天地更怀古,回首风尘甘息机。"

　　②南荒:南方边远荒凉之地。此指丈夫杨慎被贬谪后的居处。

　　③萍水蓬风:浮萍随水而动,蓬草依风飞转。喻人的行踪漂泊不定。

　　④徜徉(cháng yáng):徘徊。

　　⑤葛藤语:又称葛藤话。葛和藤皆为缠树蔓生的植物,故人称啰唆、夹缠不休的话语为葛藤语。唐·李商隐《不识疾迟》:"急如厕说葛藤话。"

　　⑥旗亭:酒楼。唐·李贺《开愁歌》诗:"旗亭下马解秋衣,请贳宜阳一壶酒。"

　　⑦斗酒:指多量的酒。唐·杜甫《饮中八仙歌》诗:"李白斗酒诗百篇,长安市上酒家眠。"

刘 碧

刘碧,女(生卒年不详),字映清。安陆(今属湖北)人。长于诗词,作品多散佚。所存之作,辑录在王昶《明词综》等书中。

浪 淘 沙

新 秋

昨夜雨绵绵,寒涩灯烟。薄衾倦拥不成眠。晓起床头看历日①,换了秋天。　桐树小庭偏,碧阴争圆。教他知道也凄然②。最是西风消息早,一叶阶前③。

【说明】

词的上片写闺妇夜间所闻所见及"薄衾倦拥不成眠"的情景,从而点出新秋已至;下片转写日间西风落叶的初秋景色。"教他知道也凄然"一句,凝聚着闺妇悲秋怀人的深情和青春易逝的感叹。意境清冷,感情含蓄。

【注释】

①历日:即日历,排列月日时令节候的历本。唐·太上隐者《答人》诗:"山中无历日,寒尽不知年。"

②他:此指远离久别的夫婿。

③一叶阶前:犹谓一叶知秋。

吴承恩

吴承恩(1500? —1582?),字汝忠,号射阳山人。山阳(今江苏淮安)人。明嘉靖二十九年(1550),四十七岁时补为岁贡生,官至浙江长兴县丞。后绝意仕途,流寓南京,专力著述,以卖文为生。以长篇小说《西游记》著称于世。亦善诗文词,但大多散佚。后人辑有《射阳先生存稿》。

临江仙

题 红 梅

春气著花如醉酒①,寒枝吹出秾芳②。罗浮仙子素霓裳③。丹砂先换骨④,朱粉旋凝妆。　颜色虽殊风格在,一痕水月昏黄⑤。百花头上占排场⑥。问他桃与李,谁敢雪中香?

【说明】

明嘉靖四十五年(1566),六十三岁的吴承恩始任浙江长兴县丞,但因性格耿直,不偕于长官,故于隆庆三年(1569)离职,返回故里淮安(今属江苏),终日以诗酒自娱。本词便作于这个时期。"颜色虽殊风格在,一痕水月昏黄"等句,即是作者晚年精神风貌的真实写照。

【注释】

①醉酒:犹酒后脸上泛起红晕。宋·陆游《宴西楼》诗:"烛光低映珠帿丽,酒晕徐添玉颊红。"此处形容红梅美。

②秾芳:浓郁的芳香。

③罗浮仙子:柳宗元《龙城录·赵师雄醉憩梅花下》云:隋开皇年间,赵师雄游罗浮山,遇一女子,淡妆素服,芳香袭人。师雄与之共饮,不觉醉寐。醒后,发现自己乃在梅花树下。后人遂以"罗浮仙子"作为梅花的代称。　霓裳:以彩

虹为裳。诗文或传说中为神仙所穿的衣服。

④丹砂:即硃砂,一种浓红色的化合物,可为仙药。《史记·孝武帝本纪》:"少君言于上曰:'祠灶则致物,致物而丹砂可化为黄金。'"

⑤"一痕"句:系化用宋·林逋《山园小梅》诗之二"疏影横斜水清浅,暗香浮动月黄昏"之意。

⑥排场:犹言身份。元·关汉卿《谢天香》第二折:"量妾身则是个妓女排场,相公是当代名儒。"

王凤娴

王凤娴,女(生卒年不详),字瑞卿,号文如子。江南华亭(今上海市松江区)人。进士张本嘉之妻。善属文,能诗词。著有《焚馀草》《贯珠集》等。

临 江 仙

秋 兴

珠帘不卷银蟾透①,夜凉独自凭栏。瑶琴欲整指生寒。鹤归松露冷,人静井梧残。　天际一声新度雁,翱翔似觅回滩。浮生几见几悲欢。三秋今已半,枫叶醉林丹②。

【说明】

作者紧扣题意,缘情写景,借景抒情,既展现了秋日萧瑟清冷的景象,又衬托出人物孤寂伤感的情态。结尾二句,不仅有"霜叶红于二月花"(唐·杜牧《山行》诗)的美感,更运用了拟人化的手法,描绘出一派秋色,生机盎然。

【注释】

①银蟾:月。古代神话传说,月中有蟾蜍,故称月为银蟾。
②醉林丹:是说枫林树叶至秋变红,如同醉了一样。丹,红色。

浣 溪 沙

郊 行

曲径新篁野草香①,随风闪闪蝶衣忙。柳锦飞堕点衣裳。　人在镜中怜影瘦②,燕翻波面舞春长。小桥古渡半斜阳③。

　　词为即景抒情之作。新篁翠竹、茵茵芳草、舞风彩蝶、点衣柳絮等景物,与欢娱踏青之游人相互辉映,浑然一体,构成一幅清新秀丽、生机勃勃的郊野春意图。结句"小桥古渡半斜阳",写春野暮景的幽美与游人流连忘返的情景,有韵味无穷之感。

【注释】

　　①新篁:新生的竹。

　　②镜中:喻水面如镜。

　　③古渡:古老的渡口。

李攀龙

李攀龙(1514—1570),字于鳞(一作子鳞),号沧溟。历城(今山东济南)人。明嘉靖二十三年(1544)进士,官至河南按察使。与王世贞同为"后七子"首领。为诗主张摹拟复古,推重汉魏古诗及盛唐近体。亦能填词为文。著有《沧溟集》等。

长 相 思

秋风清,秋月明。叶叶梧桐槛外声①,难教归梦成。　　砌蛩鸣②,树鸟惊。塞雁行行天际横③,偏伤旅客情。

【说明】

草木摇落、白露为霜的萧瑟之秋,最易引发游子思乡怀故的情怀。此词即将无形的乡思,通过秋风、秋月、梧桐、雁阵等具体可感的自然景物和典型物象曲曲传出,深沉委婉,含蓄蕴藉,可谓善于"示形"以"传心"者。

【注释】

①槛(jiàn)外:栏杆之外。

②砌:台阶。　　蛩(qióng):蟋蟀。

③塞雁:亦称塞鸿,即边塞的大雁。传说鸿雁可传送家书,后人常以塞雁、塞鸿寄托思乡怀远之情。

浪 淘 沙

汨罗夜泊①

风雨夜来多,暗渡湘罗。冷烟凝露蘸清波②。隔浦残灯半明灭③,满地渔蓑。　　三载几回过,壮志消磨。芦花深处楚人歌。大半骚经句中意④,音韵阿那⑤。

【说明】

战国期间楚人屈原为明自己忠贞爱国之志,于农历五月五日自沉于汨罗江中。后人每经此处,多有吊古抒情之作,此词即为其中之一。上片写汨罗风雨、烟露青波、渔翁捕捞的夜景,下片写自己夜泊江边、耳闻楚歌的情状。以清旷冷寂的意境,托出吊古伤今的情怀。"冷烟凝露蘸青波",堪称名句。

【注释】

①汨罗:湖南东北的汨罗江。

②蘸(zhàn):物浸入水中或其他液体中。宋·辛弃疾《菩萨蛮·又赠周国辅侍人》:"画楼影蘸清溪水,歌声响彻行云里。"

③浦:水边,岸边。

④骚经:指抒发忧愁情怀的楚辞、楚歌等。

⑤阿那(ē nuō):犹婀娜。美好。晋·陆机《拟青青河畔草》诗:"皎皎彼姝女,阿那当轩织。"

徐　渭

徐渭(1521—1593),字文长,一字文清,号天池山人、青藤道士、田水月。山阴(今浙江绍兴)人。明诸生。曾为浙闽总督胡宗宪幕客。胡宗宪获罪被杀后,即潦倒终生。兼工诗文、戏曲、书画。著有《徐文长集》。

意　难　忘

为张子奇遇作

燕约莺期,问何人无有,惟尔偏奇。鲛绡红一缕①,彩笔画双枝。临水处,倚楼时,魂逐片云飞。看衣袂②,当年纫带③,断藕牵丝。
自分无缘重会,谁知来梦里,与画蛾眉④。堪怜新粉黛,不减旧丰姿。花带雨,柳含啼,和泪诉相思。好风月⑤,何人不羡,况说与天池⑥!

【说明】
　　徐渭听了张子所经历的一段爱情奇遇,为之动情而作此词。作者紧扣题意,以直陈其事的手法再现了这对青年男女临水倚楼、形影相随的亲密情态,及离别后欢聚,诉说梦中的相思之苦。优美生动,情意缠绵。

【注释】
　　①鲛绡:传说为海底鲛人所织的绡。唐·温庭筠《张静婉采莲歌》:"掌中无力舞衣轻,剪断鲛绡破春碧。"
　　②衣袂:衣袖。
　　③纫带:此处指衣带、丝带。
　　④蛾眉:亦作娥眉。女子长而秀美的眉毛。
　　⑤风月:喻男女情爱之事。
　　⑥天池:徐渭,号天池山人。此处为作者自指。

王世贞

王世贞(1526—1590),字元美,号凤洲,又号弇州山人。太仓(今属江苏)人。明嘉靖二十六年(1547)进士,官至南京刑部尚书。学识渊博,工诗文,通掌故,长于戏曲,又能为词。主张文必秦汉,诗必盛唐。与李攀龙同为"后七子"中的重要作家。著有《弇州山人四部稿》《弇山堂别集》等。

忆 江 南

歌起处,斜日半江红。柔绿篙添梅子雨①,淡黄衫耐藕丝风②。家在五湖东③。

【说明】

作者以典型的景物、鲜明的色彩,描绘出一幅清新自然、秀丽多姿的江南暮春图景,和对家乡"五湖东"的思念之情。"藕丝风"三字奇而形象。

【注释】

①篙(gāo):撑船的竿。　梅子雨:亦称梅雨,即江南梅子黄熟时所下的雨。
②藕丝风:指春风轻柔细微如藕丝。
③五湖:指江苏境内太湖流域地区。

菩 萨 蛮

太白酒楼①

高楼百尺攀星汉②,东秦十二夸雄观③。野旷觉天低,天回海树齐。　谁教狂李白④,独起千秋色。而我亦歌呼,乾坤一酒徒。

作者紧扣题意,上片写太白酒楼的高耸壮观;下片写自己亦如酒仙李白,狂放嗜酒。境界壮丽开旷,情意豪放不羁。明人评此词曰:"题是何人,贵肖其人之情而止,此肖情并肖其语矣。孟诗'野旷天低树',拆五字为十字,今人不及古人。"(明·沈际飞《古香岑批点草堂诗馀·新集》卷一)

【注释】

①太白酒楼:故址在济宁(今属山东省)南城上。唐朝诗人李白客任城(今山东济宁市)时,曾与贺知章欢饮于此。

②星汉:天河,银河。

③东秦:战国时,齐湣王称东帝,故称齐国之地为东秦。即现在山东省一带。苏轼《次韵答顿起》诗:"十二东秦比汉京,去年古寺共题名。" 十二:言齐国山河之多。

④李白:唐代伟大诗人。字太白,号青莲居士。曾迁居山东任城,与孔巢父等人隐于徂徕山下的竹溪,酣歌纵酒,时称"竹溪六逸"。

渔 家 傲

愁 怀

细雨轻烟装小暝①,重衾不耐春寒横②。袅尽博山孤篆影③。闲自省,天涯有个人同病。 十二巫峰围昼永④,黄莺可唤梨花醒⑤。两点芳波揩不定。临晚镜,真珠簌簌胭脂冷⑥。

【说明】

这首词状写春思。细雨轻烟,春寒料峭,闺妇独处自守,拥衾假寐,日夜思念着远离不归的夫君,乃至泪水洗面,好梦难成。语言清丽形象,情意哀婉缠绵。后人评此词曰:"选字出之铿乎,有馀音。"(明·沈际飞《古香岑批点草堂诗馀·新集》卷三)又云:"画出天涯同病人,恹恹如见。"(清·顾璟芳等《兰皋明词汇选》卷四)

【注释】

①小瞑:假寐,小睡。瞑,通"眠"。

②重衾(qīn):厚被。　　横(hèng):充满。唐·杜甫《送韦十六评事充同谷郡防御判官》诗:"子虽躯干小,老气横九州。"

③博山:即博山香炉。晋·葛洪《西京杂记》卷一云:巧工丁缓"又作九层博山香炉,镂为奇禽怪兽,穷诸灵异,皆自然运动"。　　篆影:缭绕的香烟之影如同曲细的篆字,故称其为篆影。

④十二巫峰:指四川境内的巫山十二峰。此处指屏风上的图案内容。

⑤梨花:指梨花云。唐·王建《梦看梨花云歌》中有"薄薄落落雾不分,梦中唤作梨花云"句,故后人常以"梨花云"或"梨花梦"寓相思之情。

⑥真珠:此处形容眼泪。　　簌簌(sù):流泪的样子。

临 江 仙

春 暮

迟日三眠浑似柳①,起来徐步闲庭。中年风物易关情。不知因个甚,撩乱没支撑。　　我笑残花花笑我,此时憔悴休争。来年春到便分明。五原无限绿②,难染鬓丝青。

【说明】

作者借柳绿花残暮春景物的描写,抒发青春难再、白发无情的感叹。"我笑残花花笑我"二句,形象传神,妙趣横生。后人评此词曰:"花有重开,人无再少,人却赢花不得。"又云:"青山有泪,白发无情。欧阳子即不憾秋声,亦那得不伤春色?"(清·顾璟芳等《兰皋明词汇选》卷四)

【注释】

①三眠:指柳条在微风中时起时伏。清·张澍《三辅旧事》云:"汉苑中有柳,状如人形,号曰人柳,一日三眠三起。"故当时人亦称之为三眠柳。此处形容人时起时睡。

②五原:地名。今属陕西省。此泛指郊野。

玉 蝴 蝶

记得秋娘①，家住皋桥西弄②，疏柳藏鸦。翠袖初翻金缕③，钩月晕红牙④。启朱唇，含风桂子；唤残梦，微雨梨花。最堪夸，玉纤亲自⑤，浓点新茶⑥。　　嗏呀。颠风妒雨，落英千片，断送年华。海角山尖，不应飘向那人家。惹春愁，高楼燕子；赚人泪，芳草天涯。况浔阳偶然江上，一曲琵琶⑦。

【说明】

词的上片追忆皋桥女子的娇美和出众的才艺，下片写皋桥女子年老色衰后的艰难处境与沦落生活。结尾"况浔阳"二句，凝聚着作者对不幸女子的深切同情和眷恋。

【注释】

①秋娘：即唐时金陵女子杜秋娘。详见本书聂大年《卜算子·杨柳小蛮腰》注⑤。此指作者所思念的女子。

②皋桥：桥名。在吴县(今江苏苏州)阊门内。

③金缕：曲调名。即《金缕衣》，或称《金缕曲》。

④晕(yùn)：日月周围的光圈。此指照射的月光。　　红牙：乐器名，亦称牙板。即用红色檀木做成的拍板，以控制和调节乐曲的拍节。

⑤玉纤：形容女子手指纤细洁白。

⑥点新茶：沏泡当年采摘加工的新茶。点茶，即煎茶、泡茶。宋·苏轼《送南屏禅师》诗："道人晓出南屏山，来试点茶三昧手。"

⑦"况浔阳"二句：系用白居易《琵琶行》诗中"我闻琵琶已叹息，又闻此语重唧唧。同是天涯沦落人，相逢何必曾相识"等句之意。见本书李东阳《满庭芳·黄叶萧萧》注⑤。

满 江 红

和沈石田题宋高宗赐岳飞手敕①

御墨淋漓②，到飞字，百身难赎。弹指罢，遗黎梦断③，旧都沦覆④。

十二金牌丞相诏⑤,风波片纸君王狱⑥。恨匈奴、巧放两人归⑦,乾坤蹙⑧。　翘首地⑨,青衣辱⑩;回马地,朱仙哭⑪。大江东去,一龟兹足⑫。北面生看臣构在⑬,南枝死望中原复。痛他年,降表出皋亭⑭,鸥夷目⑮。

【说明】

　　这首词生动形象地再现了宋高宗、秦桧等人构陷岳飞冤狱的情景,并揭穿了秦桧与金国统治者相互勾结的罪恶行径。作者对南宋统治者忠奸不分的愤慨以及对爱国将军、民族英雄岳飞的同情和崇敬之情流露于字里行间。后人评此词曰:"'生看臣构在',字字嘲骂。石田(沈周)端烈,衡山(文徵明)精细,凤洲(王世贞)谐刻,维持天地间君臣大义一也,词于是续经史矣。"(明·沈际飞《古香岑批点草堂诗馀·新集》卷四)

【注释】

　　①沈石田:明人沈周,字启南,号石田,又号白石翁。　宋高宗赐岳飞手敕:见本书文徵明《满江红·拂拭残碑》注①。

　　②御墨:指皇帝亲书墨迹。　淋漓:酣畅的样子。

　　③弹指:即一弹指。形容时间短暂。　遗黎:遗民,亡国之民。

　　④旧都:此指北宋都城汴梁(今河南开封市)。　沦覆:陷落,沦陷。

　　⑤"十二金牌"句:宋高宗和宰相秦桧极力主张与金国议和,曾以十二道金牌将岳飞从抗金前线召回。

　　⑥"风波"句:宋高宗、秦桧等人以"莫须有"的罪名,将岳飞杀害于大理寺狱风波亭(故址在今浙江杭州市)。《宋史·岳飞列传》云:"狱不成,(秦)桧手书小纸付狱,即报(岳)飞死。"

　　⑦两人:指秦桧与其妻王氏。靖康二年(1127),京城汴梁被攻占后,二人与徽宗、钦宗被俘至金国,后又被金人挞懒释归宋朝。

　　⑧乾坤蹙:此指国家疆界缩小。

　　⑨翘首:抬头而望。

　　⑩青衣辱:北宋靖康二年(1127),宋徽宗、宋钦宗被金兵俘虏北去。　青衣:此指二帝所穿卑贱者的衣服。

　　⑪朱仙哭:宋高宗绍兴十年(1140),岳飞在朱仙镇(今河南开封市西南)抗金大捷之时,被宋高宗、秦桧召回。当地百姓拦马恸哭,哭声震野。

⑫龟兹(qiū cí):古代西域小国名。宋代称龟兹回鹘。在今新疆维吾尔族自治区库车县一带。

⑬臣构:指南宋小朝廷。似为宋高宗赵构自指。南宋与金媾和后,对金称臣。构,指宋高宗赵构。

⑭皋亭:山名。在今浙江余杭县东北。南宋末年,元军将领伯颜率兵南侵至此山,宋君臣即于此地出降。

⑮鸱夷目:《史记·伍子胥列传》载:吴国打败越国,越王句践请和,吴王夫差许之。伍子胥苦谏不听,太宰嚭向夫差进谗言,夫差派使者赐伍子胥属镂之剑。伍子胥告其舍人曰:"抉吾眼悬吴东门之上,以观越寇之入灭吴也!"又云:"吴王闻之大怒,乃取子胥尸,盛以鸱夷革,浮之江中。"

屠　隆

屠隆(1542—1605)，字长卿，一字纬真，号赤水，又号由拳山人、鸿苞居士。鄞县(今浙江宁波市鄞州区)人。明万历五年(1577)进士，除安徽颍上知县，调松江府青浦(今属上海市)知县，后任礼部仪制司主事、礼部郎中等职。后罢官回乡，卖文为生以终。能诗词文，擅为传奇。著有《白榆集》《由拳集》等。另有传奇《昙花记》《修文记》《彩毫记》等传世。

清江裂石

西　湖

渺渺重湖背郭斜①，永日坐蒹葭②。四面山青不断，楼阁外、乱水明霞。有画船锦缆载词客，金翘杂珮③，强半挟吴娃④。水穷处，长林古寺，夏木绿阴遮。　　回首望空明，白鸥隐隐飞来，带一片轻沙。把酒问西湖，今来古往，都不管兴亡，旧恨年华。且与君，棹扁舟，听取哀弦急筑⑤，散髮弄荷花⑥。

【说明】

屠隆性格放浪，喜交名士，好游山水，常蓄声妓，晚年罢归后更是不甘寂寞。此词即写作者携妓乘舟、泛游西湖时所见之美景，及其弦歌船中、把酒畅饮的情态。生动具体的描写，使一位狂傲不羁、惆怅不遇的文人形象跃然纸上。

【注释】

①渺渺(miǎo)：水大水远的样子。　　重湖：指杭州西湖中的白堤将湖面分隔成的里湖和外湖。宋·柳永《望海潮》词：“重湖叠巘清嘉，有三秋桂子，十里荷花。”　　郭：外城。

②永日：尽日，整天。　　蒹葭：荻草和芦苇，皆为水边或浅水中生长的草

本植物。

③金翘:古时妇人的头饰。后蜀·毛熙震《浣溪沙·晚起红房》词:"绿鬟云散袅金翘,雪香花语不胜娇。"　　杂珮:古代用各种饰玉制作而成的玉珮。

④强半:一多半、大多数之意。吴娃:吴地的美女。唐·白居易《望江南》词:"吴酒一杯春竹叶,吴娃双舞醉芙蓉。"

⑤筑(zhù):古代打击乐器名。《史记·刺客列传》:"高渐离击筑,荆轲和而歌于市中。"

⑥散发:头发披散而不绾起。唐·李白《宣州谢朓楼饯别校书叔云》诗:"人生在世不称意,明朝散发弄扁舟。"

绿 水 曲

西湖怀古①

万叠青山,千层绿水,兰舟荡入凉云②。鹤随无声,鸥飞不断,歌吹隔花闻③。我欲唤起琴高④,邀来邢凤,借仙人玉笛,傍苍龙叫破氤氲⑤。　　行到湖天空阔处,画大江、吴越此中分⑥。酒满雕觥⑦,宾朋不减,看来只少湘裙⑧。但醉时、微吟散发⑨,高揖洞庭君⑩。

【说明】

这首词以生动形象的语言,既展现了西湖层峦叠翠、碧波晶莹、变幻多姿的美景,亦写出了与其有关的传说和史实,主人与宾朋同舟游湖的清狂欢娱之态更是历历在目。前人评此词曰:"洒洒言之,都成奇趣。"(清·顾璟芳《兰皋明词汇选》卷五)

【注释】

①西湖:亦称钱塘、西子湖。在今浙江杭州市。

②兰舟:用木兰为材质制造的船。

③歌吹(chuì):歌声和鼓乐声。南朝宋·鲍照《芜城赋》:"廛闬扑地,歌吹沸天。"吹,吹奏笙、竿等乐器。

④琴高:汉·刘向《列仙传》卷上云:"琴高为战国时赵人,善鼓琴。修炼成仙。曾入涿水中取龙子,能如约定日期乘赤鲤返回。留住月馀,复入水中。"

⑤氤氲(yīn yūn)：云烟弥漫的样子。唐·张九龄《湖口望庐山瀑布》诗："灵山多秀色，空水共氤氲。"

⑥吴越：古代吴国和越国。在今江苏、浙江一带。杭州西湖即在当时的越国境内。

⑦雕觥：雕有花纹或图案的酒杯。

⑧湘裙：女子的裙。此处代指美女。

⑨微吟散髪：即散髪微吟。披散着头发吟诵着诗歌。

⑩揖(yī)：拱手为礼。　　洞庭君：此处指神话传说中的洞庭龙君。唐·李朝威传奇小说《柳毅传》："妾，洞庭龙君小女也。"

马守贞

马守贞,女(1548—1604),字元儿,小字月娇,号湘兰子。金陵(今江苏南京)名妓。风流放诞,善于窥人意。欲嫁给名士王穉登,王穉登未允。后病卒。工诗词,善绘画,尤长于画兰。著有诗集二卷,王穉登为之序。

蝶 恋 花

天香馆寄陈湖山①

阵阵东风花作雨,人在高楼,绿水斜阳暮。芳草垂杨新燕羽,湘烟剪破来时路。　　肠断萧郎纸上句②,深院啼莺,撩乱春情绪。一点幽怀谁共语③,红绒绣上罗裙去。

【说明】

此为酬赠之词。词中借助对自然景物的刻画和人物举止的描写,形象地展现出作者对友人陈湖山的深切怀念和相互间的真挚感情。

【注释】

①陈湖山:其人生平事迹不详。

②萧郎:指女子爱恋的男子。

③幽怀:郁结在内心深处的情怀。

郑如英

郑如英,女(生卒年不详),一名妥,字元美,小名妥娘。明末金陵(今江苏南京)秦淮名妓,娇媚潇洒而无脂粉气。长于诗词。著有《红豆词》《寒玉斋集》等。

临 江 仙

芙蓉亭怀郑逢奇①

夜半忽惊风雨骤,晓来寒透衾裯②。萧条景色懒登楼。衡阳归雁杳③,幽恨上眉头。　　台空院废人依旧,月沉云淡花羞。芙蓉寂寞小亭秋。黄花伤晚落,相对倍添愁。

【说明】

夜半风雨骤起,晓来寒气袭人,面对萧瑟秋景,身处寂寞小亭,作者倍感悲凉,更加怀念曾于此处欢聚而今又无音信的友人。情调委婉凄冷,风格近于宋代女词人李清照。

【注释】

①芙蓉亭:地名。《明一统志》云:"芙蓉亭在温州府治。"　　郑逢奇:其人生平事迹不详,或为作者亲友。

②衾裯:大被与床帐。

③衡阳:即今湖南衡阳。相传衡阳有回雁峰,雁至此不过,遇春而返北方。

浪 淘 沙

寒玉斋晏起柬华大生①

日午倦梳头②,燕掠帘钩。苔华一去岂能留③?试问别来多少恨,江水悠悠。　　近日类轻鸥④,抵死萦愁⑤。何时重话水边楼? 梦断天涯春已暮,不见归舟。

【说明】

此是作者写给友人的词篇。上片写离别后的愁苦,下片写盼望重逢的心愿。年华易逝、亲朋难聚的感慨流露于字里行间。语言清丽晓畅,感情朴素真挚。

【注释】

①寒玉斋:作者的书斋名。　　晏起:晚起。　　柬(jiǎn):信札,手简。此指写给友人的词篇。　　华大生:其人生平事迹不详。

②日午:日正午,日中。

③苕华:犹言韶华、春光。亦指青春年华。

④类:相似,像。

⑤抵死:此处意谓不住的、总是。宋·晏殊《蝶恋花·帘幕风轻》词:"薄雨浓云,抵死遮人面。"　　萦愁:愁思牵绕。宋·苏轼《和人回文五首》之三:"字字萦愁写断肠。"

赵　燕

　　赵燕,女(生卒年不详),一作赵今燕,字彩姬。明代金陵(今江苏南京)名妓。富有才情,长于诗词。与女词人朱泰玉、郑如英、马守贞齐名。所存词作,辑录于《明词综》等书中。

长　相　思

寄张幼于①

　　去悠悠②,意悠悠③,水远山长无尽头。相思何日休?　　　见春愁,对春羞,日日春江认去舟。含情空倚楼。

【说明】
　　此是作者寄给友人张幼于的词作。水远山长的自然美景与含情倚楼、临江认舟的人物情态相互映衬,构成一幅意境清旷、情意缠绵的春日相思图。结句言有尽而情无穷。
【注释】
　　①张幼于:张献翼,后更名敉,字幼于,昆山人。嘉靖时国子监生。为人放诞不羁,言行诡异。通《易经》,著有《读易纪闻》《文起堂集》等。
　　②悠悠:远行的样子。《诗经·鄘风·载驰》:"驱马悠悠,言至于漕。"
　　③悠悠:情思不尽貌。《诗经·郑风·子衿》:"青青子衿,悠悠我心。"

汤显祖

汤显祖(1550—1616),字义仍,号海若,又号若士、清远道人、玉茗堂主人等。临川(今属江西)人。明万历十一年(1583)进士,官至南京礼部主事。后免官归里,居玉茗堂,专事戏剧研究与创作。著有传奇《紫箫记》《还魂记》(即《牡丹亭》)、《南柯记》《邯郸记》等。另有《红泉逸草》《问棘邮草》《玉茗堂全集》等诗文集传世。

阮 郎 归

闺 怨

不经人事意相关①,牡丹亭梦残②。断肠春色在眉弯,倩谁临远山③?　排恨叠,怯衣单,花枝红泪弹。蜀妆晴雨画来难④,高唐云影间。

【说明】

此词曾以《醉桃源》为题名,载于汤显祖所作传奇剧本《牡丹亭》第十四出《写真》的开篇唱段之后。词中运用楚怀王梦中与巫山神女欢会和杜丽娘牡丹亭中怀春成梦、因情而亡的典故,生动形象地展现了闺中少女的相思之苦。语言清丽隽美,情意哀婉缠绵,作者的非凡才情可见。

【注释】

①人事:人间各种事。此指男女情爱之事。

②牡丹亭:汤显祖所作传奇《牡丹亭》,写杜丽娘与书生柳梦梅相遇于牡丹亭,醒后相思致病而卒;后杜丽娘复生,终与柳梦梅结为夫妻。

③倩:请,求。　临远山:描眉。远山,形容女子眉毛秀丽。汉·刘歆《西京杂记》卷二云:"文君姣好,眉色如望远山。"

④蜀妆:蜀地的妆饰。此指巫山神女。详见本书黄娥《巫山一段云·巫女朝

朝艳》注①。

好 事 近

秋 怨

　　帘外雨丝丝,浅恨轻愁碎滴。玉骨西风添瘦,趁相思无力。
小虫机杼隐秋窗①,黯淡烟纱碧。落尽红衣池面,苦在莲心苭②。

【说明】
　　帘外西风细雨、清冷萧瑟的秋景,和室内织机闲置、纱帐暗淡
的环境,烘托出闺妇的孤寂无聊、悲愁苦闷的情态。"落尽红衣池
面"二句喻闺中少女相思之苦,具体而又形象。后人评此词曰:"冷
而艳。"(清·顾璟芳《兰皋明词汇选》卷二)

【注释】
　　①机杼:织布机。北朝民歌《木兰诗》:"不闻机杼声,惟闻女叹息。"
　　②苭(dì):莲子。莲实中有味苦的胚芽。

小 青

　　小青,女(生卒年不详),明时民间女子。家居广陵(今江苏省扬州市)。十六岁嫁与虎林(今属安徽)某生为姬妾。因与丈夫同姓,故仅以小青称之。家庭的不睦、大妇的嫉妒,致使其十八岁即去世。长于诗词。所存词作,散见于《历代闺秀诗馀》等书中。

天 仙 子

　　文姬远嫁昭君塞①,小青又续风流债②。也亏一阵黑罡风③,火轮下④,抽身快,单单别别清凉界⑤。　　原不是鸳鸯一派⑥,休算做相思一概。自思自解自商量,心可在,魂可在,著衫又拈双裙带⑦。

【说明】
　　词为自况之作。作者以汉朝王嫱远嫁、蔡琰不幸的史实,比喻自己嫁非所愿的痛苦及无依无靠、"自思自解自商量"的情状。词情凄凉伤感,语言委婉含蓄。

【注释】
　　①文姬:即蔡琰,字文姬。博学多才,精通音律。东汉末年为乱兵所掠,嫁与南匈奴左贤王,留居匈奴十二年。后来曹操以金璧赎归。　　昭君:即王嫱,字昭君。西汉元帝时宫人。竟宁元年(公元前33年),匈奴呼韩邪单于入朝请求和亲,昭君出塞远嫁。死后,葬于匈奴。
　　②风流:风韵,风情。此指作者的婚事。
　　③罡(gāng)风:高空的风。宋·刘克庄《梦馆宿》诗之二:"罡风误送到蓬莱,昔种琪花今已开。"
　　④火轮:太阳。唐·王毂《暑日题道边树》诗:"火轮迸焰烧长空,浮埃扑面愁朦胧。"
　　⑤单单别别:仅仅又有之意。
　　⑥鸳鸯:鸟名。羽色鲜艳,且有成双成对的生活习性,故人们常将鸳鸯作为恩爱夫妻或美好爱情的象征。
　　⑦拈(niān):用手指取物。

高　濂

　　高濂(生卒年不详),字深甫,号瑞南。仁和(今浙江杭州)人。明万历年间尚在世。工戏曲诗词。著有传奇《玉簪记》《节孝记》。另有《雅尚斋诗草》《芳芷楼词》《遵生八笺》等书传世。

西　江　月

题　情

　　有恨不随流水,闲愁惯逐飞花。梦魂无日不天涯,醒处孤灯残夜。　　恩在难忘销骨①,情含空自酸牙。重重叠叠剩还他,都在淋漓罗帕。

【说明】

　　词的上片写离愁别恨难遣、日夜情系天涯的情景,下片写昔日恩爱深挚、当今相思至极。前后浑然相映,构成一幅生动形象的深闺思远图。后人评其词道:"高深甫词独出清裁,不附会于庸俗者。"(清·沈雄《古今词话·词评(下)》)

【注释】

　　①销骨:此言相思之苦深重至极。

赵南星

赵南星(1550—1627),字梦白,号侪鹤,又号清都散客。高邑(今属河北)人。明万历二年(1574)进士,初任文选员外郎,不久,因触时忌,罢归。再起,为考功郎中,主管京察,重要官宦任用的私人官吏被贬斥殆尽,遭攻讦落职,其名声益高,与邹元标、顾宪成合称"三君"。光宗立,拜左都御史,慨然以整肃天下为己任;进吏部尚书,锐意澄清朝廷吏治,起用被排挤、罢职的忠直官员,后因反对宦官魏忠贤专权被谪戍代州,卒于戍所。谥忠毅。能诗文,工散曲。著有《忠毅公集》《芳茹园乐府》等。

水 龙 吟

杨花,用章质甫韵①

春归忒恁愁人②,已看尽落红翻坠。杨花更惨,映日连空,撩人情思。飞过高城,寻来小院,从教门闭。偶蘋风乍定③,商量暂住,低飞燕,还扶起。　　何物疑花乱玉,几曾堪、髻簪衣缀。兰闺人倦④,多愁牵梦,难成易碎。小玉声喧⑤,晴天雪下,香阶无水。忆辽西何处⑥,神魂荡漾,暗抛红泪。

【说明】

这首词运用拟人手法写景状物,以物寓情。作者以"撩人""寻来""商量"等词将杨花描绘得有意有情,并以此生动形象地托出闺妇的相思之情和愁苦之态。全词构思新奇,想象丰富,情感缠绵,耐人寻味。

【注释】

①章质甫:即章楶(zī),字质夫,一作质甫。北宋浦城人。曾作咏柳花词《水龙吟》。

②忒恁:变得这样。忒,变更。《易经·豫卦》:"天地以顺动,故日月不过,而四时不忒。"恁,如此,这般。

③蘋风:掠过蘋草的风,即微风。唐·李隆基《同玉真公主过大哥山池》诗:"桂月先秋冷,蘋风向晚清。" 乍:刚刚,才。

④兰闺:芳香高雅的闺房。亦泛指女子所居之处。南朝梁·庾肩吾《咏檐燕》诗:"双燕集兰闺,双飞高复低。"

⑤小玉:此处泛指侍女。唐·白居易《长恨歌》诗:"金阙西厢叩玉扃,转教小玉报双成。"

⑥辽西:今河北省东北及辽宁省西部一带。

林 章

林章(1551—1599),原名春元,字初文。福清(今属福建)人。万历元年(1573)举人。后因上书得罪,死于狱。富有才情,长于诗词。著有《林初文诗选》。

采 桑 子

咏 剑

可怜夜夜寒牛斗①,无奈尘埋。得个人来,试向丰城狱里开②。
明朝把对长亭酒,一曲三杯。直抵龙堆③,斩却楼兰塞上回④。

【说明】

作者积极参与抗击入侵倭寇的活动,明万历初年曾随抗倭名将戚继光防守边塞。这首词即借宝剑深埋地下而不得其用的境况,寄寓自己坎坷不遇的情怀和杀敌报国的雄心壮志。词情既激壮又委婉。

【注释】

①牛斗:指二十八宿中北方的牛、斗二星宿。唐·王勃《滕王阁序》:"物华天宝,龙光射牛斗之墟。"

②丰城:地名。明时属南昌府,在今江西省境内。《晋书·张华传》云:"西晋张华看到牛斗之间常有紫气,雷焕言是由丰城宝剑之精上彻至天所致。后雷焕为丰城令,掘狱屋基,得龙泉、太阿二宝剑。其夜,牛斗间的紫气亦不复见。

③龙堆:即白龙堆沙漠。在今新疆罗布泊以东至甘肃玉门关之间。

④楼兰:汉时西域城国。在今新疆罗布泊以西,地处通往西域的丝绸之路要道上。

河 满 子

咏 梦

春日弄花不影,秋宵踏月无痕。万叠江山千古事,那消一刻黄昏。只怕莺啼禁苑①,更愁雁叫关门②。　　洛浦明珠翠羽③,巫峰暮雨朝云④。离别悲欢都没据,可怜做尽殷勤⑤。落得罗浮归后⑥,教人唤作香魂。

【说明】

这首词作以虚实相映的手法,多采用人与神女梦中欢会、醒后永绝的典故,衬托人间的相思之苦与团聚不能久长的现实。构思新奇,描写生动。

【注释】

①禁苑:帝王的园囿。

②关门:亦作关口。古代设置于边界上的关门。唐·魏徵《述怀》诗:"杖策谒天子,驱马出关门。"

③"洛浦"句:三国魏·曹植《洛神赋》云:其于黄初三年(222)朝京师,还渡洛水时,见洛水之神"或采明珠,或拾翠羽"。　　洛浦:原指洛水之滨,即洛水之神宓妃出现的地方。此处代指洛神宓妃。

④"巫峰"句:指巫山神女事。详见本书黄娥《巫山一段云》注①。

⑤殷勤:情意恳切深厚。

⑥罗浮:山名。在今广东省境内。参见本书吴承恩《临江仙·春气著花如醉酒》注③。

袁 黄

袁黄(生卒年不详),字坤仪,一字了凡。吴江(今属江苏)人。明万历十四年(1586)进士,官至兵部主事,后免归。博学多才,河洛、象纬、律吕、戎政、水利、勾股、堪舆之学等,皆有研究。著有《两行斋集》《历法新书》《评注八代文宗》《群书备考》等。

鹧 鸪 天

题村叟屋壁①

袖手春林散翠鬟②,莫嫌此地少青山。酒逢社日添酬应③,花到开时费往还。　　松老大,竹平安,柴荆虽设不常关④。旁人方讶茅檐窄⑤,鸽户蜂房去半间⑥。

【说明】

此为一首题在村翁房舍墙壁上的词作。意境清新自然,冲淡祥和。上片描写乡村绿树翠林的秀美和百姓春社之日共享欢乐的景象,下片描写村翁宅院的俭朴清雅和恬淡祥和。后人评此词曰:"当时太平风景于此可想,不独笔墨淡永。为词家陶元亮(陶渊明一字元亮)也。"(清·顾璟芳等《兰皋明词汇选》卷三)

【注释】

①叟(sǒu):老人。

②袖手:缩手于袖,谓不问其事。此指闲暇游览的样子。　翠鬟:妇女秀发的美称。此状春林之美。

③社日:古代春秋两次祭祀土地神的日子。南朝梁·宗懔《荆楚岁时记》:"社日,四邻并结综会社,牲醪,为屋于树下,先祭神,然后飨其胙(祭祀用的肉)。"

④柴荆:此处指用柴荆搭建的简陋的门。荆,灌木名。

⑤讶(yà):惊讶。

⑥鸽户:鸽子窝,鸽子栖息之地。　蜂房:蜂巢。因巢内分隔似门户,故名。

董其昌

董其昌（1555—1636），字元宰，号思白，又号香光居士。华亭（今上海市松江区）人。明万历十七年（1589）进士，官至南京礼部尚书。以书画著称于世，亦善诗词。著有《容台诗集》《容台文集》《画禅室随笔》等。

满 庭 芳

自 题 画

宿雨初收①，晓烟未泮②，散云都逐飞龙③。文君翠黛④，一霎变颦容⑤。多少风鬟雾鬓⑥，青螺髻⑦，飘堕空濛。频骋望，征帆灭处，远霭与俱穷⑧。　　古今来画手，谁如庄叟⑨，笔底描风。有江南一派，北苑南宫⑩。我亦烟霞骨相⑪，闲点染、懵懂难工⑫。但记取，维摩诘语⑬，山色有无中⑭。

【说明】

董其昌天才俊逸，尤以书画著称。"其画集宋、元诸家之长，行以己意，潇洒生动"（《明史·董其昌列传》），且精于品题。此词即为题画之作。清丽的语言、形象的比喻，使画图中云雾空濛的意境及"江流天地外，山色有无中"（唐·王维《汉江临泛》诗）的江南胜景展现眼前。通篇情景交融，真切迷人。

【注释】

①宿雨：昨夜的雨。

②泮(pàn)：融化，消解。《诗经·邶风·匏有苦叶》："士如归妻，迨冰未泮。"

③飞龙：一种鸟名。汉·张衡《西京赋》："挂白鹄，联飞龙。"

④翠黛：古代女子用以画眉的青色颜料。后人多以翠黛指眉。

⑤一霎(shà)：一会儿，片刻。　颦：皱眉。

⑥风鬟雾鬓:形容女子发髻散乱。宋·李清照《永遇乐·落日熔金》词:"如今憔悴,风鬟雾鬓。"此喻景物。

⑦青螺髻:螺壳形的青色发髻。此喻峰峦之状。

⑧霭(ǎi):云气。

⑨庄叟:庄周的尊称,即庄子。战国时宋国蒙邑(今河南商丘)人,曾为漆园吏。宋·范仲淹《临川羡鱼赋》:"在渊游泳,疑庄叟之梦来;依岩崄喝,讶子平之书至。"

⑩北苑:南唐著名书画家董源(源,一作"元"),字叔达,又字北苑,锺陵人,曾任北苑副使。善画秋风远景,多以奇峭之笔描摹江南山水。其水墨颇类王维,着色则有李思训风格。与其后之释巨然并称董巨,与关同、荆浩、巨然被后世称为四大家。　南宫:即北宋著名书画家米芾,字元章,襄阳人。因曾任礼部员外郎,礼部又被称为南宫(宋·王禹偁《赠礼部宋员外阁老诗》:"未还西掖旧词臣,且向南宫作舍人。"自注云:"礼部员外,号南宫舍人。"),故世称米南宫。其画师法董源,亦属江南派。

⑪烟霞骨相:此指性爱山水。烟霞,山水胜景。

⑫懞懂:模糊不清的样子。　工:巧妙。

⑬摩诘:唐代诗人,画家王维,字摩诘。

⑭山色有无中:王维《汉江临泛》诗:"江流天地外,山色有无中。"

陈继儒

陈继儒(1558—1639),字仲醇,号眉公,又号麋公。华亭(今上海市松江区)人。明诸生。终生不仕,隐居小昆山,专力著述。工诗词文章,兼善书画,学识渊博,才望卓著。著有《眉公全集》《晚香堂小品》等,辑有《宝颜堂秘笈》《国朝名公诗选》等。

点 绛 唇

钟鼓沉沉,寺门落叶归僧独。晚鸦初宿,影乱墙头竹。 长啸风前,清籁飞空谷①。松如沐②,炊烟断续,杯底秋山绿。

【说明】
这首词写秋晚时僧寺的萧索景象。意境清幽,情致超逸。结句"杯底秋山绿",系化用宋人苏轼《书林逋诗后》的"呼吸湖光饮山绿"句。后人评此词曰:"'独'字景生,叨利天宫人语。'沐'字响。"(明·沈际飞《古香岑批点草堂诗馀·新集》卷一)

【注释】
①清籁:自然界清越的音响。
②沐:洗,沐浴。

钗 头 凤

七 夕①

梧桐坠,秋光碎,一痕河影添娇媚。锦梭撤,彩桥结,欢娱天上成佳节。嫦娥凝望②,也应痴绝。热,热,热。 天如醉,云如睡,朦胧方便双星会。鸡饶舌③,催离别,别时打算闲年月④。自从盘古⑤,许多周折。歇,歇,歇。

【说明】

词中依据古代神话传说，生动形象地展现了牛郎织女七夕之时相会于天河之上的情景。优美传神，情意深挚，人物呼之欲出。后人评论陈继儒作品时说："通明俊迈，短章小词皆有风致，智如炙辇，用之不穷。"（清·钱谦益《列朝诗集小传》）

【注释】

①七夕：农历七月初七夜。南朝梁·宗懔《荆楚岁时记》云："七月七日，为牵牛织女聚会之夜。"

②嫦娥：亦作姮娥。汉·刘安《淮南子·览冥训》云：羿请不死之药于西王母，姮娥盗食之，得仙，奔入月中为月神。

③饶舌：多言，多嘴。此指鸡鸣频繁。

④打算：计算。

⑤盘古：即盘古氏。古代神话传说中开天辟地、首出创世的人。

俞 彦

俞彦(生卒年不详),字仲茅。上元(今江苏江宁县)人。明万历二十九年(1601)进士。官至光禄寺少卿。长于诗词,尤工小令。原有集,已散佚。所存词作,辑录于清人王昶《明词综》等书中。

长 相 思

折花枝,恨花枝,准拟花开人共卮①,开时人去时。　　怕相思,已相思,轮到相思没处辞,眉间露一丝。

【说明】

词的上片写花开人去,下片写离愁别恨。"花枝""相思"等词的叠用,更衬托出独处女子的相思之苦及对恋人的无限深情。后人评俞彦词曰:"不趋佻险而遵雅淡,独见典型。"(清·沈雄《古今词话·词评(卷下)》)

【注释】

①准拟:预想,打算。唐·刘得仁《悲老宫人》诗:"曾缘玉貌君王宠,准拟人看似旧时。"　　卮(zhī):盛酒器。指饮酒。

孙承宗

孙承宗(1563—1638)，字稚绳，号恺阳。河北高阳人。明万历三十二年(1604)进士。官至兵部尚书，曾督理辽东军务。后因魏忠贤阉党所谗，辞官归里。清兵攻高阳，孙承宗率家人拒守，城陷，自缢而死。谥文忠，改谥文正。著有《孙文正文集》。

阳 关 引

无那杨花闹①，又听莺声咽。如簧细语②，关情处，漫饶舌。看苍苍烟外，早是征车辙③。纵风流还似张绪④，不堪折。　仗剑对尊酒，歌未阕⑤。叹风尘起，新亭泪，中流楫⑥。把眼前飞絮，学作鹅池雪⑦。待四方戡定⑧，直北迎归节⑨。

【说明】

这首词以杨花飞舞、莺声鸣叫的暮春景物描写，伴之以"新亭泪""中流楫""鹅池雪"等历史典故的运用，烘托出作者抗清杀敌、廓清天下的雄心壮志。词情高昂，气势豪壮。咏柳与征战联系在一起，实为词中罕见。

【注释】

①无那：无奈，无可奈何。　闹：此处形容杨花柳絮飞舞之状。

②簧：乐器中振动则能发声的薄片。此处形容莺鸟鸣叫声。

③辙：车轮行过后所留的痕迹。

④张绪：南朝齐吴郡人。详见本书谢应芳《水调歌头·战骨缩如雪》注⑤。

⑤阕(què)：曲终。

⑥风尘：此处指兵乱、战争。　新亭泪：南朝宋·刘义庆《世说新语·言语》云："过江诸人，每至美日，辄相邀新亭，藉卉饮宴。周侯(颛)中坐而叹曰：'风景不殊，正自有山河之异！'皆相视流泪。唯王丞相(王导)愀然变色，曰：'当共戮力王室，克复神州。何至作楚囚相对？'"新亭，亦称劳劳亭。故址在今江苏江宁县南。　中流楫：即中流击楫。详见本书韩守益《苏武慢·地涌岷峨》注③。

⑦鹅池雪:《唐书·李晟传》后所附"李愬传"云:蔡州吴元济叛,李愬率兵讨伐。夜半至悬瓠城,雪甚大,城旁皆鹅鹜池。李愬令击之,以乱军声。雪止,遂俘吴元济,并将其槛送京师。

⑧戡定:平定。

⑨直北:正北。唐·杜甫《小寒食舟中作》诗:"云白山青万馀里,愁看直北是长安。"此处指京城。　　节:符节,古代使臣执以示信之物。

浣 溪 沙

　　谁写南溟玉一湾①,诸峰罗列小庭间。画屏十二斗烟鬟②。　　彩笔欲描风骀荡③,锦囊不贮雨潺湲④。日来心事与俱闲。

【说明】

　　此词为作者晚年罢官归里、闲居家乡时所作。碧绿的海水、青翠的峰峦相互辉映,争奇斗秀,构成了一幅清幽明丽、和谐自然的山水风光图。超逸闲适、淡泊雅致的情趣,与作者其他词作相比有着迥然不同的风格。

【注释】

　　①南溟:南海。

　　②烟鬟:烟雾中峰峦青翠如髻鬟。宋·苏轼《送程七表弟知泗州》诗:"淮山相媚好,晓镜开烟鬟。"

　　③骀(dài)荡:舒缓荡漾。南朝齐·谢朓《直中书省》诗:"朋情以郁陶,春物方骀荡。"

　　④锦囊:锦制的囊袋。唐·李商隐《李长吉小传》:"(李贺)恒从小奚奴,骑距驴,背一古破锦囊,遇有所得,即书投囊中。"　　潺湲:水缓流的样子。屈原《湘夫人》:"荒忽兮远望,观流水兮潺湲。"此处形容雨水。

塞 翁 吟

　　云叶才生雨①,楼外铁马嘶风②。报急水,小河东。飞一箭青骢③。倚天剑破长风浪,小结画影腾空。漫道是长杨词赋④,细柳豪雄⑤。

匆匆。脱跳荡,惊帆辔满⑥;走蹀躞,蟠花带松⑦。有渝海堪凭洗恨⑧,看今日蹀血玄菟⑨,痛饮黄龙⑩。鸭江醅发⑪,鹿岛萍开⑫,谁是元功⑬?

【说明】

明天启二年(1622),孙承宗累官兵部尚书,其间曾参加阅兵仪式。此词即写风雨之日,海滨阅兵与操练的情景。上片写军营肃静紧张,纪律严明;下片写将士操练时勇猛威武的情态。"有渝海"以下数句,表达了彻底歼敌、立功告捷的决心。意境开阔,气势雄壮,充满爱国激情。

【注释】

①云叶:指空中片云如叶。唐·李世民《秋日即目》诗:"散岫飘云叶,迷路飞烟鸿。"

②铁马:亦称檐马,风铃的别称。悬于檐下,风吹则有声。

③"飞一箭"句:形容骏马飞奔。　　青骢:指毛色黑白相间的良马。

④长杨词赋:即《长杨赋》。西汉词赋家扬雄所作。　　长杨:汉时宫名。因宫中有垂杨数亩,故称长杨宫。故址在今陕西周至县东南。

⑤细柳:即细柳营。故址在今陕西咸阳市西南。汉文帝时,将军周亚夫军营所在之处。

⑥跳荡:谓临战之前突袭破敌。《新唐书·百官志·吏部》:"矢石未交,陷坚突众,敌因而败者,曰跳荡。"　　惊帆:快马名。晋·崔豹《古今注·杂注》云:"曹真有马,名惊帆。取其驰骤如烈风之帆举之疾也。"

⑦蹀躞(xiè dié):往来小步的样子。　　蟠花带:妆饰有丝织重瓣花状图案的带子。

⑧渝海:即古代渝水。水道故址在今河北秦皇岛市和抚宁县一带。《汉书·地理志(下)·辽西郡》:"渝水首受白狼,东入塞外。"

⑨蹀血:也作"喋血"。战争时互相残杀,血流遍野。踏血而行称蹀血。宋·杨万里《论兵》:"李陵与奇材剑客蹀血房庭,非楚人耶?"　　玄菟:古郡名。汉武帝刘彻置。故址在今朝鲜咸镜道及我国辽宁东部、吉林南部一带地区。

⑩黄龙:即黄龙府。辽时所置。故址在今吉林省农安县。《宋史·岳飞传》:"(岳)飞大喜,语其下曰:'直抵黄龙府,与诸君痛饮尔!'"

⑪鸭江:即今中朝两国的界河鸭绿江。　　醅发:指酒面所泛的碧色浮沫。此处喻江水所泛绿色。

⑫鹿岛:古代岛名。故址在今辽宁丹东东南的海中。

⑬元功:大功。

水 龙 吟

　　平章三十年来①,几人合是真豪杰?甘泉烽火,临淮部曲②,骨惊心折③。一老龙钟④,九扉鱼钥⑤,单车狐掘⑥。今山河百二,玉镡罢手⑦,都付与,中流楫⑧。　　快得熊罴就列⑨,更双龙陆离光揭⑩。一朝推毂⑪,万方快睹,百年殊绝。玄菟新陴⑫,卢龙旧塞⑬,贺兰雄堞⑭。看群公撑住,乾坤大力⑮,了心头血。

【说明】

　　此词为作者罢官归里后所作。上片写朝政腐败,治国无人,清兵入侵,及自己身受排挤的困境;下片写希望得到选拔重用,重携双剑,再率将士戍边卫国,抗清复明。文笔纵横,气势豪壮,继承了南宋辛派词人的风格特征与艺术传统。后人评其诗词时说:"不事粉泽,卓荦沉塞,元气郁盘。"(清·钱谦益《列朝诗集小传》)

【注释】

　　①平章:品评,评论,评价。宋·陆游《自笑》诗:"平章春韭秋菘味,拆补天吴紫凤图。"

　　②"甘泉"二句:隐指清兵入侵。甘泉:此指秦汉时的甘泉宫。故址在陕西淳化县西北的甘泉山上。　　临淮:汉时郡名。故址在今江苏盱眙县西北一带。

　　部曲:古时军队的编制单位。亦指军队。

　　③骨惊心折:指心灵受到极大创伤。南朝梁·江淹《别赋》:"使人意夺神骇,心折骨惊。"

　　④龙钟:老态疲惫的样子。

　　⑤九扉:犹言九门。古代天子所居宫禁有九重门。扉,门,门扇。　　鱼钥:鱼形钥匙。

　　⑥单车:一辆车。含有勇往直前之意。　　狐掘(hú):《国语·吴语》:"狐埋之而狐掘之。"传说狐狸性多疑,将食物埋在地下,旋又刨出察看。比喻疑心过度,做事难成;亦比喻徒劳无功。掘,掘出。

⑦山河百二：指山河险固之地。唐·王维《游悟真寺》诗："山河穷百二，世界满三千。"　　玉镡(tán、xín)：宝剑的玉把柄。代指宝剑。

⑧中流楫：即中流击楫。见本书韩守益《苏武慢·地涌岷峨》注③。

⑨熊罴：熊和罴。喻勇猛的武士。

⑩双龙：指双剑。　　陆离光揭：光彩斑斓。

⑪推毂(gǔ)：推车前进。毂，车轮轴。后人常以推毂喻选拔重用人才。《史记·魏其武安侯列传》："推毂赵绾为御史大夫。"

⑫玄菟：古郡名。故址在今朝鲜咸镜道，及我国辽宁东部、吉林南部一带。　陴(pí)：城墙上的女墙。

⑬卢龙：古地名。故址在今河北省卢龙县一带。

⑭贺兰：即贺兰山。在今宁夏回族自治区西北边境与内蒙古自治区交界之处。　　堞(dié)：城上齿状的矮墙。

⑮乾坤：天地。

袁宏道

袁宏道(1568—1610),字中郎,号石公。湖广公安(今属湖北)人。明万历二十年(1592)进士,官至吏部郎中。与兄袁宗道、弟袁中道皆有才名,时称"三袁",是公安派的创始者。重视小说戏曲和民歌在文学中的作用。工诗词文章。著有《袁中郎全集》。

竹 枝 词

雪里山茶取次红①,白头孀妇哭东风②。自从貂虎横行后③,十室金钱九室空。

【说明】

明末政治黑暗,社会动荡,吏治腐败,民不聊生,且因需镇压农民起义和抗击辽东外敌进犯,赋税大大增加。作者有感于此,作词记之。词以雪里山茶起兴,通过对孀妇、貂虎典型人物的描写,真实地反映了当时宦官横行乡里、敲诈勒索、残暴凶狠的社会现实,和百姓无以生存的悲惨遭遇。

【注释】

①取次:依次。宋·范成大《红梅》诗:"后来颜色休论似,夹路漫山取次红。"

②孀妇:寡妇。

③貂虎:指宦官。《后汉书·朱穆列传》载:东汉光武帝建武年间以后,中常侍皆以宦官为之,其所戴帽子上饰有貂尾和金珰。故此处将佩饰貂珰的宦官称为貂虎。

魏大中

魏大中（1575—1625），字孔时，号廓园。嘉善（今属浙江）人。明万历三十五年（1607）进士。官至吏科给事中。后为魏忠贤奸党诬陷入狱而死。所存词作，辑录于清人王昶《明词综》等书中。

临 江 仙

钱塘怀古①

埋没钱塘歌吹里，当年却是皇都②。赵家轻掷与强胡③。江山如许大，不用一钱沽④。　　只有岳王泉下血⑤，至今泛作西湖。可怜故事眼中无。但供侬醉后⑥，囊句付奚奴⑦。

【说明】

词的上片以皇都沦陷、国土轻掷，衬托南宋统治者的腐败无能；下片以碧血泛作西湖水，抒发对抗金英雄岳飞的敬慕。通篇以古喻今，笔意纵横。作者忠义爱国、持正论辩的情态，仿佛尽在眼前。

【注释】

①钱塘：此指浙江杭州。靖康二年（1127），宋高宗赵构即位后，建都临安（今浙江杭州），史称南宋。　　歌吹（chuì）：见本书屠隆《绿水曲·万叠青山》注③。

②皇都：帝都，京城。

③强胡：此处指元朝统治者。

④沽：买。

⑤岳王：指南宋抗金将领岳飞。其墓在浙江杭州西湖边栖霞岭下，世称岳飞墓，或称岳坟、鄂王坟。

⑥侬：我。古代吴人自称我为侬。

⑦"囊句"句：元·辛文房《唐才子传·李贺》："（李贺）旦日出，骑弱马，从平头小奴子，背古锦囊，遇有所得，书置囊里。"奚奴：指男女奴仆。《新唐书·李贺传》："从小奚奴背古锦囊，遇所得，书投囊中。"

陈翼飞

陈翼飞(生卒年不详),字元明,一作元朋。平和(今属福建)人。明万历三十八年(1610)进士。曾任宜兴县知县,后被免归。著有《慧阁集》《长梧集》等。

字 字 双

戍 妇①

长城饮马嘶复嘶②,古木寒鸦栖复栖。空床独守啼复啼,从军荡子西复西。

【说明】

这首词写戍边军人妻子的孤寂生活及相思之苦。语浅情深,形象鲜明。嘶、栖、啼、西四字的重叠使用,不仅使词作音节流畅,更能突出人物的内在情感。

【注释】

①戍妇:此指戍守边塞士卒的妻子。

②嘶:马鸣声。

袁彤芳

袁彤芳(女,生卒年不详),字履贞,自称广寒仙客,吴县(今属江苏苏州)人。长于诗词。著有《广寒词》。

长 相 思

风满楼,月满楼,月白风清动客愁。征鸿声且留①。　　灯半篝②,香半篝,灯尽香沉残梦悠③。归舟天尽头。

【说明】
　　这首词写相思之情。作者以清风明月、孤雁飞鸣的夜色为背景,将远离久别的夫妻互相思念情景形象地展现在同一画面。构思巧妙,新颖别致,给人以情的感染、美的享受。

【注释】
　　①征鸿:远飞的大雁。
　　②篝(gōu):竹笼。
　　③悠:长。指残存的梦境长久萦绕在心头。

瞿寄安

瞿寄安(女,生卒年不详),常熟(今属江苏)人。明人韩敬之妻。生平事迹不详。长于诗词。所存词作,辑录于清人王昶《明词综》等书中。

长 相 思

寄于夫人①

朝含颦②,暮含颦,风动疏帘疑是君③。相思欲断魂。　试罗裙,褪罗裙,鸳瓦霜飞病又新④。天涯两地人。

【说明】
　这首寄赠之词以"朝含颦,暮含颦"的内心活动,及"试罗裙,褪罗裙"的不安举止,衬托出作者对友人朝夕思念的情景和二人情谊的深挚。构思新奇,形象鲜明。

【注释】
　①于夫人:当为词作者之友,其生平事迹不详。
　②颦(pín):皱眉。不欢快、不舒心的样子。
　③君:指于夫人。
　④鸳瓦:即相互成对的鸳鸯瓦。唐·王涯《望禁门松雪》诗:"依稀鸳瓦出,隐映凤楼重。"

徐 媛

徐媛(女,生卒年不详),字小淑。吴中长洲(今江苏苏州)人。明万历年间副使范允临之妻。好读书,善诗词,长于绘画。与吴中女诗人陆卿子常相唱和,吴中士大夫望风附景,交口誉之,声闻海内,人称"吴门二大家"。与丈夫卜居风景秀丽的天平山(今属江苏),享尽园亭诗酒之乐。著有《络纬吟》等书。

渔 家 傲

题延陵别业①

板扉小隐清溪曲②,夜月罗浮花覆屋③。木笼戛戛摇生谷④。庄田熟,桔槔悬向茅檐宿⑤。　　青山一片芙蓉簇⑥,林皋逸韵飘横竹⑦。远浦轻帆低几幅。浓睡足,笑看小妇双鬟绿⑧。

【说明】

作者通过对农村夜月与秋日风光的描绘,衬托出延陵别墅清幽古朴、景美人美的环境,以及自己对田园生活的恋羡和向往。后人评此词曰:"妆点农家,饶有林下风致。"(清·冯金伯《词苑萃编》卷七)

【注释】

①延陵:地名,在今江苏省常州市武进区内。　　别业:亦称别馆、别墅。

②板扉:木板门扇。　　曲:水弯处。

③罗浮花:此指梅花。罗浮,山名。即广东东江北岸增城、博罗、河源市一带的罗浮山。旧题唐·柳宗元《龙城录》(据后人考证,当为宋·王铚所撰)载:"隋初开皇年间,赵师雄迁罗浮,日暮于松林酒肆旁,见一美人,淡妆素服出迎,交谈时,芳香袭人,因与共饮。赵师雄醉寝,及其醒来起视,乃在梅花树下,上有翠羽啾嘈相顾,月落参横,但惆怅而已。

④木笼：亦作木砻。一种木制的磨稻谷去壳的农用工具。　戛戛(jiá)：象声词。

⑤桔槔：井上汲水的工具。井旁悬一横木，一端以绳系水桶，一端系以重物，以省汲水之力。　宿：此指桔槔停用。

⑥芙蓉：此指木芙蓉。又称木莲，落叶灌木，初秋开花，花色白、黄或淡红色。唐·白居易《木芙蓉花下招客饮》诗："莫怕秋无伴愁物，水莲花尽木莲开。"

⑦皋：湖沼池泽。亦指近水的高地。

⑧绿：此处形容女子所梳环形发髻黑而美。

陆卿子

陆卿子(女,生卒年不详),明万历年间(1573—1619)尚在世。吴中长洲(今江苏苏州)人。明尚宝少卿陆师道之女,处士赵宧光之妻。长于诗词。与吴中女诗人徐媛齐名,人称"吴门二大家"。著有《元芝集》《考槃集》《卧云阁稿》等。

忆秦娥

感　旧

砧声咽①,梅花梦断纱窗月。纱窗月,半枝疏影,一帘凄切。心前旧愿难重说,花飞春老流莺绝②。流莺绝,今宵试问,几人离别?

【说明】

作者以"感旧"为题,通过暮春月色、花影、砧声、流莺等景和物的描写,衬托出自己离愁别恨的深重及孤身独处的情景。意境清幽凄冷,情感委婉含蓄。

【注释】

①砧声:捣衣声。

②流莺:莺鸣。流,谓其鸣声圆转。

顾宜人

顾宜人(女,生卒年不详),原姓朱。昆山(今属江苏)人。知州顾蓉山允焘之妻。长于诗词。所存词作,辑录于《历代闺秀诗馀》等书中。

忆 旧 游

东风摇柳色,莺狂蝶横,春遍江皋①。旧时行乐地,记绿窗朱户,曲沼横桥②。挈侣寻芳拾翠③,妆点竞花娇。奈梦远绣屏,情馀锦字④,恨寄文箫⑤。　　迢迢。音信断,叹欢娱当日,寂寞今宵。水阔山还阻,纵青青堪折⑥,难寄长条。唯有多情燕子,双舞戏花巢。为传语东风,相逢还待攀碧桃⑦。

【说明】

作者以情景相生的手法,忆昔伤今。上片写昔日结伴行乐、踏青游春的欢娱,下片写当今亲友远离、音信难通的愁苦。"为传语东风"二句,表达了作者思亲怀远和盼望重逢的深情。

【注释】

①江皋:江边地。

②曲沼:岸边曲折的池沼。唐·杜审言《和韦承庆过义阳公主山池》五首之三:"杜若幽庭草,芙蓉曲沼花。"

③挈(qiè):偕同,带领。

④锦字:书信。见本书杨基《多丽·问莺花》注⑧。

⑤文箫:此指丈夫。传奇中人名,唐太和末年书生。参见唐·裴铏《传奇》。

⑥青青:与下句"长条"皆指绿柳。古人有折柳赠别的习俗。

⑦碧桃:桃树的一种。亦称千叶桃。早春开花,娇美艳丽。

雨 霖 铃

禁苑春深①,海棠初睡②,帐暖芙蓉③。玉笛银筝歌吹遍,霓裳慢舞,酒晕腮浓④。堪羡雏鸾娇凤⑤,并戏花丛。羯鼓空来,龙车西幸,春散马嵬东⑥。　　金钗钿合当年事⑦,叹人间天上,有信难通。长恨空遗罗袜,沉香亭、花染新红⑧。被底鸳鸯⑨,情留锦带,帐隔芳容。不忍听,离宫秋老⑩,肠断雨声中。

【说明】

作者以叙事、抒情相结合的手法,选择典型事例,再现了杨贵妃生前的娇宠和死后的凄凉。人生荣辱无常、遭遇难料的感叹寄寓词中。通篇生动形象,用典自然,不见雕琢痕迹与脂粉气味。

【注释】

①禁苑:帝王的园囿。

②海棠初睡:此处喻杨贵妃酒后之美。唐·郑处晦《明皇杂录》载:上皇(唐玄宗)尝登沉香亭,召杨贵妃。时贵妃卯酒未醒,及至,上皇笑曰:"岂是妃子醉耶,海棠睡未足耳。"

③帐暖芙蓉:此典出自唐·白居易《长恨歌》诗:"云鬓花颜金步摇,芙蓉帐暖度春宵。"

④"霓裳慢舞"二句:宋·乐史《杨太真外传》载:唐玄宗宴诸王于木兰殿,杨贵妃醉中舞《霓裳羽衣曲》,玄宗大悦。酒晕:饮酒后面色红晕。

⑤雏鸾娇凤:幼小的鸾鸟与凤凰。比喻娇美的少女。

⑥"羯鼓"三句:唐天宝十四年(755),范阳河东三镇节度使安禄山反。次年攻破潼关,唐玄宗自陕西长安西奔四川成都。行至马嵬坡,三军哗变,杀死杨国忠,并迫使唐玄宗将杨贵妃赐死。羯鼓:古代西域羯族乐器。此处借指安禄山之乱。　龙车:帝王所乘的车。　　马嵬:即马嵬坡。在今陕西省兴平市。

⑦"金钗钿合"句:唐·陈鸿《长恨歌传》云:唐玄宗见杨玄琰女(即杨贵妃)甚悦。"进见之日,奏《霓裳羽衣曲》以导之,定情之夕,授金钗钿合以固之。"金钗:妇女头饰的一种。　　钿合:金饰的盒。

⑧沉香亭:在唐都城长安宫禁内。宋·乐史《杨太真外传》载:唐玄宗命移植红、紫、浅、红、通白牡丹于沉香亭前。花盛开时,与杨贵妃等同赏。

⑨被底鸳鸯:五代·王仁裕《开元天宝遗事》(下)云:唐玄宗与杨贵妃避暑时游兴庆池。帝拥贵妃于绡帐内,谓争看水中㶉𫛶的宫嫔曰:"尔等爱水中㶉𫛶,争如我被底鸳鸯。"

⑩离宫:指古代帝王筑于正式宫殿之外以供随时游处的宫室。

张 杞

张杞(生卒年不详),字迁公。黄陂(今属湖北)人。明万历年间尚在世。长于诗词。著有《和花间词》。

浣 溪 沙

苔草无人半入泥,妒风狂雨绿窗西。闲来梦断苦莺啼。　蝶媚常粘飞絮浦,燕娇惯舞落花溪。晓天深夜冷幽闺。

【说明】

这首词以春尽之景,衬托闺妇迟暮及相思之情。后人评曰:"西蜀、南唐而下,独开北宋之垒,又转为南宋之派,花间致语几于尽矣。黄陂张迁公起而全和之,使人不流于庸滥之句,谓非其大力与?"(清·王昶《明词综》卷八)

权贵妃

权贵妃(女,生卒年不详),明时朝鲜族人。封为王妃。生平事迹不详。有诗词传于世。

踏 莎 行

时序频移,韶光难驻①。柳花飞尽宫前树。朝来为甚不钩帘?柳花正满帘前路。　　春赏未阑②,春归何遽③。问春归向何方去?有情海燕不同归,呢喃独伴春愁住④。

【说明】

这首词以时序的推移、景物的变化,形象地展现出岁岁春光匆匆归去的情景,同时衬托出赏景之人无限的惜春之情及对青春易逝的感慨。

【注释】

①韶光:美好的时光,多指春光。宋·范成大《初夏》诗:"晴丝千尺挽韶光,百舌无声燕子忙。"

②阑:尽。

③遽(jù):疾速,极快。

④呢喃:燕鸣声。唐·刘兼《春燕》诗:"多时窗外语呢喃,只要佳人卷绣帘。"

胡文焕

胡文焕(生卒年不详),字德甫,一作德文,号全庵,一号抱琴居士。钱塘(今浙江杭州)人。明万历中期前后在世。通音律,善鼓琴,以刻书为事。刻有《格致丛书》等。另有《文会堂琴谱》《诗学汇选》等书传世。

昭 君 怨

本 意①

马上琵琶弹泪,怨杀生来娇媚。回首隔风沙,枉思家。 多少文才武略,一旦不将用着。用着妾和亲②,好羞人!

【说明】

西汉竟宁元年(前33),匈奴呼韩邪单于入朝请求和亲,汉元帝以官人王嫱(昭君是她的字)赐之。昭君戎服乘马,手抱琵琶出塞。本词即咏此事,可以说是对这一史实的又一种看法。

【注释】

①本意:指词题与词调《昭君怨》相同。 昭君:即王嫱,字昭君,秭归(今属湖北省)人。汉元帝时宫人,后被选中和亲,前往匈奴。

②妾:旧时女子自称的谦词。 和亲:与敌方议和,结为姻亲。《史记·匈奴传》:"汉亦引兵而罢,使刘敬结和亲之约。"

江 城 子

燕 子 矶

矶头载酒正宜秋,水悠悠,荻飕飕①。孤鹜飞随,几点往来舟。闲看两山还吐碧,似壮我,此时游。　　征鸿消息任沉浮,不堪愁,漫回头。数尽白云,云外是杭州②。只有乘风情未已,休笑我,久漂流。

【说明】

　　燕子矶在今江苏南京市北郊,山石临江,三面悬绝,形似展翅欲飞之燕。此词即以情景交融的手法,再现了燕子矶的优美秋色,和自己载酒乘舟泛游此地的心态。作者以清旷静寂的意境,托出思乡怀故的伤感之情。

【注释】

　　①飔飔:此指风吹芦苇声。

　　②杭州:今属浙江省。系作者的故乡。此二句"数尽白云,云外是杭州",流露出作者思归故乡之情。《庄子·天地》:"千岁厌世,去而上仙。乘彼白云,至于帝乡。"

徐石麒

徐石麒(1578—1645),字宝摩,号虞求。嘉兴(今属浙江)人。明天启二年(1622)进士。曾任刑部尚书、吏部尚书等职。后辞官归里。清军南下时,嘉兴城破,自缢而死。能诗文词。著有《可经堂集》。

拂 霓 裳

甲申感事

望中原,故宫锦树障烽烟①。惊坐起,凉宵梦断蒋陵前②。金人倾宝露③,玉女绣苔钱④。问当筵,谁能醉鼓渐离弦⑤? 西台哭罢⑥,三户里⑦,识遗贤。欹皂帽⑧,吹箫乞食总堪怜⑨。英雄身未死,屠钓技常连⑩。又何颜,许青门瓜种故侯田⑪!

【说明】
明崇祯十七年(甲申,即 1644 年),李自成领导的农民起义军攻克北京,崇祯帝自缢而死。不久,清军入关、南下,国土家园又被清军占领。作者有感于时,故作此词。上片写故国荒凉衰败的景象,下片写个人的亡国之痛与民族情操,忠愤之气溢于言表。后人评此词曰:"偏是忠节人不轻说出死字。"又曰:"东陵(指秦时东陵侯邵平)高矣,然处公之势,有必不愿为种瓜人者,知讲求盖有素云。"(清·顾璟芳等《兰皋明词汇选》卷五)

【注释】
①锦树:指品种优良、美观的树木。唐·杜甫《复愁十二首》诗之十:"巫山犹锦树,南国且黄鹂。"
②蒋陵:在南京市钟山南麓。系三国时孙权之陵,因蒋山而得名。
③"金人"句:唐·李贺《金铜仙人辞汉歌·序》:"魏明帝青龙元年八月,诏宫官牵车西取汉孝武捧露盘仙人,欲立置前殿。宫官既拆盘,仙人临载,乃潸然泪

下。"比喻亡国之痛。金人:唐·李贺有《金铜仙人辞汉歌》,咏此事。

④苔钱:苔点形圆,错落如钱。南朝梁·刘孝威《怨诗》:"丹庭斜草径,素壁点苔钱。"此句比喻荒凉景象。

⑤渐离:指战国时燕人高渐离,善击筑。荆轲受命前去刺杀秦始皇,燕太子丹送行至易水畔,高渐离击筑为其壮行。后尝以铅置筑中,伺机击杀秦皇帝,不中,被杀。

⑥西台:即严子陵钓台。在浙江桐庐县富春山下。宋末谢翱闻文天祥死节,即登西台,设文天祥主,酹奠号哭,并作《西台恸哭记》。

⑦三户:《史记·项羽本纪》:"楚南公曰:'楚虽三户,亡秦必楚也!'"此借指有志抗清复明的遗民。

⑧皂:黑色。

⑨吹箫乞食:《史记·范雎蔡泽列传》:"伍子胥橐载而出昭关,夜行昼伏,至于陵水,无以糊其口,膝行蒲伏,稽首肉袒,鼓腹吹篪,乞食于吴市。"《史记集解》引徐广曰:"篪,一作箫。"

⑩屠钓:屠宰牲畜及钓鱼之事。喻隐居未遇的贤人。

⑪青门瓜:亦称东陵瓜。《史记·萧相国世家》:"召(邵)平者,故秦东陵侯。秦破,为布衣,贫,种瓜于长安城东,瓜美,故世称'东陵瓜'。"

施绍莘

施绍莘(1581—1640?),字子野,号峰泖浪仙。江苏松江华亭(今上海市松江区)人,一说浙江嘉兴人。屡试不第,遂优游山水,放浪终生。通音律,工词曲。著有《花影集》。

谒 金 门

春欲去,如梦一庭空絮。墙里秋千人笑语①,花飞撩乱处。无计可留春住,只有断肠诗句。万种销魂多寄与,斜阳天外树。

【说明】

作者生活于腐朽动乱的明末之际,忧郁之情积于心底。这首词虽写惜春,实为伤时。结句"万种销魂多寄与,斜阳天外树",悲凉伤感,含悠悠不尽之意。后人评此词曰:"情韵既深,笔力亦健,浪仙(施绍莘)最高之作。"(清·陈廷焯《词则》)

【注释】

①"墙里"句:宋·苏轼《蝶恋花·春景》词:"墙里秋千墙外道。墙外行人,墙里佳人笑。"

浣 溪 沙

半是花声半雨声,夜分淅沥打窗棂①。薄衾单枕一人听。　　密约不明浑梦境,佳期多半待来生。凄凉情况是孤灯。

【说明】

深夜残花坠地,细雨飘零,这敲打着窗棂的花声雨声使独守闺房的少女辗转不眠,更加思念意中人,期待着与其密约欢会。意境清幽凄凉,感情哀婉纯真。清人陈廷焯《词则》中云:"浪仙词格不高,然小令却间有佳者,较之马浩澜(马洪)之陈言秽语,固自有别。"此词即属佳者。

【注释】

①夜分:夜半,半夜。《后汉书·光武帝纪下》:"数引公卿、郎将讲论经理,夜分乃寐。" 淅沥(xī lì):形容风雨声。 窗櫺(líng):窗户上的木格子。

菩 萨 蛮

天启改元正月五日①,得冲如靖州家报②,极言风土之恶,有"中秋有月,重秋无菊"之语,惋叹者久之。明日入西佘③,中途风雨猛恶,因思冲如对此,当更怆悒。舟中枯坐,无可告语,因捉笔记之,乃《菩萨蛮》本调也。

一封书信千金等,开缄试问江山景④。荒县乱山窝,重阳菊也无。 中秋空有月,只照人离别。况此雨连绵,烟昏月黑天。

【说明】

这首词既写靖州山水荒凉、有月无菊的环境,又写西佘风雨连绵、漆黑无月的景况。两地对比,相互辉映,更衬托出作者的孤寂和心中的离愁。

【注释】

①天启改元:即明天启元年(1621)。

②冲如:姓名及生平事迹不详。当是作者亲属。 靖州:古州名。即今湖南会同县以南、贵州锦屏县以东地区。

③西佘:地名。今属上海市青浦区。

④开缄:拆开信封。

雨 霖 铃

风 雨

吹吹还冽①,更微微洒,筛筛还歇②。家家户闭烟生,低杨渡口③,

翠和莺折。靠着栏杆不语,但千里如咽④。帆一片近矣还遥,极浦连连鸟飞绝。　　香炉狂草烟初结,更湿腻一阵弦声劣。今宵憔悴人呵⑤,窗窦里有风无月⑥。人在天南,况有鸳衾凤枕抛撇。待勉强合眼看看,又被敲声铁。⑦

【说明】

　　该词以风雨之景,烘托相思之情。吹吹、微微、筛筛、家家、连连、看看等叠字(亦称重言)的运用,或能更好地写景状物,或能充分地表情达意。通篇情景交融,生动形象。

【注释】

　　①冽(liè):寒冷。《诗经·曹风·下泉》:"冽彼下泉,浸彼苞萧。"此处指寒风。

　　②筛筛:此处指落雨的样子。

　　③低杨:垂杨。低,低垂。

　　④咽(yè):哽咽,即声音因结塞而低沉。

　　⑤呵:感叹词。

　　⑥窗窦(dòu):窗孔,窗户上的空隙。窦,空隙,孔穴。

　　⑦"待勉强"二句:意谓待要合上眼再回到梦中,不料又被风吹动屋檐下的铁马发出的敲击声惊醒。声铁:指屋檐下悬挂的铁马遇风吹来时发出的声响。铁,铁马,又称檐马、风铃,悬于屋檐下,遇风则发出声响,防止禽鸟在此筑巢,损坏建筑。

谢小湄

谢小湄(女,生卒年及生平事迹皆不详),所存词作,辑录于清人顾璟芳《兰皋明词汇选》等书中。

清 平 乐

闺 情

良辰初到,春色随时闹。妆点蛾眉愁甚早①,人在咸阳古道②。
当年曾别长亭③,今朝嘶马萦情。寂寞黄昏时候,凉房夜夜风生。

【说明】

词的上片写春回大地而夫君却久别远去,下片写离别时的情景和孤寂的现状。字里行间流露着闺妇的离愁别恨。通篇语浅情深,耐人寻味。

【注释】

①蛾眉:形容女子长而秀美的眉毛。
②古道:历时久远的道路。
③长亭:见本书刘炳《忆秦娥·溪头柳》注③。

苏世让

苏世让(女,生卒年不详),明时朝鲜人。善诗词,与华使君有唱和之作。所存词作,辑录于清人顾璟芳《兰皋明词汇选》等书中。

忆 王 孙

残春风雨

无端花絮晓随风①,送尽春归我又东。雨后岚光翠欲浓②。寄征鸿,家在青山万柳中。

【说明】

此词写暮春景物及思乡之情。清新自然,委婉含蓄。此调题目一作"和薛萃轩副使"(清·王昶《明词综》卷十二)。

【注释】

①无端:没有理由,无缘无故。

②岚光:山气与阳光相映之光。

顾 众

顾众(生卒年及生平事迹皆不详),一作顾同应。所存词作,辑录于清人顾璟芳《兰皋明词汇选》等书中。

浪 淘 沙

闺 思

生小弄冰弦①,未拨先怜。涩莺娇燕语春烟②。一点幽情传未得③,残月窥帘。　　铜雀锁婵娟④,惊数流年。小桃窗下背花眠。谁唱西陵肠断句⑤,梦到君边。

【说明】

这首词以春景的衬托、典故的运用,生动形象地再现了闺妇的相思之苦、迟暮之叹。结尾"谁唱西陵肠断句,梦到君边",凝聚着这位纯真女子对郎君的一往情深。

【注释】

①冰弦:指弦丝光莹如冰的琵琶。

②涩莺:指鸣叫声尚不够圆转流利的幼莺。

③幽情:郁结隐秘的感情。

④铜雀:即铜雀台。在今河北省临漳县境内,三国时曹魏所筑。台高十丈,殿宇达百馀间。楼顶置有大铜雀,舒翼奋尾若飞,故名。唐·杜牧《赤壁》诗:"东风不与周郎便,铜雀春深锁二乔。"　　婵娟:此指姿质姣好的女子。

⑤西陵:指魏武帝曹操的陵墓。故址在今河北省临漳县西。

王　屋

　　王屋(生卒年不详),字孝峙。明嘉善(今属浙江)人。生平事迹不详。长于诗词。著有《草贤堂词》。

临　江　仙

顾四城北新居①

　　独访柴门深竹里,板桥流水斜通。渔舟泊处暮云重。数家横浦上②,一径入烟中。　　丛木暗妨樵路远③,鹭鸶飞破霞红。轻雷隐隐小池东。藕花鲜着雨,菱蔓弱牵风。

【说明】

　　此系赞美友人城北新居的词作。上片写竹林茂密、小桥流水、渔舟远泊、数家相邻的四周环境;下片写丛间小路、空中鹭鸶、轻雷细雨、荷花菱蔓等典型景物。横、入、着、牵等动词的运用,使新居处所的夏日风光更加幽雅绝俗、秀美如画、生动传神。通篇洋溢着作者对田园生活、淳朴自然的向往和热爱。

【注释】

　　①顾四:作者的友人。名号与生平事迹皆不详。

　　②浦:岸边。

　　③樵路:即樵径,砍柴人开辟或常走的小路。唐·李华《仙游寺》诗:"舍事入樵径,云木深谷口。"

沈宜修

沈宜修(女,1590—1635),字宛君。吴江(今属江苏)人。嫁于同邑叶绍袁为妻。通经史,善诗词。著有《鹂吹集》等。编有《伊人思》一书,辑录了当时名媛之作。

忆 王 孙

天涯随梦草青青,柳色遥遮长短亭①。枝上黄鹂怨落英②。远山横,不尽飞云自在行。

【说明】

此词为怀远思夫之作。作者写情不言情,而是通过典型景物的描写,衬托出夫婿所在之处的遥远及闺妇相思的凄苦。意境清旷,感情深挚。

【注释】

①长短亭:见本书刘炳《忆秦娥·溪头柳》注③。
②落英:即落花。

水 龙 吟

冶城感旧①

西风昨夜吹来,闲愁唤起依然旧。苔钱绣涩②,蓉姿粉淡③,悴丝摇柳。烟褪馀香,露流初影,一番还又。想秦淮故迹④,六朝遗恨,江山不堪回首。　　莫问当年秋色,琐窗长自帘垂绣⑤。淹留岁月,消残今古,落花波皱。客梦初回,钟声半曙,燕飞时候。便追寻、锦字春绡⑥,多付与寒筜奏。

【说明】

  作者紧扣题意"冶城感旧",写景抒情,吊古伤今。以萧瑟的秋色衬托忧国思亲之情。词情凄婉含蓄,耐人寻味。后人评沈宜修词曰:"正以老成见妙。"(清·顾璟芳等《兰皋明词汇选》卷七)

【注释】

  ①冶城:城名。故址在江苏南京市朝天宫附近。

  ②苔钱:见本书徐石麒《拂霓裳·望中原》注④。

  ③蓉:此指木芙蓉。初秋开花,经霜不雕。详见本书徐媛《渔家傲·板闸小隐清溪曲》注⑥。

  ④秦淮:指当时流经南京市的秦淮河。唐·杜牧《泊秦淮》诗:"烟笼寒水月笼沙,夜泊秦淮近酒家。"

  ⑤琐窗:镂刻连琐花纹的窗子。

  ⑥锦字:见本书杨基《多丽·问莺花》注⑧。

陆　钰

陆钰(？—1645)，一名芝谊，字忠夫，又字真如，号退庵。海宁（今属浙江）人。万历四十六年(1618)举人。后屡试不第，即闭门著书。入清后，绝食而卒。著有《射山诗馀》等。

曲　游　春

和查伊璜《客珠江》元韵①

问牡丹开未？正乳燕身轻，雏莺声细。共听《霓裳》②，看为雨为云③，胡天胡帝④。与君行乐处，经回首依稀都记。携来丝竹东山⑤，几度尊前杖底。　　鼙鼓东南动地⑥，见下濑楼船⑦，旌旗无际。未免关情，对楚岭春风，吴江秋水，暗洒英雄泪。更莫问年来心事。又是午梦惊残，歌声乍起。

【说明】

陆钰是一位具有民族气节的文人，清军入关，直下江南，他绝食十馀日而卒。此词是他的爱国词篇之一。词的上片追忆与友人同游共乐的情景，下片写清兵南侵、江山易主的现实。形象的描写、鲜明的对照，更衬托出作者亡国的哀痛。

【注释】

①查伊璜：即查继佐，字伊璜。明末举人，官至提督。系作者诗友。

②《霓裳》：《霓裳羽衣曲》的省称。唐代乐曲名，属商调曲。传自西凉，原名《婆罗门》，唐玄宗开元年间由河西节度使杨敬述所献，经唐玄宗亲自润色，于天宝十三年(754)改为《霓裳羽衣曲》。安史之乱后，谱调已不全。小说家附会说，系唐玄宗与方士游月宫，闻仙乐，归而记之，是为《霓裳羽衣曲》。参见本书顾宜人《雨霖铃·禁苑春深》注④。

③为雨为云：此处喻舞姿轻盈优美，飘忽多变。

④胡天胡帝:《诗经·庸风·君子偕老》:"胡然而天也,胡然而帝也。"东汉·郑玄笺曰:"何由然女见尊敬如天帝乎?非由衣服之盛、颜色之庄与?"后多形容服装、容饰华美。

⑤丝竹:弦管乐器的总称。　东山:山名。浙江上虞市西南、江苏金陵均有东山。晋代谢安曾在以上几处隐居或游憩,故后人常以"东山"指隐居或游乐的地方。

⑥鼙鼓:古代军中所用的鼓。多借指军事、战争。唐·白居易《长恨歌》:"渔阳鼙鼓动地来,惊破霓裳羽衣曲。"

⑦下濑(lài):水流湍急的下游。濑,急流。

项兰贞

项兰贞(女,生卒年不详),字孟畹。秀水(今浙江嘉兴)人。明万历年间贡生黄卯锡之妻。能文工诗,兼善为词。著有《裁云草》《浣露吟》等集。

摊破浣溪沙

浙浙寒风撼玉钩①,起来斜日照红楼。帘外一声鹦鹉唤,唤梳头。 花发小春情脉脉②,笛吹长夜恨悠悠③。多少泪珠弹不断,倩谁收④?

【说明】

此词写景抒情。作者将春日晓景写得清新自然,生机勃勃。"帘外一声鹦鹉唤,唤梳头"二句,更是形象传神,妙趣横生。作者的春愁春思亦流露在字里行间。

【注释】

①浙浙(xī xī):风声。唐·杜甫《秋风》诗之一:"秋风浙浙吹巫山,上牢下牢修水关。" 撼(hàn):摇动。 玉钩:玉制的钩。元·孙蕙兰《缘窗遗稿》:"小阁烹香茗,疏帘下玉钩。"

②脉脉:眼神、表情满含深情的样子。

③悠悠:遥远、无穷无尽的样子。

④倩(qiàn):请人为自己做事。

李天植

李天植(1591—1672)，字因仲，号蠡园居士。海盐(今属浙江)人。崇祯六年(1633)举人。明亡后，改名确，字潜初，隐居龙湫山中，故又自号龙湫山人。长于诗词。著有《蠡园集》《九山游草》《梅花百咏》等。

唐 多 令

新绿满沧洲①，孤帆带远流。更甚人同倚南楼。一片伤心烟雨里，犹记似，别时秋。　华发渐蒙头②，相思如旧不③？怪江山不管离愁。二十年前曾载酒④，都作了，梦中游。

【说明】

"风景不殊，举目有江山之异。"此词作者借追和宋代刘过原韵，写景抒情，以寄寓自己的亡国之痛和人生之叹。

附：

刘过《唐多令》词：

芦叶满汀洲，寒沙带浅流。二十年重过南楼。柳下系舟犹未稳，能几日，又中秋。　黄鹤断矶头，故人今在不？旧江山浑是新愁。欲买桂花同载酒，终不是，少年游。

【注释】

①沧洲：傍水的地方。亦指隐者所居之处。

②华发：花白头发。苏轼《念奴娇》词："故国神游，多情应笑我，早生华发。"

③不(fǒu)：同"否"。汉·王充《论衡·四讳》："意不存以为恶，故不计其可与不也。"引文中最末的"不"字意为"否"。

④载酒：即载酒问字。谓博学多才。《汉书·扬雄传》："(扬雄)家素贫，嗜酒，人希至其门，时有好事者，载酒肴从游学。"

陈洪绶

陈洪绶(1599—1652),字章侯,号老莲,又号老迟、悔迟、弗迟。诸暨(今属浙江)人。明末诸生。入清后不仕,混迹佛寺、僧人间。工诗词,尤精绘画。著有《宝纶堂集》。

菩 萨 蛮

秋风袅袅飘梧叶①,博山炉里沉香热②。绿绮手中弹③,挥弦白雪寒④。　　明珠声一串⑤,变作英娥怨⑥。风雨暗潇湘⑦,哀音应指长。

【说明】

此词作于明亡之后。作者以西风落叶的秋景、炉烟缭绕的环境、圆转琴声的悲凉等,烘托和寄寓故国之思、亡国之痛。正是遗民之恨,哀感无端。

【注释】

①袅袅(niǎo niǎo):微风吹拂的样子。屈原《九歌·湘夫人》:"袅袅兮秋风,洞庭波兮木叶下。"

②博山炉:见本书王世贞《渔家傲·细雨轻烟装小暝》注③。　　沉香:见本书倪瓒《江城子·窗前翠影湿芭蕉》注④。

③绿绮:古琴名。晋·傅玄《琴赋序》:"楚庄王有鸣琴曰绕梁,司马相如有琴曰绿绮,蔡邕有琴曰焦尾,皆名器也。"后泛指琴。

④白雪:古乐曲名。《乐府诗集·白雪歌序》:"《琴集》曰:白雪,师旷所作,商调曲也。"战国楚·宋玉《对楚王问》:"客有歌于郢中者,其始曰下里、巴人,国中属和者数千人;……其为阳春、白雪,国中属而和者不过数十人。"

⑤"明珠"句:形容琴声婉转悠扬,圆润动听。

⑥英娥怨:传说帝舜南巡,死于苍梧。二妃娥皇、女英哭帝极哀,泪洒竹上成斑痕,故有湘妃竹之称。又传帝舜死,二妃投湘水而死。

⑦潇湘:指湖南境内的潇水和湘水(即湘江)。

鹧 鸪 词

一

行不得也哥哥①。我也图兰不作坡②。无山无水不风波③,是非颠倒似飞梭④。飞不起,可奈何? 行不得也哥哥。

二

行不得也哥哥。凤雏龙种已无多⑤。败鳞残甲堕天河⑥,南阳市上鬼行歌⑦。飞不起,可奈何? 行不得也哥哥。

三

行不得也哥哥。霜风夜剪向南柯⑧。老翁卧哭山之阿⑨,翠鸟难脱虞人罗⑩。飞不起,可奈何? 行不得也哥哥。

四

行不得也哥哥。华面鸠头舞婆娑⑪。紫髯碧眼塞上歌⑫,老年生日喜无多。飞不起,可奈何? 行不得也哥哥。

【说明】

此调共四首,系仿宋人邓剡《鹧鸪词》而作。作者以比兴、含蓄的手法,从不同方面写清兵的凶残猖獗及抗清势力的惨败情景。"我也图兰不作坡"句,生动形象地展现出作者坚贞不屈的民族气节。意境悲凉沉痛,音节奇诡高亢。近人陈去病《五石脂》云:"此词似歌,似谣,似乐府,似涕泣,似醉呓,庶几所南(南宋人郑思肖,字所南)《心史》之文云。"

附：

宋·邓剡《鹧鸪词》："行不得也哥哥。瘦妻弱子赢犉㹀。天长地阔多网罗，南音渐少北语多。肉飞不起可奈何？行不得也哥哥。"

【注释】

①"行不得"句：鹧鸪鸣叫声。明·李时珍《本草纲目》：鹧鸪"多对啼，今欲谓其鸣曰'行不得也哥哥'。"

②图兰不作坡：明代佚名所辑《宋遗民录》载：郑思肖，字忆翁，号所南。精墨兰。宋亡后，"为兰不画土，根无所凭藉。或问其故，则云：'地为人夺去，汝犹不知耶？'"

③风波：喻纷扰、变乱。唐·元稹《酬周从事望海亭见寄》诗："不辞狂复醉，人世有风波。"

④飞梭：犹言穿梭。此处喻世道变化迅速而多反覆。

⑤凤雏龙种：旧时以龙凤指帝王，因称帝王子孙为凤雏龙种。

⑥败鳞残甲：宋·张元《雪》诗："战死玉龙三百万，败鳞残甲满天飞。"此喻南明抗清的惨败之状。

⑦鬼行歌：唐·李贺《秋来》诗："秋坟鬼唱鲍家诗，恨血千年土中碧。"

⑧柯：树枝。

⑨山之阿：山中深曲处。屈原《九歌·山鬼》："若有人兮山之阿，被薜荔兮带女萝。"

⑩虞人：古代掌管山泽田猎的官吏。此处指猎人。　　罗：捕鸟的罗网。

⑪华面鸠头：鸠形鹄面之意。此处形容清朝统治者瘠瘦丑恶的形象。

⑫紫髯碧眼：紫色的胡须，绿色的眼睛。唐·岑参《胡笳歌送颜真卿使赴河陇》诗："君不闻胡笳声最悲，紫髯碧眼胡人吹。"

京师妓

京师妓,生平事迹不详。

瑞鹧鸪

少年曾侍汉梁王①,濯锦江边醉几场②。拂石坐来衫袖冷,踏花归去马蹄香③。 当初酒盏宁辞满,今日闲愁不易当。暗想胜游还似梦,芙蓉城下水茫茫④。

【说明】

这首词写作者早年的风流和欢乐,及当今的孤寂与愁苦。意境凄凉,对比鲜明。"踏花归去马蹄香",是为人传诵的名句。

【注释】

①汉梁王:即汉时梁孝王刘武。汉文帝之子,立为代王,后徙梁。

②濯锦江:江名,亦称浣花溪。在四川成都市境内。

③踏花归去马蹄香:北宋徽宗时,朝廷画院考试取天下画师,一次所出画题即"踏花归去马蹄香"。仅一名应考画师被取中,所画一官人于黄昏骑马驰归,因疾跑而高扬的马蹄旁边几只蝴蝶翩翩飞舞。

④芙蓉城:四川成都的别称。相传五代后蜀君主孟昶于京城成都遍植芙蓉,花开似锦,故又称芙蓉城。

沈际飞

沈际飞(生卒年不详),字天羽。昆山(今属江苏)人。生平事迹不详。长于诗词。著有《沈评草堂诗馀》《词谱》等。

虞 美 人

春 晚

阶前嫩绿和愁长,坐忆眠还想。花红破梦似相怜①,起望小林残荨损容颜。   双莺又向愁人絮②,春也知归去。个人只是不思家③,生却杨花心性落天涯④。

【说明】

这首词以生动形象的描写,使闺妇惜春怀远、愁苦哀怨的情态跃然纸上。情景交融,缠绵悱恻。"花红破梦似相怜",系历代传诵之名句。后人评此词曰:"若不甚怨而怨正深,是工于怨者。"(清·顾璟芳等《兰皋明词汇选》卷三)

【注释】

①"花红破梦"句:百花的光彩使闺妇睡梦初醒,似要减轻她在梦中的相思之苦。

②絮:絮聒。

③个人:意谓那个人。指自己那个"不思家"的郎君。

④杨花心性:即杨花水性。喻郎君不专情。

天随子

天随子，其真实名姓、生卒年及生平事迹皆不详。所存词作，辑录于清人王昶的《明词综》等书中。

南 乡 子

华亭吊古①

风雨满华亭，鹤唳滩头梦未平②。故国王孙何处去③，伤情。烟月空濛白苎城。　　往事恨飘零，江上青山云自横。闻说莼鲈秋更好④，凄清。漫忆风流张步兵⑤。

【说明】

这首词吊古伤今，抒怀故之情、隐逸之想。后人评此词曰："观其凄怅，似有不尽说处，非徒感怀张、陆遗风也。"（清·顾璟芳等《兰皋明词汇选》卷三）

【注释】

①华亭：地名。在今上海市松江区。

②唳(lì)：鹤鸣声。华亭鹤唳：遇害者感慨生平之词。《世说新语·尤悔》载：陆机河桥兵败，为卢志所诼被诛，临刑叹曰："欲闻华亭鹤唳，可复得乎！"

③王孙：见本书张綖《水龙吟·禁烟时候风和》注⑥。此处指帝王后代或宗室贵族。

④莼鲈：莼菜和鲈鱼。《晋书·张翰传》："（张）翰因见秋风起，乃思吴中菰菜、莼羹、鲈鱼脍，……遂命驾而归。"故后人以莼鲈为思乡之典。

⑤张步兵：指西晋张翰。《晋书·张翰传》："（张）翰有清才，善属文，而纵任不拘，时人号为'江东步兵'。"

过夏子

过夏子,真实名姓、生卒年及生平事迹皆不详。所存词作,辑录于清人顾璟芳所编《兰皋明词汇选》等书中。

忆 少 年

秋 恨

凄凉天气,凄凉院宇①,凄凉时候。孤鸿叫斜月,寒灯伴残漏②。落尽梧桐秋影瘦,鉴古画眉难就③。重阳又近也④,对黄花依旧⑤。

【说明】

词写秋夜闺思。"凄凉"一词叠用,既可营造并强化凄清冷落的意境,又能描绘出闺妇寒灯独对、形影相吊的情景,及"每逢佳节倍思亲"的离愁别恨。清·顾璟芳等《兰皋明词汇选》卷二云:"此词得于斜桥客邸。其称过夏子者,盖唐时进士不第,耻归乡里,僦居寺刹,名为过夏。然则题此者,其金台殒恨、玉楼赍志者欤?"

【注释】

①院宇:有墙垣围绕的房屋。唐·秦韬玉《亭台》诗:"雕槛累栋架崔嵬,院宇生烟次第开。"

②漏:古代的计时器。

③鉴:铜镜。《新唐书·魏徵传》:"以铜为鉴,可整衣冠。"

④重阳:指农历九月九日。

⑤黄花:指菊花。

张娴倩

张娴倩(女,生卒年不详),字蓼山。庐州(今安徽合肥市)人。长于诗词。著有《蕉窗逸韵》。

菩 萨 蛮

连城山房

风卷落花愁不歇①,枝头燕剪裁桃叶。花气沁帘香,游丝挂绿窗。　蕉青鸾翅影②,草碧龙须冷③。无语对瑶琴,闲花落胆瓶④。

【说明】

这首词以风卷落花的暮春景色及清幽素雅的室内环境,衬托出作者独处连城山房时孤寂愁苦的心境。语言清丽晓畅,感情哀婉含蓄。

【注释】

①歇:尽。宋·岳飞《满江红》词:"怒发冲冠,凭栏处,潇潇雨歇。"

②"蕉青"句:此指绘有芭蕉青叶、鸾鸟展翅的屏风。

③龙须:此指用龙须草编制成的炕席。唐·孟浩然《襄阳公宅饮》诗:"绮席卷龙须,香杯浮玛瑙。"

④胆瓶:指一种长颈大腹、形如悬胆的花瓶。宋·陈傅良《水仙花》诗:"掇花置胆瓶,吾今得吾师。"

卢象昇

卢象昇(1600—1638),字建斗。常州宜兴(今属江苏)人。明天启二年(1622)进士。官至兵部尚书。善射,精将略,能治军。在抗击清军中奋战而死。著有《忠肃集》。

渔 家 傲

搔首问天摩巨阙①,平生有恨何时雪②?天柱孤危疑欲折③,空有舌,悲来独洒忧时血。　　画角一声天地裂④,熊狐蠢动惊魂掣⑤。绝影骄骢看并逐⑥,真捷足,将军应取燕然勒⑦。

【说明】

此为明末大将卢象昇在抵御清军入关、国家危亡时的词作。上片以搔手、问天、摩巨阙等词,形象生动地展现出作者忧国伤时和"空有舌,悲来独洒忧时血"的悲愤之情;下片写明朝将士身跨骏马、奋勇追杀敌人的情景,及抗清复明的决心。词情高昂直率,真气勃发。

【注释】

①摩:抚摸。　　巨阙:春秋时期越王句(也作勾)践的宝剑。汉·刘向《新序·杂事》:"辟闾、巨阙,天下之利器也。"后常用作宝剑的代称。

②雪:昭雪,洗除。

③天柱:此指古代神话中的擎天巨柱。《列子·汤问篇》:"共工氏与颛顼争为帝,怒而触不周之山,折天柱,绝地维。"

④画角:古代军中的一种乐器,外加彩绘,故称画角。多用以警昏晓、振士气等。

⑤熊狐:喻入侵的清兵。　　掣(chè):牵动。

⑥绝影:亦作"绝景",良马名。南齐·王融《三月三日曲水诗序》:"重英曲瑵之饰,绝景遗风之骑。"　　骄骢:高大的骏马。

⑦燕然:古山名。即今蒙古人民共和国的杭爱山。《后汉书·窦宪传》:窦宪"遂登燕然山,去塞三千馀里,刻石勒功。"　　勒:刻,雕刻。《后汉书·马廖传》:"神明可鉴,金石可勒。"

张肯堂

　　张肯堂(生卒年不详),字载宁。松江华亭(今上海市松江区)人。明天启年间进士。崇祯年间曾以右佥都御史巡抚福建。后从南明鲁王于舟山,清军来攻,城破死之。所存词作,辑录于清人顾璟芳所编《兰皋明词汇选》等书中。

满 江 红

拜岳武穆祠次韵①

　　满目兴亡,评终古、都归休歇。单驻着、英灵千载,臣忠子烈。苍狗随翻岭上云②,玉蟾不了秦时月③。看精神、炯炯照乾坤④,留清切。

　　三字狱⑤,君难雪;五日召⑥,胡难灭⑦。恨儿曹、巧弄得长城缺⑧。马策忙挝铁铸首⑨,龙章未表银瓶血⑩。想忠魂、缥缈驭罡风⑪,还金阙⑫。

【说明】
　　位于杭州栖霞岭下岳王庙岳飞墓阙上,有楹联写道:"青山有幸埋忠骨,白铁无辜铸佞臣"。这首与岳飞所作《满江红》相和的词即写此种情景。作者咏史抒怀,吊古伤今,颂扬忠烈,鞭挞奸佞。通篇语言质朴,寄意深刻。

【注释】
　　①岳武穆祠:指浙江杭州西湖畔栖霞岭下的岳王庙。岳飞,字鹏举,谥武穆。　次韵:与他人诗词相和,并依所和诗词用韵的次序,称作"次韵"。
　　②苍狗:青色的狗。此处形容浮云之状。唐·杜甫《可叹》诗:"天上浮云如白衣,斯须改变如苍狗。"
　　③玉蟾:古代神话传说月亮上有蟾蜍,故世人常以玉蟾作为月亮的别称。
　　④炯炯(jiǒng):光明的样子。

⑤三字狱:主和派宋高宗、秦桧等,以"莫须有"的罪名将抗金将领岳飞杀害。故后人称岳飞冤狱为"三字狱"。

⑥五日召:宋高宗赵构和宰相秦桧多次下令,并以十二道金牌将岳飞从抗金前线召回。

⑦胡:我国古代称西北少数民族为胡。此指入侵的外族统治者。

⑧儿曹:儿孙辈。此系对秦桧等奸臣的蔑称。

⑨"马策"句:是说用马鞭击打岳飞陵墓下秦桧等人的铁铸跪像。策:马鞭。　　挝(zhuā):击,打。

⑩龙章:喻文采炳焕,若龙章之服。唐·王勃《秋日饯别序》:"研精麝墨,运思龙章。"　　银瓶:世传岳飞被害,其幼女亦抱银瓶投井而死。后人遂称此女为银瓶。

⑪罡(gāng)风:高空的强风。

⑫金阙:神仙或天帝所居之处。

商景兰

商景兰(女,生卒年不详),字媚生。明末山阴(今浙江绍兴)人。右
佥都御史祁彪佳之妻。长于诗词。著有《锦囊集》(一名《香奁集》)。

捣 练 子

长相思,久离别。为谁憔悴凭谁说①。帘卷贪看明月多,斜风却
打银釭灭②。

【说明】

词写闺怨。作者以临窗望月、风灭银灯的典型画面,再现了闺
妇孤身独处的寂寞生活及对久别夫君的思念。语言朴素直率,感情
真挚动人。

【注释】

①憔悴:萎靡不振的样子。　　凭(píng):依仗,靠。

②银釭:银灯。釭,灯。宋·晏几道《鹧鸪天》词:"今宵剩把银釭照,犹恐相逢
是梦中。"

青 玉 案

即席赠别黄皆令①

一帘萧飒梧桐雨②,秋色与人俱去。花底双樽留薄暮。云深千
里,雁来寒度,客有愁无数。　　片帆明日西兴路③,送别恨、重重烟
树。越水吴山知何处?舞移灯影,筝调弦柱④,且尽杯中趣⑤。

【说明】

词的上片写饯别的时间,下片写友人的去处。萧瑟秋景和冷落

环境的描写，衬托出人物凄苦的离愁与惜别的情景。通篇语浅情深，言有尽而意无穷。

【注释】

①黄皆令：明时女诗人黄媛介，字皆令。系作者好友，二人酬唱赠别的诗词作品甚多。

②萧飒：犹萧瑟。指秋日风雨声。　　梧桐雨：指秋雨。宋·苏轼《次韵朱光庭初夏》诗："夜闻疏响梧桐雨，独咏微凉殿阁风。"

③西兴：地名。在今杭州市萧山区西北临近浙水处。宋·苏轼《望海楼晚景五绝》之三："江上秋风晚来急，为传钟鼓到西兴。"

④弦柱：乐器绾丝的小柱。

⑤杯中：犹言酒中。此处指饮酒。

张倩倩

张倩倩(女,生卒年不详),明天启年间(1621—1627)尚在世。吴江(今属江苏)人。嫁与同邑名士沈自征为妻。艳色清才,长于诗词。后因病而卒,年仅三十四岁。所作词辑录于清人王昶编纂刊刻的《明词综》等书中。

蝶 恋 花

丙寅寒夜与宛君话君庸作①

漠漠轻阴笼竹院②。细雨无情,泪湿桃花面③。落叶西风吹不断,长沟流尽残红片。　千遍相思才夜半。又听楼前,叫过伤心雁。不恨天涯人去远,三生缘薄吹箫伴④。

【说明】

此词作于明天启六年(丙寅),即 1626 年。沈自征(字君庸)才情横溢,长于戏曲,然好游京师塞外,致使妻子张倩倩长期幽居食贫,郁郁寡欢。词中,作者以情景相生的白描手法,表现自己相思的痛苦及"三生缘薄吹箫伴"的哀怨。浅显平易,情真意切。

【注释】

①宛君:明末女文学家沈宜修,字宛君。为作者表姐。

②漠漠:弥漫的样子。

③桃花面:形容女子容颜美如桃花。

④三生:佛教语,称前生、今生、来生为三生。　吹箫伴:指夫妻长年相伴的美好姻缘。参见本书瞿祐《贺新郎·风露非人世》注①。

万寿祺

万寿祺(1603—1652),字介若,一字内景,号年少。江南铜山(今江苏徐州)人。崇祯三年(1630)举人。入清后为僧,名慧寺,世亦称万道人。工诗文,善书法绘画。著有《邂渚唱和集》《隰西堂集》等。

浣 溪 沙

有 意

邂渚西边桥户开①,夜迎凉月唱歌回,一川烟草自徘徊。　　头白老乌新啄屋②,咮长妖鸟独登台③。五陵佳气梦中来④。

【说明】

入清后作者遁迹空门,隐居江苏淮安隰西草堂,这首词即作于这个时期。描写月夜放歌归家及故国之思,意境凄清幽美,感情深沉含蓄。

【注释】

①邂渚:作者居住的地方。　　桥户:临桥房屋的门户。

②"头白老乌"句:系化用杜甫《哀王孙》诗"长安城头头白乌,夜飞延秋门上呼。又向人家啄大屋,屋底达官走避胡"之意。

③"咮长妖鸟"句:宋·谢翱曾登子陵西台祭奠文天祥,并作《登西台恸哭记》,其中有"魂朝往兮何极? 暮归来兮关水黑。化为朱鸟兮有咮焉食"句。这里用此典,言自己独自登台,痛悼为国捐躯者。　　咮(zhòu):鸟嘴。　　妖鸟:作者自指。妖,艳丽,妖媚。曹植《美女篇》诗:"美女妖且闲,采桑岐路间。"

④五陵:汉朝皇帝的陵墓,长陵、安陵、阳陵、茂陵、平陵皆在长安(今陕西西安),世称五陵。唐·杜甫《哀王孙》诗:"哀哉王孙慎勿疏,五陵佳气无时无。"

双调望江南

烟雨路,水国渐迷离。芳草遥天人去后①,碧云满地雁来时②。秋信竟差池③。 何处问? 脉脉到于今④。精卫徒生沧海恨⑤,鳌灵不断蜀山心⑥。天宇自荆榛⑦。

【说明】

作者通过对友人的怀念,隐晦曲折地表达了自己对亡国的哀痛及对故国的忠贞。词中用典贴切,形象鲜明,感情悲愤。

【注释】

①芳草遥天:指东风万里、绿草铺野的春季。

②碧云满地:指碧云西风、北雁南飞的秋季。元·王实甫《西厢记》第四本第三折:"碧云天,黄叶地,西风紧,北雁南飞。"

③差池:差错。

④脉脉:含情相视不语的样子。

⑤精卫:古代神话中的鸟名。《山海经·北山经》:"炎帝之少女名曰女娃。女娃游于东海,溺而不返,故为精卫。常衔西山之木石,以堙东海。"

⑥鳌灵:古代神话中的人物。汉·扬雄《蜀王本纪》:"荆有一人名鳌灵,其尸亡去,荆人求之不得。鳌灵尸随水上,至郫,遂活,与(蜀王)望帝相见。望帝以鳌灵为相。"

⑦天宇:天下。 荆榛:丛生有刺的灌木或小乔木。此处喻社会纷乱,农田荒芜。

徐士俊

徐士俊(生卒年不详),原名翱,字三有,号野君。仁和(今浙江杭州市)人。明崇祯初年尚在世。工杂剧,善诗词、乐府。著有《雁楼词》。另著有杂剧《洛水丝》《春波影》等传世,当时人评价其杂剧堪与元代著名剧作家王实甫、关汉卿、马致远、郑光祖的戏剧作品相媲美。

念 奴 娇

次东坡赤壁韵,櫽括《前赤壁赋》①

是年壬戌②,记老苏、秋兴江山风物。拉取高朋三四辈,良夜遨游赤壁。白露横江,水波不动,万顷茫如雪。扣舷歌响③,美人应伴豪杰。　　想到乌鹊南飞④,顺流酾酒⑤,槳底诗怀发⑥。可惜英雄今在否,都向暮烟沉灭。愿作渔樵,伴他鱼鹿,不管霜生髪⑦。披衣醒起,东方白似明月。

【说明】

这首词以清丽传神的文笔,櫽括他人之作,再现了当年清秋良夜赤壁的壮美,以及苏东坡携友遨游赤壁、吊念历史英雄的情景。后人高度评价这首词曰:"人以元美(王世贞)为坡仙后身。今讽野君(徐士俊)作,反疑坡仙是野君前生矣。"(清·顾璟芳等《兰皋明词汇选》卷七)

【注释】

①东坡:苏轼,字子瞻,号东坡居士。被贬黄州(今湖北黄冈市)时曾多次游赤壁,作《前赤壁赋》《后赤壁赋》《念奴娇·大江东去》词等。　　櫽括:就某种文体原有的内容、情节、词句加以剪裁、修改润色或考虑斟酌,称作櫽括。

②壬戌:指宋神宗元丰五年(1082)。

③扣舷：敲击船帮，以为歌唱的拍节。宋·苏轼《前赤壁赋》："于是饮酒乐甚，扣舷而歌之。"

④乌鹊南飞：三国魏·曹操《短歌行》诗中有"月明星稀，乌鹊南飞"等句。苏轼《前赤壁赋》亦引用了此二句诗："客曰：'月明星稀，乌鹊南飞'，此非曹孟德之诗乎？"

⑤酾（shī）酒：滤酒，斟酒。宋·苏轼《前赤壁赋》："酾酒临江，横槊赋诗。"

⑥槊（shuò）：古代兵器长矛。

⑦霜生髪：头发斑白如霜。

葛一龙

葛一龙（生卒年不详），字震父，一作震甫。吴县（今江苏苏州）人。曾任云南布政司理问。所存词作，辑录于清·顾璟芳所编《兰皋明词汇选》等书中。

忆 王 孙

咏 草

东风吹后满天涯，系马高楼春日斜。归梦离披隔柳花①。不如他，一路青青直到家。

【说明】

东风和暖，芳草无涯、花红柳绿等自然景物相互辉映，构成了一派幽雅秀美而又辽阔的春日风光。"不如他，一路青青直到家"，充分体现出作者的咏草之意及孤独寂寞、思乡怀远之情。

【注释】

①离披：纷披散乱的样子。唐·李商隐《七月二十九日崇让宅宴作》诗："浮世本来多聚散，红蕖何事亦离披。"

卓人月

卓人月（生卒年不详），字珂月。仁和（今浙江杭州）人。崇祯八年（1635）贡生。长于诗文词曲。著有《蕣歌词》《古今词统》。另有杂剧《花舫缘》等传世。

瑞鹧鸪

湖上上元①

城中火树落金钱②，城外湖波起碧烟。夜夜夜深歌《子夜》③，年年年节庆丁年④。　琉璃一段湖称圣⑤，琥珀千钟酒号贤⑥。自分懒追儿女队⑦，玉梅花下拾花钿⑧。

【说明】

此词写得清新自然，生动形象。三、四两句对仗句，连连叠用"夜""年"，既对仗工稳，又自然天成，不觉重复雷同，堪称神来之笔！后人评卓人月词曰："有意出新，独辟生面，但于宋人蕴藉处，不无快意欲尽之病。"（清·王昶《明词综》卷六）

【注释】

①湖：指杭州西湖。　上元：上元节，即农历正月十五日。此夜民间有张灯观灯的习俗，故亦称灯节。

②火树：此喻灯火繁盛辉煌。唐·苏味道《正月十五夜》诗："火树银花合，星桥铁锁开。"　落金钱：此处意指燃放烟花时空中落下的火星。

③《子夜》：即《子夜歌》，亦称《子夜四时歌》。见本书吴宽《采桑子·纤云尽卷天如水》注②。

④丁年：成丁的年龄。古时男子满二十岁，称丁壮之年。《文选》所收旧题汉·李陵《答苏武书》："丁年奉使，皓首而归。"唐·李善等注曰："丁年，谓丁壮之年也。"

⑤琉璃:此处形容湖水清澈,如光洁的琉璃。　　湖称圣:浙江杭州西湖,亦称明圣湖。

⑥琥珀:此指色如琥珀的酒。　　贤:《三国志·魏书·徐邈传》云:"平日醉客谓酒清者为圣人,浊者为贤人。"

⑦自分:其意为料想自己……。

⑧花钿:亦称花钗。古代女子的头饰。南朝梁·庾肩吾《长安有狭斜行》诗:"少妇多妖艳,花钿系石榴。"

杨 宛

杨宛(女,生卒年不详),字宛叔。金陵(今江苏南京)名妓。吴兴茅元仪之妻。后为盗所杀。能诗词,善草书。与女词人王微结为女兄弟。所存词作,辑录于清人王昶编纂刊刻的《明词综》等书中。

浪 淘 沙

茉 莉①

尽日若含愁,别样娇羞。晚凉香散上帘钩。此际开来明又落,一夜风流②。　　怪杀恁轻柔③,怎耐深秋。相携闲对小妆楼。不忍凄凉伊似我④,说甚绸缪⑤!

【说明】

作者以比兴与拟人的手法,通过对茉莉花的细致描写,展现了自己的姣美风雅及冷落不遇的命运。语言清丽,词意哀婉。

【注释】

①茉莉:常绿亚灌木,茎柔枝繁。夏秋开小白花。花皆在夜间开,清香袭人。

②风流:此用以形容茉莉花清雅柔美的风韵。

③恁(yèn):这般,如此。宋·欧阳修《玉楼春》词:"已去少年无计奈,且愿芳心长恁在。"

④伊:你。

⑤绸缪:情意殷勤。亦指亲密的样子。

王 微

王微(女,生卒年不详),字修微,自号草衣道人。明末广陵(今江苏扬州)名妓。常轻舟载书,往来五湖间。晚年嫁与华亭许誉卿,三载而卒。富有才华,工诗词,善绘画。著有《远游稿》《浮山亭草》《樾馆诗集》等。

天 仙 子

别 怀

烟水芦花愁一片,个中消息难分辨①。举杯邀月不成三②,君可见,侬可见③,伊人独与寒灯面④。　　欲寄封笺情有限⑤,除非做本相思传。几回把笔费沉吟,君也念,侬也念,霜鞯晓路鸡声店⑥。

【说明】

作者以巧妙的构思、丰富的想象,将自己与夫君双方的孤寂离愁同时纳入烟水芦花、寒空月色等秋景之中,使夫妻间的真挚感情和别后的相思情景完全融为一体。意境清幽,感情哀婉,语言娟秀。

【注释】

①个中:此中,其中。　消息:原义为情况、音讯,此处引申为内容。

②"举杯邀月"句:系化用唐·李白《月下独酌》一诗中的"举杯邀明月,对影成三人"之句。

③侬:我。古代吴人称我为侬。

④伊人:犹言这个人。此处指意中人。《诗经·秦风·蒹葭》:"所谓伊人,在水一方。"

⑤封笺:密封的书信。

⑥霜鞯(jiān):蒙霜的鞍鞯。鞯,衬托马鞍的垫子。北朝民歌《木兰诗》:"东市买骏马,西市买鞍鞯。"

醉 春 风

　　心似当时醉①,眼到何时睡? 灯花落尽影疑水,悔,悔,悔! 展转寻思,是谁催促,别时容易。　　无限天涯泪,难定天涯会。接君尺素表离情②,碎③,碎,碎! 一半模糊,不如梦里,问他真伪。

【说明】

　　词的上片写闺中少妇的相思,下片写天涯游子的离情。形象的描写使人仿佛看到夫妻远离久别的情景,感受到只能相思却不能相见的痛苦。

【注释】

　　①醉:此处意谓沉迷。

　　②尺素:古人写信、做文章等多书写在一尺左右的绢帛上,故称尺素。后人常以此作为书信的代称。汉·蔡邕《饮马长城窟行》诗:"客从远方来,遗我双鲤鱼。呼儿烹鲤鱼,中有尺素书。"

　　③碎:此处指心醉。

汤传楹

汤传楹(生卒年不详),字子翰,更字卿谋。吴县(今江苏苏州)人。明末诸生。多才而早卒。长于诗词曲。著有《湘中草》《闲馀笔话》。

南 乡 子

听 夜 雨

敲落一庭秋,帘外湛湛雨不休①。化作离人孤枕泪,悠悠②,禁住寒更出戍楼③。　　残梦冷香篝④,搜索诗囊当酒筹⑤。声在竹枝梧叶里,飕飕⑥,万里天涯一字愁。

【说明】

这首词描写秋日风雨之夜,戍边士兵思亲怀乡的情景。清·顾璟芳等《兰皋明词汇选》卷三评首句"敲落一庭秋"曰:"妙在突兀。若先说雨字,便减价矣。"后人又云:汤传楹"诗词皆幽艳","小词特多秀发之句。"(清·王昶《明词综》卷六)

【注释】

①湛湛(zhàn):本义为浓重或水很深的样子。晋·阮籍《咏怀》诗之十一:"湛湛长江水,上有枫树林。"此处引申为雨落不停的样子。

②悠悠:忧思不尽的样子。《诗经·郑风·子衿》:"青青子衿,悠悠我心。"

③戍楼:边防驻军所筑的瞭望楼。唐·高适《塞上闻笛》诗:"胡人吹笛戍楼间,楼上萧条海月闲。"

④香篝:熏笼。宋·陆游《五月十一日睡起》诗:"茶碗嫩汤初得乳,香篝微火未成灰。"

⑤诗囊:存纳诗句的袋子。陆游《春日杂赋》之二:"退红衣焙熏香冷,古锦诗囊觅句忙。"　　酒筹:饮酒时用以计数之具。

⑥飕飕:象声词,此指风雨声。唐·郑谷《鹭鸶》诗:"闲立春塘烟淡淡,静眠寒苇雨飕飕。"

徐之瑞

徐之瑞(生卒年不详),字兰生。仁和(今杭州市)人。崇祯九年(1636)举人。入清后,隐居不仕。著有《横秋词》。

水 龙 吟

登瓜步江楼①

怒涛千叠横江,是谁截断神鳌足②? 却思当日,风云叱咤,气吞巴蜀③。江左夷吾④,风流顿尽,神州谁复? 但茫茫睹此,河山如故。悲何限,吞声哭。　　正拟清游堪续,剩荒台、乱鸦残木。伤心莫话,南朝旧事⑤,春波犹绿。鼎鼎华年⑥,滔滔逝水⑦,浮生何促! 指三山缥缈⑧,凌云东去,醉吹霜竹⑨。

【说明】

词人登临江楼,引发怀古伤今之情。上片痛悼故国覆亡,恢复无望;下片感叹岁月易逝,人生短促。结尾三句,流露出作者遁世避俗的思想。全词雄浑含蓄,感情沉郁悲凄。

【注释】

①瓜步:镇名。在江苏南京市六合区东南,南临大江。水际谓之步,相传吴人卖瓜于江畔,因以为名。是古代兵家必争的军事要地。

②鳌足:汉·刘安《淮南子·览冥训》:"往古之时,四极废,九州裂,……于是女娲炼五色石以补苍天,断鳌足以立四极。"

③"却思"三句:《晋书·王濬传》载:王濬曾任巴郡太守、益州刺史。晋武帝谋伐吴,诏王濬任其事。王濬首先设法将吴人置于大江险要处的铁锥除去,又作大型火炬烧毁吴人暗置在江中的铁锁,于是晋国舟舰通行无阻,大败吴军。此三句即形容当时王濬伐吴时的威力之大、声势之盛。

④江左夷吾:此指晋时王导。春秋时管仲,名夷吾,仲为其字。曾为齐相,辅佐齐桓公成为春秋五霸之一。故后世常以管仲喻名相。《晋书·温峤传》:温峤

徐之瑞　229

"及见王导,共谈,欢然曰:'江左自有管夷吾,吾复何虑!'"

⑤南朝:从公元 420 年刘裕代晋立宋到 589 年陈亡,称为南朝。经历宋、齐、梁、陈四代。

⑥鼎鼎华年:指年富力强之时。鼎鼎,旺盛的样子。宋·陆游《岁晚书怀》诗:"残岁堂堂去,新春鼎鼎来。"

⑦滔滔逝水:喻光阴像滔滔河水一样很快流逝。

⑧三山:此指古代神话中的三座神山。《史记·秦始皇本纪》:"齐人徐市等上书,言海中有三神山,名曰蓬莱、方丈、瀛洲,仙人居之。"

⑨霜竹:笛子名。宋·黄庭坚《念奴娇》词:"孙郎微笑,坐来声喷霜竹。"

夏允彝

　　夏允彝(？—1646)，字彝仲。江南华亭(今上海市松江区)人。崇祯十年(1637)进士。官吏部考功司主事。曾与同邑陈子龙共同组织几社，与张溥、陈贞慧等人在苏州所结复社相呼应，讲学兼批评时政。明亡后，彷徨山泽间，欲继续抗清，闻起兵抗清的侯峒曾、黄淳耀、徐汧等皆战败自杀，遂赋绝命辞后投水殉节。博学善文。所存词作，辑录于清人顾璟芳所编《兰皋明词汇选》等书中。

千秋岁引

丽　谯①

　　泽国微茫②，海滨寥廓。万堞孤城逼天角③。云外龙车碧树悬④，霜前雁字当窗落⑤。苎城花，秦山月，都萧索⑥。　　刺史风流携琴鹤，暇日高吟倚轩阁⑦。醑酒新亭几忘却⑧。三泖沙明绕郡楼⑨，九峰岚翠扶城郭⑩。铜壶响⑪，晓更催，宛如昨。

【说明】
　　此词以对比手法，描写泽国高楼当今的衰落、昔日的壮美。家国之思寄寓其中。意境萧索凄凉，感情沉郁悲壮。后人评此词曰："人知感伤在'都萧索'三字，吾以'宛如昨'句更不堪也。存古(夏完淳)每直写胸中眼中，考功(夏允彝)终是不说出口。要其血性所流，父子俱有不肯假人处。"(清·顾璟芳等《兰皋明词汇选》卷五)

【注释】
　　①丽谯：壮美的高楼。《汉书·陈胜项籍传》："独守丞与战谯门中。"唐·颜师古注曰："楼一名谯，故谓美丽之楼为丽谯。"
　　②泽国：此处指江南水乡。
　　③堞(dié)：城上的矮墙。

④龙车：此指神仙所乘的车。唐·任希古《和长秘监七夕》诗："鹊桥波里出，龙车霄外飞。"亦指帝王的乘车。

⑤雁字：群雁飞行时排成"人"或"一"字形，称为雁字。

⑥萧索：指景象衰落凄凉。

⑦轩阁：设有长廊的楼阁。

⑧酾(shī)酒：滤酒，斟酒，饮酒。　　新亭：亭名。故址在今江苏省江宁县西。东晋时，过江人士每至春秋佳日，多在此地饮宴。

⑨三泖：湖名。亦称泖湖或华亭泖。在今上海市松江区西。

⑩岚翠：山气蒸润而呈现的翠色。唐·白居易《少室东岩》诗："三十六峰晴，雪销岚翠生。"

⑪铜壶：即铜漏。古代的计时器。

刘 淑

刘淑(女,生卒年不详),字淑英。安福(今属江西)人。明末扬州太守刘铎之女,同邑王蔼之妻。年十八而寡。曾散家财,募士卒,得千馀人,欲抗击攻克京城的李自成农民军,事不成。后奉佛以终。精于兵法,博通经传,善诗文词。著有《个山遗集》。

鹧 鸪 天

秋 咏

小阁翻诗句句香①,傲人明月助清狂②。君来笑指双峰绣,我懒犹怜半蕊装③。　珠作韵,玉为腔④。玲珑宛转度潇湘。可能吹入关山耳⑤,占断班家翰墨床⑥?

【说明】

这首词的上片写闲适高雅、放逸疏狂的情趣,下片写多才多艺、翰墨出众的才华。借秋咏言事抒怀,少有闺阁柔弱之气,风韵颇为别致。

【注释】

①小阁:小楼阁。亦指女子所居住的地方。

②清狂:高迈不羁。唐·杜甫《壮游》诗:"放荡齐赵间,裘马颇清狂。"

③半蕊装:薄饰淡妆,如含苞欲放的花朵一样。

④"珠作韵"二句:形容歌声或诗文如珠玉一样宛转流畅,韵美腔圆。

⑤关山:指关与山。唐·张谓《送卢举使河源》诗:"长路关山何日尽,满堂丝竹为君愁。"

⑥占断:完全占有。唐·吴融《杏花》诗:"粉薄红轻掩敛羞,花中占断得风流。"　班家翰墨:汉时班彪,字叔皮,扶风安陵(今属陕西)人。本人与其子班固、其女班昭等皆有文才,长于著述。翰墨,笔墨。此指文辞。

临 江 仙

早春暮望

楼外山川浑入画①,东风醉煞朝霞。远汀嫩碧吐萌芽②。半帘微雨意,一泼漫银纱。　　镜匣人孤轻比目③,罗衣点染群花。马蹄声遍白门斜。乱鸦惊晓渡,日底是京华④。

【说明】

词的上片侧重写早春清晨远景,下片侧重写近旁所见所闻。前后相映,浑然一体,构成了一幅清新自然、幽雅柔媚的春意图。

【注释】

①浑:全,皆,都。宋·王安石《若耶溪归兴》诗:"汀草岸花浑不见,青山无数逐人来。"

②汀:水边平地或水中小洲。

③镜匣:古代女子梳妆时所用之物。三国魏·徐幹《情诗》:"炉薰阖不用,镜匣上尘生。"　　比目:即比目鱼。传说此鱼一目,必须两鱼相并,始能游行。

④京华:即京都,帝王所居之地。因历朝历代京都是文物、人才汇集之处,故亦称京华。

黄 莺 儿

感怀禾川归作①

洒泪别秦关②。木兰舟,寄小湾。丹心不逐出笼鹇。桃花马殷③,屠龙剑闲④。长袪片月里⑤,羞颜病屡屡⑥。岂堪殉国,宜卧首阳山⑦。

孤生天地宁有几,已占了,天之二。从容冷瞰尘寰事⑧。半缕佯狂,一函愤烈,恼得天憔悴。买刀载酒空游世,笑看他、蟫虫负李⑨。长天难卷野无据,惟有孤生是。

【说明】

　　词的上片写壮志难酬和不屈的决心，下片写愤慨情怀和对敌恶势力的轻蔑。作者的伤时感事之情、悲壮浩然之气亦充溢其中。

【注释】

　　①禾川：即禾水。在今江西省泰和县西。

　　②秦关：此指陕西关中之地。唐·卢纶《长安春望》诗："谁念为儒逢世难，独将衰鬓客秦关。"

　　③桃花马：白毛红点的马。唐·杜审言《戏赠赵使君美人》诗："红粉青娥映楚云，桃花马上石榴裙。"　殷：(雷声)响。唐·白居易《敢谏鼓赋》："又如殷其雷，在南山之隈。"此指马鸣声意谓很强壮。

　　④屠龙剑：剑名。一说为剑术。　闲：娴熟。

　　⑤长祛(qū)：长袖。此代指月神嫦娥。祛，袖口。泛指衣袖。

　　⑥孱孱(chán)：懦弱的样子。

　　⑦首阳山：亦称雷首山或首山。在今山西省永济市南。相传古时伯夷、叔齐耻食周粟，饿死在首阳山。

　　⑧尘寰：人世。唐·李群玉《送隐者归罗浮》诗："自此尘寰音信断，山川风月永相思。"

　　⑨蟪虫负李：蟪虫背负着果实李子。比喻自不量力。蟪虫，一种朝生暮死的小虫。

陈子龙

陈子龙(1608—1647),字人中、卧子,号大樽、轶符。松江华亭(今上海市松江区)人。明崇祯十年(1637)进士。官至兵科给事中。曾与夏允彝等人组织"几社",是明末文坛上的重要人物之一。清军攻破南京后,欲结太湖义兵举事,在抗清中被清军所执,乘间投水而死。谥忠裕。著有《陈忠裕全集》《湘真阁稿》《江蓠槛词》等。

浣 溪 沙

杨 花

百尺章台撩乱吹①,重重帘幕弄春晖。怜他飘泊奈他飞。　　淡日滚残花影下,软风吹送玉楼西。天涯心事少人知。

【说明】

　　杨花,又称柳絮。每当春季飘舞空中,犹如飞雪。此词以杨花作比,抒发了自己漂泊不定的愁苦。清·王士禛评此词云:"不著形相,咏物神境。"(《陈忠裕全集》卷二十)

【注释】

　　①章台:见本书高启《石州慢·落了辛夷》注⑪。

点 绛 唇

春日风雨有感

满眼韶华①,东风惯是吹红去②。几番烟雾,只有花难护。　　梦里相思,故国王孙路。春无主,杜鹃啼处③,泪染胭脂雨。

【说明】

比兴,是自古以来诗词写作中常用的一种表现手法。比,就是用物来打比方;兴,就是用物来寄托。此词作者即以情景相生、比兴寄托的手法,倾吐自己的故国之思、亡国之痛。全词清丽哀婉,寄意遥深。

【注释】

①韶华:犹韶光,即春光。见本书权贵妃《踏莎行·时序频移》注①。

②红:指万紫千红的百花。

③杜鹃:亦称杜宇。见本书杨基《夏初临·瘦绿添肥》注⑨。

诉 衷 情

春 游

小桃枝下试罗裳,蝶粉斗遗香①。玉轮碾平芳草②,半面恼红妆③。风乍暖,日初长,裊垂杨④。一双舞燕,万点飞花,满地斜阳。

【说明】

这首词以桃花、杨柳、芳草、双燕、红妆、少女等具有季节特征和典型意义的景物人物,组成了一幅和谐柔美、生动活泼的春游图。字里行间流露着作者惜春爱春的喜悦。清人王士禛云:"弇州谓清真(周邦彦之号)能作景语,不能作情语。至大樽而情景相生,令人有后来之叹。"(见《陈忠裕全集》卷二十)

【注释】

①遗香:犹言残香、馀香。唐·陆龟蒙《秋荷》诗:"盈盈一水不得渡,冷翠遗香愁向人。"

②玉轮:此指华美的车辆。唐·韩偓《重游曲江》诗:"犹是玉轮曾辗处,一泓秋水涨浮萍。"

③半面恼红妆:《南史·梁元帝徐妃传》:"妃以帝眇一目,每知帝将至,必为半面妆以俟。帝见,则大怒而出。"此处指女子容妆的奇美。

④袅(niǎo)：此指杨柳枝条柔美纤长、随风摇曳的样子。

画堂春

雨中杏花

轻阴池馆水平桥，一番弄雨花梢。微寒著处不胜娇，此际魂销。忆昔青门堤外①，粉香零乱朝朝②。玉颜寂寞淡红飘③，无那春宵④。

【说明】

　　这首词描写雨中杏花婀娜多姿、娇艳柔美及不禁风雨的样子。通篇传神入骨，妙丽动人。清·王士禛云：此词"嫣然欲绝。"（《陈忠裕全集》卷二十）

【注释】

　　①青门：本名霸城门，即汉时长安城的东南门。因其门色青，故亦称青门。三国魏·阮籍《咏怀》诗之六："昔闻东陵瓜，近在青门外。"

　　②朝朝：每日，天天。

　　③玉颜：多指年轻女子美丽的容貌，此处指杏花的娇美。

　　④无那：无奈。杜甫《奉寄高常侍》诗："汶上相逢年颇多，飞腾无那故人何。"

望仙楼

夜宿大蒸西庄①

满阶珠露溢啼痕，闲坐空庭凄绝。今夜鹃声偏咽，红透花枝血。自惭尪尹匡持②，回首山河残缺。灯烬乍明还灭，肠断谁堪说！

【说明】

　　后人言："此词江南破灭避地时作，可云凄绝矣。下阕'尪尹'二字用之词中，颇嫌生硬耳。"（见《双碧词·陈忠裕词》）

①大蒸西庄:作者自注:《青浦县志》:"小蒸,在县西南三十里,其西十里名大蒸。相传汉濮阳王葬此,蒸土为墓,故名。"

②虺尹:指仲虺和伊尹二人。仲虺为商汤的左相。伊尹辅佐商汤伐夏桀,后被尊为宰相。　　匡持:纠正而保持。多指辅助帝王治国。

山 花 子

春 恨

杨柳迷离晓雾中,杏花零落五更钟。寂寂景阳宫外月①,照残红。　　蝶化彩衣金缕尽②,虫衔画粉玉楼空③。惟有无情双燕子,舞东风。

【说明】

南朝陈后主长年不理朝政,日与嫔妃、佞臣宴饮行乐。祯明三年(589),隋军攻入建业(今江苏南京),陈后主与张贵妃、孔贵妃匿于景阳宫井中而被执。后人称该井为胭脂井或辱井。词中,作者选用此典喻明亡后的社会惨景,寓意极深。清人陈廷焯评此词说:"凄丽近南唐二主,词意亦哀以思矣。"(《白雨斋词话》卷三)

【注释】

①景阳宫:南朝宫殿名。故址在今南京市玄武湖侧。

②"蝶化彩衣"句:谓蝴蝶死后翅上如金缕般的花色褪尽。

③"虫衔画粉"句:是说昆虫将宫殿的雕梁画栋蛀蚀成了粉末。

虞 美 人

有 感

夭桃红杏春将半,总被东风换。王孙芳草路微茫,只有青山依旧对斜阳。　　绮罗如在无人到①,明月空相照。梦中楼阁水湛湛②,

撒下一天星露满江南。

【说明】

　　此词以"总被东风换""明月空相照"等句,暗喻江山易主,物是人非。作者的亡国之痛溢于言表。李雯生言此词"意在题外"。(见《陈忠裕全集》卷二十)

【注释】

　　①绮罗:华丽丝织物的总称。
　　②湛湛:水清而深的样子。

唐 多 令

寒 食

　　碧草带芳林,寒塘涨水深,五更风雨断遥岑①。雨下飞花花上泪,吹不去,两难禁。　　双缕绣盘金②,平沙油壁侵③,宫人斜外柳阴阴④。回首西陵松柏路,肠断也,结同心⑤。

【说明】

　　作者在题下自注:"时闻先朝陵寝,有不忍言者。"明·王沄《陈子龙年谱》卷下云:清顺治四年(1647)三月,作者赋诗二章,又作《寒食》《清明》二词,为绝笔之作。此时作者虽知复明大业难以实现,但对故国忠贞不贰之情始终不渝。此词即以泪难禁、肠欲断的情态,流露出作者对国破家亡的沉痛心情。

【注释】

　　①遥岑(cén):远山。岑,小而高的山。宋·辛弃疾《水龙吟·登建康赏心亭》词:"遥岑远目,献愁供恨,玉簪螺髻。"
　　②"双缕"句:指刺绣缝制以黄金为缕的衣物。盘金:用金线在织物上盘出花样图案。
　　③油壁:指饰以油漆的油壁车。是古代妇女所乘之车。古乐府《苏小小歌》:"妾乘油壁车,郎乘青骢马。"

④宫人斜:唐代埋葬宫人的墓地。宋·张侃《宫人斜》诗:"万古宫人斜上望,淡烟衰草为凄然。"斜,谷地。

⑤"回首西陵"三句:古乐府《苏小小歌》:"何处结同心,西陵松柏下。"

临 江 仙

小 春

西风料峭黄花暮①,斜阳一角红楼。罗衣添得又还休,银蝉寒指甲②,宝鸭暖藏钩③。　　忽忆软金杯自捧,重移残烛淹留。于今玉漏慢悠悠,不知千里梦,无奈五更愁。

【说明】

作者传世词作近八十首,其中词题中有"春"字者多达三十馀首。此词题为"小春",写春寒春思,寄托思乡怀国之情。意境悲凉,委婉含蓄。

【注释】

①料峭:寒风吹来肌肤战栗的样子。

②银蝉:即银蟾,月亮别名。古代神话传说月中有蟾蜍,故称月亮为银蟾。

③宝鸭:香炉名。唐·孙鲂《夜坐》诗:"划多灰杂苍虬迹,坐久烟消宝鸭香。"藏钩:古代的一种游戏。相传汉武帝之妃钩弋夫人少时双手皆拳,入宫,汉武帝展其手,得一钩。后人乃作藏钩的游戏。唐·李白《宫中行乐词》:"更怜花月夜,宫女笑藏钩。"

江 城 子

病起春尽

一帘病枕五更钟,晓云空,卷残红。无情春色,去矣几时逢? 添我千行清泪也,留不住,苦匆匆。　　楚宫吴苑草茸茸①,恋芳丛,绕游蜂。料得来年,相见画屏中②。人自伤心花自笑,凭燕子,骂东风。

　　词的上片以春尽难留,寓亡国之痛;下片以蜂恋芳丛,喻故国之恋。"料得来年,相见画屏中",寄托复明之志。作者原有词集《湘真阁》《江蓠槛》两种,惜已散佚。今所传词作为清·王昶辑本,附刊于《陈忠裕公全集》。清·王士禛评其词说:"神韵天然,风味不尽,如瑶台仙子独立却扇时。而《湘真》一刻,晚年所作,寄意更绵邈凄恻。"(清·王昶《明词综》卷六)

【注释】

　　①楚宫吴苑:古代江南楚地和吴地的宫殿苑囿。此处借指明代宫苑。茸茸:花草丛生的样子。唐·卢仝《喜逢郑三游山》诗:"相逢之处花茸茸,石壁攒峰千万重。"

　　②画屏:有画饰的屏风。此指若画屏一样美丽的春光媚景。唐·李峤《石淙》诗:"鸟和百籁疑调管,花发千岩似画屏。"

念 奴 娇

春雪咏兰

　　问天何意,到春深、千里龙山飞雪①? 解珮凌波人不见②,漫说蕊珠宫阙③。楚殿烟微,湘潭月冷,料得都攀折。嫣然幽谷④,只愁又听啼鴂⑤。　　当日九畹光风⑥,数茎清露,纤手分花叶。曾在多情怀袖里,一缕同心千结。玉腕香销,云鬟雾掩,空赠金跳脱⑦。洛滨江上,寻芳再望佳节。

【说明】

　　作者以比兴手法、楚骚文笔,抒故国之思、亡国之痛及复国之志。"清人顾璟芳云:'此大樽之香草美人怀也,读《湘真阁》词,俱应作是想。'胡允瑗云:'满腹萧骚,只是不肯说出。'李葵生云:'全首忠厚,在末句看出。'"(《陈忠裕全集》卷二十)

【注释】

①"千里龙山"句:系化用南朝宋·鲍照《学刘公幹体诗》五首之三:"胡风吹朔雪,千里度龙山"句。

②凌波人:指仙女。 解珮:唐·欧阳询等《艺文类聚》卷七十八《灵异部·仙道》载:"《列仙传》曰:江妃二女,不知何许人。出游江湄,逢郑交甫,不知其神人也,女遂解珮与之。交甫悦爱珮,去数十步,空怀无珮,女亦不见。"

③蕊珠宫:道教传说中天上神仙所居宫殿名。宋·陆游《秋波媚》词:"曾散天花蕊珠宫,一念堕尘中。"

④嫣然:美好的样子。

⑤鴂(jué):鸟名,即伯劳。

⑥九畹:言面积极广。旧说田三十亩为一畹,或说十二亩。屈原《离骚》:"余既滋兰之九畹兮,又树蕙之百亩。"

⑦跳脱:亦作条脱。手镯、腕钏之类的臂饰。汉·繁钦《定情诗》:"何以致契阔,绕腕双跳脱。"

二 郎 神

清明感旧

韶光有几①?催遍莺歌燕舞。酝酿一番春,秋李夭桃娇妒,东君无主②。多少红颜天上落,总添了数抔黄土③。最恨你、年年芳草,不管江山如许。 何处?当年此日,柳堤花墅。内家妆④,搴帷生一笑⑤,驰宝马汉家陵墓。玉雁金鱼谁借问⑥,定令我伤今吊古。叹绣岭宫前⑦,野老吞声⑧,漫天风雨。

【说明】

清顺治四年(1647),明朝已亡,与陈子龙患难与共的师友在抗清复明斗争中纷纷蹈义赴难。此年三月,作者又捐地安葬夏考功(即夏允彝)。哀痛激愤之情积于胸怀,写下这首词。清明之际悼亡友、思故国,伤今吊古,寄意绵邈凄恻。同年五月,作者为清兵所执,挣脱后投水而死。

【注释】

　　①韶光：见本书权贵妃《踏莎行·时序频移》注①。

　　②东君：亦作东皇。司春之神。

　　③抔（póu）：用手捧。后人常以"一抔土"代指坟墓。

　　④内家：此指宫女。前蜀·李珣《浣溪沙》词："风流学得内家妆，小钗横戴一枝芳。"

　　⑤搴：揭起，撩起。

　　⑥玉雁金鱼：古代贵族的佩饰之物。此指陵墓中的殉葬品。

　　⑦绣岭宫：宫殿名。故址在今河南省陕县。唐高宗显庆年间所建。

　　⑧野老吞声：典出杜甫《哀江头》诗："少陵野老吞声哭，春日潜行曲江曲。"野老，此处为作者自指。

叶纨纨

叶纨纨（女，1610—1632），字昭齐。吴江（今属江苏）人。女诗人沈宜修长女。因妹叶小鸾早逝，悲恸过度，发病而卒。善诗词，工书法。著有《芳雪轩遗稿》（一名《愁言集》）。

锁 窗 寒

忆 妹

萧瑟西风，啼螀满院①，辘轳声歇②。流萤暗照③，归思顿添凄切。更那堪、近来信杳，盈盈一水如迢递④。想当初相聚，而今难再，愁肠空结。　　从别，数更节⑤。念契阔情悰⑥，惊心岁月。旧游梦断，此恨凭谁堪说！渐江天、香老蘋洲，征鸿不向愁时缺。待听残、暮雨梧桐，一夜啼红血。

【说明】

在这首词中，作者通过对萧瑟秋景和昔日欢聚的描写，衬托出自己对妹妹的深切思念，及姐妹间的真挚感情。词的意境清旷凄凉，感情哀婉动人。

【注释】

①螀（jiāng）：即寒螀，亦称寒蝉。《礼记·月令》云：孟秋之月，"凉风至，白露降，寒蝉鸣。"

②辘轳：井上汲水的装置。

③流萤：飞动的萤火虫。唐·杜牧《秋夕》诗："银烛秋光冷画屏，轻罗小扇扑流萤。"

④信杳（yǎo）：一直没有音信。　　盈盈：清澈的样子。《古诗十九首》："盈盈一水间，脉脉不得语。"　　迢递：犹迢递、迢迢，即遥远。

⑤节：节令，年月。

⑥契阔：死生相约。　　情悰（cóng）：心愿。

黄周星

黄周星(1611—1680),字九烟,号而庵。后改名黄人,字略似。上元(今江苏南京市)人。崇祯十二年(1639)进士,官户部主事。入清后不仕,遁迹湖州。工诗词。著有《兮狗斋集》《九烟诗钞》等。

满 庭 芳

送友人还会稽①

新绿方浓,残红尽落,多情正自凝眸②。不堪南浦,又复送归舟。便倩江郎作赋③,也难写别恨离愁。消魂久,斜阳芳草,天际水悠悠④。

问君何处去?若耶溪畔⑤,宛委山头⑥。有千岩竞秀,万壑争流。愧我江湖迹遍,到如今仍坐书囚⑦。迟君至⑧,开襟散发,咏月醉南楼。

【说明】

此为一首情意深长、风韵高亮的送别词。上片写暮春初夏之际与友人离别时的情景和难言的离愁别恨;下片写友人所归之处会稽"千岩竞秀,万壑争流"的壮丽景色。南朝宋·刘义庆《世说新语·容止》云:清秋月夜,晋朝庾亮与诸贤共登武昌南楼欢谈咏谑,甚得其乐。"迟君至,开襟散发,咏月醉南楼"句即用此典,殷切期望与友人再次相会,可谓化尽涕洟,尽成骚雅。

【注释】

①会稽:地名,即今浙江绍兴市。

②凝眸:目不转睛地看。唐·韩偓《太平谷中玩水上花》诗:"凝眸不觉斜阳尽,忘逐樵人蹑石回。"

③江郎:指南朝梁著名诗人、词赋家江淹。其所作《别赋》生动地描写了各种人物的离愁别绪。

④"斜阳"二句：系化用宋·范仲淹《苏幕遮·怀旧》词"山映斜阳天接水。芳草无情，更在斜阳外"之句。

⑤若耶溪：一作若邪溪，又名五云溪，在今浙江省绍兴市东南若耶山下。传说是西施浣纱之地，故又称浣纱溪。

⑥宛委山：亦称玉笥山。在今浙江省绍兴市东南，系会稽山的支峰。

⑦书囚：整日关在屋内读书著述的人。此处为作者自指。

⑧迟(zhì)：等待。南朝宋·谢灵运《南楼中望所迟客》诗："登楼为谁思，临江迟客来。"

杜濬

　　杜濬（1611—1687），原名诏先，字千里，又字于皇，号茶村。黄冈（今属湖北）人。明末副贡生。明亡后，避居金陵鸡鸣山中，穷困以终。工诗文，好苦吟。著有《扫花词》《变雅堂集》等。

浣 溪 沙

红桥纪事①

　　曲曲红桥涨碧流，荷花荷叶几经秋。谁翻水调唱《凉州》②。更欲放船何处去，平山堂下古今愁③。不如歌笑十三楼④。

【说明】

　　这首词为览古抒怀、感世伤时之作。情意悲凉含蓄。"不如歌笑十三楼"，强为欢笑，实为沉痛语。

【注释】

　　①红桥：桥名。在今江苏省扬州市。

　　②《凉州》：乐曲名。《新唐书·礼乐志十二》："而天宝乐曲，皆以边地名，若《凉州》《伊州》《甘州》之类。"

　　③平山堂：在今江苏省扬州市西北蜀冈上。宋代欧阳修所建。

　　④十三楼：楼名。在今杭州市。宋·苏轼《南歌子·游赏》词："游人都上十三楼，不羡竹西歌吹古扬州。"

浣 溪 沙

读《越绝书》①

　　亘古谁家国不亡②，西村空自产无双。姑苏台后五湖航③。

渔父一栧存郑国④,乞儿三战报平王⑤。英雄到此却思量。

【说明】

此词通过咏史,揭示了"焦思苦身,克己自贵,任用贤人"(见《越绝书·序》)则能兴邦强国的道理;反之,则会导致国破家亡、身败名裂的恶果。

【注释】

①《越绝书》:书名,无著者姓名。隋、唐志书云为子贡所撰,《四库全书总目录提要》认为系汉·袁康撰,吴平所定,近代学者则认为此书并非一人一时之作。原书二十五篇,今五篇已佚,十五卷。内容与《吴越春秋》相类,记春秋时期越国之事。

②亘古:从古到今。

③"西村"二句:据《吴越春秋》《越绝书》等记载,越国被吴国打败后,越王句践命范蠡将美艳无双的西施献给吴王夫差。吴王得到西施,宠爱异常,并建姑苏台(在今江苏苏州),相与游宴其上,沉湎其中。越灭吴后,西施归范蠡,从游五湖(即太湖)而去。

④"渔父"句:指春秋战国时,因渔父帮助楚人伍子胥渡江而使郑国幸免灭于吴的史实。参见本书吴易《渔家傲·鹦鹉洲头天映水》注⑥。

⑤"乞儿"句:《越绝书》卷一载,伍子胥至吴,乞食于吴市三日。后助吴国灭楚,开棺鞭楚平王尸,为父兄报了仇。参见本书吴易《满江红·斗大江山》注⑤。

朱一是

朱一是(生卒年不详),字近修,又字欠庵。海宁(今属浙江)人。崇祯十五年(1642)举人。明亡后隐居不仕,披缁衣授徒。善绘画,工诗词。著有《为可堂集》《梅里词》等。

二 郎 神

登燕子矶秋眺①

岷峨万里②,见渺渺、水流东去。指远近关山,参差宫阙,起灭长空烟雾。南望沧溟天边影③,辨不出微茫尽处。叹三楚英雄④,六朝王霸⑤,消沉无数。　　从古长江天堑⑥,飞艎难渡⑦。自《玉树》歌残⑧,金莲舞罢⑨,倏忽飞乌走兔⑩。燕子堂前⑪,凤凰台畔⑫,冷落丹枫白露。但坐看、狎鸥随浪⑬,渔父扁舟朝暮。

【说明】

此词作于南明弘光政权覆亡之后。天高气爽的秋日,作者登临燕子矶头,面对雄伟壮丽的江山、变幻无常的景物,不禁怀古伤今,思绪万千。借"三楚英雄""六朝王霸"等史实的联想和有关典故的运用感兴亡、叹盛衰,并指出统治者的骄奢淫逸是导致亡国的重要原因。意境开阔,气势放达,风格近于苏轼。

【注释】

①燕子矶:在今南京市北郊观音门外。矶头屹立于长江边,三面悬绝,形如飞燕,故名。

②岷峨:岷山与峨眉山。是长江及其重要支流流经的地方。

③沧溟:幽远的高空。汉·班固《汉武帝内传》:"诸仙玉女聚居沧溟,其名难测,其实分明。"

④三楚:战国时楚地。《汉书·高帝纪》唐·颜师古注引孟康曰:"旧名江陵为

南楚,吴为东楚,彭城为西楚。"泛指长江中下游一带。晋·阮籍《咏怀》诗之十七:"三楚多秀士,朝云进荒淫。"

⑤六朝:三国吴、东晋及南朝宋、齐、梁、陈,史称六朝。皆以建康(今南京市)为都城。

⑥天堑:天然的壕沟。言其地势险要,不可逾越。《南史·孔范传》:"长江天堑,古来限隔,虏军岂能飞度?"

⑦艎(huáng):一种渡船。

⑧《玉树》:曲名,即《玉树后庭花》。宋·王灼《碧鸡漫志》:"《玉树后庭花》,陈后主造,其诗皆配以声律,遂取一句为曲名。"

⑨金莲:指女子的纤足。

⑩倏忽:疾速,极快。　　飞乌走兔:古代传说,日中有金乌,月中有玉兔。唐·韩琮《春愁》诗:"金乌长飞玉兔走,青鬓长青古无有。"此处意指日月如梭,光阴似箭。

⑪燕子堂前:转用唐·刘禹锡《乌衣巷》诗句"旧时王谢堂前燕,飞入寻常百姓家"之意。

⑫凤凰台:在江苏南京市。李白《登金陵凤凰台》诗:"凤凰台上凤凰游,凤去台空江自流。"

⑬狎鸥:亲昵的鸥鸟。唐·杜甫《倚杖》诗:"狎鸥轻白浪,归雁喜青天。"

沈 龙

沈龙(生卒年不详),字友夔。江南华亭(今上海市松江区)人。崇祯十六年(1643)进士。明亡后不仕。长于诗词。著有《雪初堂集》。

蓦 山 溪

初冬写怀

江山之表①,逐客秋归去②。天远暮云平,翠攒空、乱山残树③。孤舟晚泊,黄叶满篷敲④。如此景,如此情,空付江头路。　　归来一月,雪意天寒暮。竹外一枝斜,直近窗、早梅微吐。翠瓶花下,犹有旧云鬟⑤。寒酸话,凄凉语,也是风流呵!

【说明】

这首词描写逐客深秋离家、初冬归来的情景。词的末尾三句,既透露出家庭此前贫窘、凄凉的生活,也表现出家人团聚的喜悦。后人评此词曰:"此时江头路亦自不恶,所难堪者,'逐客'两字耳。"(清·顾璟芳等《兰皋明词汇选》卷五)

【注释】

①表:外,外面。

②逐客:被朝廷贬谪的人。唐·杜甫《梦李白二首》之一:"江南瘴疠地,逐客无消息。"

③攒(cuán):聚集,集中。

④篷:此指船篷。唐·温庭筠《西江上送渔父》诗:"三秋梅雨愁枫叶,一夜篷舟宿苇花。"

⑤云鬟:形容妇女的发髻浓密环曲如云。此处代指妻子。

玉 蝴 蝶

金陵怀古①

斜矗酒旗②,风细晓桐撩乱,吹皱征衣。剑马萧萧堪叹③,暮雨烟低。看铜驼,六朝兴替④;闻铁马,四海貅貔⑤。任东西,秦兵风鹤⑥,荒店晨鸡⑦。　　依依⑧,夕阳残照,扫妖磨铁,烛海燃犀⑨。星斗横秋,英雄翻浪吐虹霓⑩。画江山,笔尖花萼;高骊骏,古驿桥题⑪。就功名故园波稳,重理渔矶⑫。

【说明】

作者紧扣题意,选择与金陵有关的史实,叹兴亡,论盛衰,以寄托故国之思及抗清复明之志。后人评此词云:"岁乙酉(1645 年),君(指沈龙)至南都,见时事不偶,感而赋此,题虽怀古,意实伤时。"评"英雄翻浪吐虹霓"句,曰:"不作楚囚态。"(清·顾璟芳等《兰皋明词汇选》卷六)

【注释】

①金陵:古地名。即今江苏南京市。

②酒旗:犹言酒帘。即酒店门前所悬招徕酒客的标帜。宋·王安石《桂枝香》词:"征帆去棹残阳里,背西风酒旗斜矗。"

③萧萧:战马嘶鸣声。唐·杜甫《兵车行》诗:"车辚辚,马萧萧,行人弓箭各在腰。"

④铜驼:铜铸的骆驼。《晋书·索靖传》:"(索靖)知天下将乱,指洛阳宫门铜驼,叹曰:'会见汝在荆棘中耳!'"

⑤铁马:披甲的战马。多喻精锐骑兵。　　貅貔(xiū pí):亦作貔貅,猛兽名。多喻勇猛之士。

⑥风鹤:即风声鹤唳。见本书陈儒《念奴娇·天风万里》注⑬。

⑦荒店晨鸡:此处借用"闻鸡起舞"之典,谓有志振奋之情。《晋书·祖逖传》:"(祖逖)与司空刘琨俱为司州主簿,情好绸缪,共被同寝。中夜闻荒鸡鸣,蹴(刘)琨觉,曰:'此非恶声也。'因起舞。"

⑧依依:此处为隐约的样子。

⑨烛海燃犀:《晋书·温峤传》:"至牛渚矶,水深不可测,世云其下多怪物,(温)峤遂毁犀角而照之。"

⑩虹霓:亦作虹蜺,即天空中的彩虹。此处形容英雄气概。曹植《七启》:"慷慨则气成虹蜺。"

⑪"高驷骏"二句:晋·常璩《华阳国志》:"升仙桥在成都北十里,即司马相如题桥柱曰:'不乘驷马高车,不复过此桥!'"驿:古时专供传递公文的人或来往官员暂住或换马、休息之所。宋·陆游《卜算子·咏梅》词:"驿外断桥边,寂寞开无主。"

⑫渔矶:水边钓鱼的石山。宋·何梦桂《招隐》诗:"惟有严陵滩下路,年年潮水上渔矶。"

吴 易

吴易(1612—1646),一作吴昜,字日生,号惕庵。吴江(今属江苏)人。崇祯十六年(1643)进士。南明时期曾任兵部主事、兵部侍郎、兵部尚书等职。后率军在太湖一带抗清,兵败,被执而殉难。著有《东湖倡和诗》《吴日生集》。

满 江 红

斗大江山、经几度,兴亡事业。瞥眼处,英雄成败,底须重说①。香水锦帆歌舞罢②,虎丘鹤市精灵歇③。尚翻来,吴越旧春秋④,伤心切。　伍胥耻,荆城雪⑤;申胥恨,秦庭咽⑥。羞比肩种蠡⑦,一时人杰。花月烟横西子黛⑧,鱼龙沫喷鸱夷血⑨。到而今,薪胆向谁论⑩? 冲冠发⑪!

【说明】

作者以大量与吴越地区有关的典故入词,借古伤今,感叹兴亡,既衬托出南明小王朝统治者的荒淫腐败,又寄寓自己志图恢复的决心。强烈的爱国豪情流露于字里行间。

【注释】

①底须:何必,何须。

②香水锦帆:指隋炀帝逸乐之事。唐·颜师古《大业拾遗记》云:"炀帝幸江都,帝御龙舟,萧妃乘凤舸,……锦帆过处,香闻十里。"

③虎丘:山名。在今江苏苏州市西北阊门外。相传春秋时吴王阖闾葬于此。《越绝书》卷二云:"(冢)筑三日而白虎居上,故号为虎丘。"　鹤市:赵晔《吴越春秋·阖闾内传》云:吴王阖闾有女自杀。吴王痛之,厚葬于阊门外,并舞白鹤于吴市,令万民随而观之;又使男女与鹤入墓门,发机而掩之。

④春秋:古代编年史的通称。亦泛指历史。

⑤"伍胥耻"二句:指伍子胥为父兄报仇事。赵晔《吴越春秋·阖闾内传》云:春秋时,楚人伍子胥因父兄被楚平王杀害而奔吴,辅佐吴王阖闾伐楚,攻破楚

之郢都，掘楚平王之墓，并鞭其尸。

⑥"申胥恨"二句：《春秋左传·定公四年》：伍子胥奔吴时，谓申包胥曰："我必覆楚国！"申包胥曰："子能覆之，我必能兴之！"后伍子胥以吴军攻楚而入郢，申包胥至秦求救，哭于秦庭七日夜。秦国终于出兵救楚，败吴军，楚遂复国。

⑦比肩：喻声望、地位相等或关系密切。　种蠡：指春秋时越国大夫文种与范蠡。《史记·越王句践世家》云：文种、范蠡共同辅佐越王句践刻苦图强，献计灭吴。

⑧西子黛：指春秋时越国美女西施之眉。

⑨鸱夷：皮革囊。《史记·伍子胥列传》载：吴王大怒，"乃取(伍)子胥尸盛以鸱夷革，浮之江中。"

⑩薪胆：指卧薪尝胆。《史记·越王句践世家》云："越王句践反国，乃苦身焦思，置胆于坐，坐卧即仰胆，饮食亦尝胆也。曰：'汝忘会稽之耻耶？'"后人常以此形容刻苦自励，志图恢复。

⑪冲冠发：宋·岳飞《满江红》词："怒发冲冠、凭栏处，潇潇雨歇。"表示愤怒至极点。

浪 淘 沙

感　事

落魄少年场①，说霸论王。金鞭玉辔拂垂杨。剑客屠沽连骑去②，唤却红妆③。　　歌哭酒垆旁，筑击高阳④，弯弓醉里射天狼⑤。瞥眼神州何处在？半枕黄粱⑥。

【说明】

词的上片写少年说霸论王、意气风发的豪纵生活，下片写少年酒店歌哭、决心杀敌报国的激昂情态。"瞥眼神州何处在"二句，深沉哀婉，充分流露出作者内心对国破家亡的痛苦。描写逼真，形象鲜明，感世伤时，催人泪下。

【注释】

①落魄：不得志。《史记·郦生陆贾列传》：郦生"家贫落魄，无以为衣食业。"

②屠沽：屠户和卖酒者。旧时多指职业卑贱或出身寒微的人。

③红妆：妇女妆饰多尚红色，故称红妆。

④酒垆：指酒店。垆，放酒瓮的土台子。此二句系借用"燕市悲歌"之典。《史记·刺客列传·荆轲》记：荆轲与高渐离饮于燕市，高渐离击筑，荆轲和而歌于市。　　高阳：地名，今属河北省，战国时属燕国。

⑤天狼：即天狼星。古人认为其主侵掠、兵乱等。屈原《九歌·东君》："举长矢兮射天狼。"此借指入侵的清兵。

⑥黄粱：即黄粱梦。唐·沈既济《枕中记》云：卢生于邯郸客舍自叹穷困。所遇道者吕翁授其瓷枕，卢生枕之入梦，历尽人间富贵荣华，醒后却见店主蒸的黄粱饭尚未熟。后人常以黄粱梦喻富贵的虚幻、欲望的破灭等。

渔 家 傲

渔 父

鹦鹉洲头天映水①，凤凰池上山横翠②。短艇轻纶随处舣③。秋似洗，玉醅金蕊银丝脍④。　　泽畔三闾醒与醉⑤，芦漪伍子歌和泪⑥。苦恨英豪成底事⑦。烟月里，笛声吹彻鳌鱼睡。

【说明】

　　此词上片写渔父的处所和生活方式，下片写与渔父有关的历史英豪。吊古伤今，以寓深沉的故国之思、亡国之痛。

【注释】

①鹦鹉洲：洲名。在今湖北武汉市西南长江中。相传东汉江夏太守黄祖的长子黄射在此大会宾客，有人献鹦鹉，祢衡作《鹦鹉赋》，故得名。

②凤凰池：湖北武昌县北有凤凰山，凤凰池当指此处之水。

③短艇：小舟。　　纶：钓鱼的丝线。　　舣：停船靠岸。晋·左思《蜀都赋》："试水客，舣轻舟。"

④醅(pēi)：未过滤的酒。　　银丝脍：细切的白色鱼肉丝。

⑤"泽畔"句：战国时楚人屈原曾任三闾大夫等职。后因遭谗而被放逐。楚辞《渔父》："屈原既放，游于江潭，行吟泽畔。"

⑥"芦漪"句:汉·赵晔《吴越春秋·王僚使公子光传》云:春秋时伍子胥因父与兄被楚平王杀害,故去楚奔吴。途中遇渔父,求渡。"(渔父)因而歌曰:'日月昭昭乎侵已驰,与子期乎芦之漪。'子胥即止芦之漪。"芦漪:芦塘岸边。

⑦底事:何事,什么事。

念 奴 娇

渡江雪霁①

江天一派,初日霁、万树千山争白。银甲霜戈,浑认作、缟素三军横列②。薪胆君臣③,釜舟将士④,洒尽伤时血。中原何在? 问中流古今楫⑤。　　回首北固金焦⑥,晴光如画,拱带金陵业⑦。虎踞龙蟠,都不信、此日乾坤分裂。席卷崤秦⑧,长驱幽蓟⑨,试取中兴烈。妙高台上⑩,他年浩歌一阕⑪。

【说明】

此词当作于南明弘光元年(1645)以后,当时明崇祯帝已自缢而死,清兵亦入关南下,但作者仍以恢复中兴为己任,坚持抗清复明的斗争。词以缘情写景、景中寓情的手法,遣词用典,展现出江天雪晴后的壮丽景色和君臣将士处境的艰难。"席卷崤秦,长驱幽蓟,试取中兴烈"等句,使作者的抗清决心跃然纸上。通篇意境雄浑开阔,音节凄凉悲壮。

【注释】

①雪霁:雪止天晴。

②缟素:白色的丧服。《汉书·高帝纪上》:"寡人亲为发丧,兵皆缟素。"

③薪胆:即卧薪尝胆。见本书吴易《满江红·斗大江山》注⑩。

④釜舟将士:指秦末项羽下定决心率领将士渡河破秦之事。《史记·项羽本纪》:"项羽乃悉引兵渡河,皆沉船,破釜甑,烧庐舍,持三日粮,以示士卒必死,无一还心。"

⑤"问中流"句:见本书韩守益《苏武慢·地涌岷峨》注③。

⑥北固金焦:即北固山、金山、焦山。三山皆在江苏省镇江市。

⑦"拱带"句:谓群山环绕卫护着金陵(今南京市)明王朝的帝业。

⑧崤秦:指崤山。在今河南省西部洛宁县北,系秦岭东段支脉。山分东西二崤,形势险绝。汉·班固《西都赋》:"左据函谷二崤之阻,表以太华终南之山。"

⑨幽蓟:幽州、蓟州。指今河北、山西两省北部。

⑩妙高台:亦称晒经台。在今江苏省丹徒县金山的妙高峰上,为宋代僧人了元所建。

⑪阕(què):乐曲终了。一曲亦称一阕。

水 龙 吟

广陵夜泊①

繁华自古扬州,江流东去风流换。芜城草满,琼台花谢③,迷楼人散④。鼓角声边,旌旗影外,暮云零乱。叹兴亡多少,英雄束手,伤心处、从头看。　　二十四桥堤畔⑤,傍垂杨、孤舟短缆。胸中湖海,要起百尺,元龙谁唤⑥?醉眼横斜⑦,天南地北,归鸿唤断⑧。漫狂歌,一阵斜风急雨,漏沉灯暗。

【说明】

扬州为汉朝所置,历代治所屡有变更,是古代淮南盐业聚集的地方,商业发达,繁华甲天下。南明弘光元年(1645),清兵攻陷扬州,屠戮甚惨。此词即紧扣题意"广陵夜泊",写景抒情,缘情写景,形象具休地再现了战乱后扬州荒芜衰败的凄凉景象,和英雄束手、恢复无人的悲愤心境。作者的故国之思、孤忠之情充溢其中。

【注释】

①广陵:即今江苏省扬州市。　　泊:停船靠岸。

②芜城:古地名,即古广陵城,西汉吴王刘濞都此时所建。南朝宋时竟陵王刘诞据广陵反叛,兵败后被杀,城市一片荒芜,鲍照作《芜城赋》描写之,故又名芜城。现在扬州市江都市境内。

③"琼台"句:宋·周密《齐东野语》云:扬州后土祠有琼花,天下无双。琼台:亦泛指华美之台。

④迷楼:楼名。故址在今扬州西北,为隋炀帝所建。唐·韩偓《迷楼记》:"(炀帝)顾左右曰:'使真仙游其中,亦当自迷也,可目之曰迷楼。'"

⑤二十四桥:桥名。故址在今江苏扬州市境内。隋朝时建。唐·杜牧《寄扬州韩绰判官》诗:"二十四桥明月夜,玉人何处教吹箫?"宋·沈括《梦溪笔谈·补笔谈》认为是西自浊河茶园桥起,东至山光桥止所有的桥,但也不足二十四座。清·李斗《扬州画舫录·冈西录》则认二十四桥即吴家砖桥,一名红药桥。宋·姜夔《扬州慢》词:"二十四桥仍在,波心荡,冷月无声。念桥边红药,年年知为谁生?"

⑥元龙:东汉陈登,字元龙,曾任广陵太守,素有威名。《三国志·魏·陈登传》:"许汜与刘备并在荆州牧刘表处坐,(刘)表与(刘)备共论天下人,(许)汜曰:"陈元龙湖海之士,豪气未除。"

⑦酣眼:犹言醉眼。酣,饮酒足量,或饮酒不醉不醒称为酣。

⑧唳(lì):鹤、雁等鸟类鸣叫声。

叶小纨

叶小纨(女,1613—？),字蕙绸。吴江(今属江苏)人。女诗人沈宜修第二女,同邑诸生沈永祯之妻。工诗词,精曲律。曾作杂剧《鸳鸯梦》。著有诗集《存馀草》等。

浣 溪 沙

为侍女随春作

鬓薄金钗半軃轻①,佯羞微笑隐湘屏②,嫩红染面太多情。
长怨曲阑看斗鸭③,惯嗔南陌听啼莺④。月明帘下理瑶筝⑤。

【说明】

通过对侍女随春头饰容貌、举止情态,和栏边观斗鸭、路旁听莺啼、月下弹瑶筝等情趣爱好的细致描写,使得一位娇美含情、天真活泼的侍女形象格外鲜活,栩栩如生。

【注释】

①軃(duǒ):下垂的样子。

②佯羞:假装害羞。 湘屏:以湘妃竹制成的屏风。

③"长怨"句:意谓忧愁时常常倚着栏杆看水中斗鸭。斗鸭:以鸭相斗为戏。南唐·冯延巳《谒金门·风乍起》词:"斗鸭阑干独倚,碧玉搔头斜坠。"

④"惯嗔"句:意谓生气时往往在南边的小路上听莺啼。嗔(chēn):生气,不高兴。 陌(mò):田间小路。

⑤理:此指弹奏。 瑶筝:饰以美玉的筝。

归 庄

归庄(1613—1673),一名祚明,字玄恭,号恒轩,别号归藏、普明头陀等,明代著名文学家归有光的曾孙。昆山(今属江苏)人。明末诸生。曾加入复社,有民族气节,参加抗清斗争。明亡后,誓不仕清,穷困以终。长于诗词。著有《恒轩集》《归玄恭遗著》等。

锦 堂 春

燕 子 矶①

半壁横江矗起,一舟载雨孤行。凭空怒浪兼天涌②,不尽六朝声③。隔岸荒云远断,绕矶小树微明。旧时燕子还飞否④? 今古不胜情。

【说明】

词的上片写高崖矗立的江岸、载雨远行的孤舟,和面对长江的狂涛怒浪而联想到的六朝兴亡;下片写燕子矶隔岸飘荡的乱云、四周微明的小树,及"今古不胜情"的感慨。怀古伤今,寄亡国之痛。

【注释】

①燕子矶:见本书朱一是《二郎神·岷娥万里》注①。

②兼天涌:连天翻涌。唐·杜甫《秋兴八首》之一:"江间波浪兼天涌,塞上风云接地阴。"

③六朝:指三国吴、东晋和南朝宋、齐、梁、陈。上述六朝相继建都于建康(今南京市),又称南朝六朝。

④"旧时燕子"句:北魏·郦道元《水经注》卷三十八:石燕山,"其石或大或小,若母子焉,及其雷风相薄,则石燕群飞,颉颃如真燕矣。"唐·刘禹锡《乌衣巷》诗:"旧时王谢堂前燕,飞入寻常百姓家。"

朝 中 措

平山堂和欧公韵①

山连霄汉草连空②,楼阁碧虚中③。第五泉边试酌,飒然两腋生风④。　　千秋胜概,残阳绿树,暮霭疏钟。非复当年栏槛⑤,风流犹想仙翁⑥。

【说明】

全词情景相生,怀古伤今。语言生动形象,感情深沉含蓄。清·王士祯云:归庄"诗歌、行草无不遒丽卓绝,小词疏快,直逼'六一'原唱。"(王昶《明词综》卷七)

附:宋·欧阳修《朝中措·平山堂》词:

平山栏槛倚晴空,山色有无中。手种堂前垂柳,别来几度春风。

文章太守,挥毫万字,一饮千钟。行乐直须年少,尊前看取衰翁。

【注释】

①平山堂:见本书杜濬《浣溪沙·曲曲红桥涨碧流》注③。　欧公:指北宋著名文学家欧阳修,号六一居士。

②霄汉:天际,天空极高处。

③碧虚:青空。南朝梁·吴均《咏云》诗:"飘飘上碧虚,蔼蔼隐青林。"

④飒然:风声。战国楚·宋玉《风赋》:"楚襄王游于兰台之宫,宋玉、景差侍,有风飒然而至。"唐·杜甫《秦州杂诗二十首》之一:"俯仰悲身世,溪风为飒然。"

⑤栏槛(jiàn):即栏杆。

⑥仙翁:此处指欧阳修。

金　堡

金堡(1614—1680),字道隐,号性因。仁和(今浙江杭州)人。崇祯十三年(1640)进士。南明桂王永历年间,曾任礼科给事中。清兵攻破桂林后,削发为僧,名澹归,住韶州(今属广东)丹霞山寺。著有《遍行堂集》。

小　重　山

得程周量民部诗却寄①

落落寒云晓不流②。是谁能寄语,竹窗幽。远怀如画一天秋。钟徐歇③,独自倚层楼。　　点点鬓霜稠④。十年山水梦,未全收。相期人在别峰头。闲鸥鹭,烟雨又扁舟⑤。

【说明】

这首词为寄赠之作。上片写友人赠诗的时间和独酌自饮的寂寞情景,下片写与友人山水相隔、久别难逢的状况。结句"闲鸥鹭,烟雨又扁舟"表面上看为自我宽慰之语,实则饱含着对友人的无尽相思之情。

【注释】

①程周量:其人生平事迹不详。　　却寄:意谓回赠。

②落落:稀疏、零落的样子。晋·陆机《叹逝赋》:"亲落落而日稀,友靡靡而愈索。"

③徐歇:慢慢停息。

④鬓霜:亦作霜鬓。耳边白发。

⑤扁(piān)舟:也作偏舟,小船。《汉书·货殖列传》:"范蠡既雪会稽之耻,……乃乘扁舟,浮于江湖。"

满 江 红

大风泊黄巢矶下①

激浪输风,偏绝分、乘风破浪②。滩声战③,冰霜竞冷,雷霆失壮。鹿角狼头休地险④,龙蟠虎踞无天相⑤。问何人、唤汝作黄巢,真还谤⑥?

雨欲退,云不放;海欲进,江不让。早堆塊一笑⑦,万机俱丧⑧。老去已忘行止计,病来莫算安危帐。是铁衣著尽著僧衣⑨,堪相傍⑩。

【说明】

清军攻破桂林(今属广西),金堡剃发为僧,住韶州(今属广东)丹霞寺中。此词即为作者遁迹空门后所作。词写风催浪涌、怒涛击岸、巨声如雷之日,停船黄巢矶下的感怀。借景物的描写,使内心的激愤不平溢于言表。结尾"是铁衣著尽著僧衣,堪相傍"二句,表达了对农民起义军领袖黄巢的向往和不与清朝统治者合作的决心。

【注释】

①黄巢矶:位于四川蜀江边,是唐末农民军领袖黄巢行经之处。

②绝分:没有缘分。

③滩声战:谓狂风巨浪撞击江滩,犹如千军万马激战声。

④"鹿角"句:化用杜甫《大历三年春白帝城放船出瞿塘峡久居夔府将适江陵漂泊有诗凡四十韵》"鹿角真走险,狼头如跋胡"诗句。鹿角、狼头:均指四川瞿塘峡一带的险石矶滩。   休:停止。

⑤龙蟠虎踞:见本书陈儒《念奴娇·天风万里》注⑥。   相:助。

⑥"唤汝"二句:意谓将你唤作黄巢矶,不知是真与黄巢有关,还是对你的诬谤? 汝:指黄巢矶。

⑦堆塊(guǐ):犹言堆隗,颓丧的样子。

⑧"万机"句:意谓一切事情都不放在心上。万机:万事。

⑨"是铁衣"句:宋·陶毅《五代乱离记》云:黄巢败后为僧,依张全义于洛阳,并有《自题像》诗:"记得当年草上飞,铁衣著尽著僧衣。天津桥上无人识,独倚栏干看落晖。"

⑩相傍:相比,相近。

水调歌头

忆螺岩霁色①

好雨正重九,不上海山门②。螺岩却忆绝顶,霁色满乾坤。少得白衣一个③,赢得翠鬟千叠,罗列似儿孙④。独坐可忘老,何用更称尊。　龙山会⑤,南徐戏⑥,共谁论。古今画里,且道还有几人存?便拂六铢石尽⑦,重见四空天堕⑧,此处不交痕⑨。远水吞碧落⑩,斜月吐黄昏。

【说明】

此词以生动形象的语言回忆和赞美了海螺岩的奇观壮景,使人仿佛亲临其境。作者生前热爱海螺岩,死后墓地亦在此处。

【注释】

①螺岩:指海螺峰,在广东仁化县城南丹霞山中。山峰摩天凌霄,十分壮观雄伟。

②重九:农历九月九日。这一天为重阳节。　海山门:峰石名。是广东仁化丹霞山中的峰石奇观之一。

③白衣:此指观望不到的峰岩名。

④"罗列"句:唐·杜甫《望岳》诗:"西岳崚嶒竦处尊,诸峰罗列如儿孙。"

⑤龙山会:南朝宋·刘义庆《世说新语·识鉴》"武昌孟嘉"南朝梁·刘孝标注引《孟嘉别传》云:九月九日,桓温游龙山,参僚毕集,皆着戎服。时有风来,吹落孟嘉帽子,桓温戒左右勿言,以观察孟嘉举止。孟嘉并未觉察,良久,孟嘉如厕,返回后,桓温命取帽还之,又令孙盛作文嘲之。孟嘉即时从容以答,四座嗟服。此即龙山会。宋·辛弃疾《念奴娇·重九席上》:"龙山何处? 记当年高会,重阳佳节。谁与老兵共一笑,落帽参军华发。"老兵,指桓温;参军,指孟嘉。　龙山:山名。在今湖北江陵县西北。

⑥南徐戏:即戏马台。南朝宋武帝刘裕曾在此大会群僚,吟咏赋诗。见本书陶宗仪《念奴娇·黄花白髮》注⑧。

⑦六铢:指六铢衣。佛家语,言极为轻薄的衣服。铢,古代重量单位。一两

的二十四分之一为一铢。此外尚有其他多种说法。

⑧四空天：佛家语。又称四无色，指无空界的四处，即空无边处、识无边处、无所有处、非想非非想处，总称四空天。

⑨"此处"句：是说无论历时多久、变化多大，海螺峰的奇观美景都不会受到影响。

⑩碧落：天空。唐·白居易《长恨歌》："上穷碧落下黄泉，两处茫茫皆不见。"

八声甘州

卧病初起，将还丹霞，谒别孝山①

算军持②、频挂到于今，已是十三年。便龙钟如许③，过头挂杖，缓步难前。若个唤春归去④？高柳足啼鹃⑤。有得相留恋，也合翛然⑥。

况复吟笺寄兴⑦，似风吹萍聚，欲碎仍圆。只使君青鬓，霜雪又勾连⑧。叹人间、支新收故⑨，尽飞尘赴海不能填⑩。重相惜，后来还得，几度相怜。

【说明】

此词写于南明桂王政权灭亡、抗清斗争失败之后。作者誓不仕清，出家为僧。这次卧病初愈，即将返回韶州（今属广东）丹霞寺，故作词向友人孝山告别。上片写山寺久居和缓步难前的龙钟老态之状，下片写人事沧桑的变化和家国之思。"重相惜，后来还得，几度相怜"，是对友人的安慰。通篇如叙家常，深沉伤感，真切动人。

【注释】

①丹霞：即丹霞山。在今广东省仁化县城南。山岩由红砂岩构成，色渥如丹，灿若明霞，故名。　　孝山：作者友人。生平事迹不详。

②军持：梵语，意为净瓶或澡罐。即僧人外出游方时携带备饮用或净手的水瓶。唐·贾岛《访鉴玄师侄》诗："我有军持凭弟子，岳阳溪里汲寒流。"

③龙钟：老态迟钝的样子。唐·王维《夏日过青龙寺谒操禅师》诗："龙钟一老翁，徐步谒禅宫。"　　如许：如此，这样。

④若个：哪个，谁。

⑤足：满。此指多。

⑥翛然：自然超脱的样子。《庄子·大宗师》："翛然而往，翛然而来而已矣。"

⑦吟笺：作诗所用的纸。此指诗篇。

⑧霜雪：形容白发。

⑨支新收故：即新陈代谢之意。

⑩"尽飞尘"句：意谓尽移人间所有的飞尘也难以填平大海。比喻恢复明朝已无望。飞尘：比喻零散的抗清力量。

风 流 子

上元风雨①

东皇不解事②，颠风雨、吹转海门潮③。看烟火光微，心灰凤蜡④，笙歌声咽，泪满鲛绡⑤。吾无恙，一炉焚柏子，七碗覆松涛⑥。明月寻人，已埋空谷；暗尘随马，更拆星桥⑦。　　素馨田畔路⑧，当年梦、应有金屋藏娇⑨。不见漆灯续焰，蔗节生苗。尽翠绕珠围，寸阴难驻；钟鸣漏尽⑩，抔土谁浇⑪？问取门前流水，夜夜朝朝。

【说明】

此词为作者晚年所作。上片写上元佳节风雨交加、灯火微明、笙歌哽咽的凄凉景象，和自己衰老孤寂的情态；下片遣词用典，隐晦曲折地表达了在历史巨变中个人、家庭的不幸遭遇。结句"问取门前流水，夜夜朝朝"，饱含着作者无穷无尽的国破家亡的哀痛。

【注释】

①上元：农历正月十五。又称灯节、元宵节。

②东皇：传说中的东方青帝，司春之神。唐·杜甫《幽人》诗："风帆倚翠盖，暮把东皇衣。"注云："东皇，乃东方青帝也。"

③海门：即海口。唐·韦应物《赋得暮雨送李胄》诗："海门深不见，浦树远含滋。"

④凤蜡：绘有凤凰图案的蜡烛。

⑤鲛绡：见本书徐渭《意难忘·燕约莺期》注①。

⑥"七碗"句:唐·卢仝《走笔谢孟谏议寄新茶》诗:"……七碗吃不得也,唯觉两腋习习清风生。"松涛:指风吹松林发出的波涛般的响声。此喻煮茶声。

⑦星桥:神话传说中银河上的鹊桥。北周·庾信《七夕》诗:"星桥通汉使,机石逐仙槎。"

⑧素馨:植物名。花色洁白而芳香。

⑨金屋藏娇:亦作金屋贮娇。汉·班固《汉武故事》云:阿娇为西汉时陈婴的曾孙女。汉武帝刘彻为胶东王时,长公主欲以女妻之,问曰:"阿娇好否?"刘彻答曰:"若得阿娇作妇,当作金屋贮之。"此借指家中妻室。

⑩钟鸣漏尽:谓晨钟已响,夜漏将残。比喻衰老之年。《三国志·魏志·满田牵郭传》:"(田)豫书答曰:'年过七十而以居位,譬犹钟鸣漏尽而夜行不休,是罪人也。'"

⑪抔土:一捧土。此处指坟墓。   浇:此指用酒浇地以示祭奠。

蒋平阶

蒋平阶(生卒年不详),原名雯阶,字驭闳,后改名平阶,字大鸿。松江华亭(今上海市松江区)人。明末诸生。善为文,工诗词。其词与周积贤、沈亿年词合编为《支机集》。

望 江 南

江南柳,三月暗秦淮①。玉辇不归歌舞散②,莺花犹绕凤凰台③。残照独徘徊。

【说明】

明太祖朱元璋定都南京,永乐年间迁都北京。作者通过对南京城内秦淮河、凤凰台春景的描写,来寄寓自己深沉的故国之思、亡国之痛。

【注释】

①秦淮:指秦淮河。有二源,汇合后经南京市区流入长江。

②玉辇:古代帝王乘坐的车辆。晋·潘岳《藉田赋》:"天子乃御玉辇,荫华盖。"唐·李白《听新莺百啭歌》:"仗出金宫随日转,天回玉辇绕花行。"

③凤凰台:台名。见本书朱一是《二郎神·岷峨万里》注⑫。

临 江 仙

宫 词

紫苑花残春殿闭①,玉阶芳草萋萋②。露华空洒侍臣衣③。景阳钟断④,愁绝梦回时。　　客里杜鹃归不去,一春常自孤飞。数声啼上万年枝⑤。似将幽恨⑥,说与路人知。

　　这首词以"紫苑花残""景阳钟断"等景象,展现了故宫的衰败荒凉;又以杜鹃无处归栖、孤零自飞作比,倾吐内心有国难投、无家可归的幽恨。入清后,作者变换名字,改穿道士服装,流落齐鲁、吴越等地。此词亦是这种生活的写照。

【注释】

　　①紫苑:帝王所居之地。李世民(唐太宗)《芳兰》诗:"春晖开紫苑,淑景媚兰场。"

　　②玉阶:皇宫中以玉石砌成的台阶。亦指美丽的台阶。

　　③露华:露水。唐·李益(一作戎昱)《寄许师》诗:"扫石焚香礼碧空,露华偏湿蕊珠宫。"

　　④景阳钟:南朝齐武帝萧赜置钟于景阳楼上(故址在今南京市玄武湖侧),以使宫人闻钟声而早起妆饰。故后人称此钟为景阳钟。

　　⑤万年枝:树名,即冬青树。

　　⑥幽恨:郁结在内心的怨恨。唐·韩偓《春闷偶成十二韵》诗:"相思不相信,幽恨更谁知。"

虞 美 人

　　白榆关外吹芦叶①,千里长安月②。新妆马上内家人③,犹记琵琶学唱《汉宫春》④。　　飞花又逐江南路,日晚桑干渡⑤。天津河水接天流,回首十三陵上暮云愁⑥。

【说明】

　　此词以隐晦曲折的文笔和具体鲜明的形象,展现出清军一路南侵、抢掳明朝宫女、践踏明帝陵墓的行径。字字句句,渗透着作者思国望乡的痛苦和对入侵清军官兵的仇恨。

【注释】

　　①白榆关:即山海关,亦称榆关、渝关。在今河北省秦皇岛市。　　芦叶:亦称芦笛、芦箫。

　　②长安:故址在今陕西西安市西北。自秦至唐多建都于此,故后人亦以长

安作为都城的通称。此指明都北京。

③内家人:指宫女。前蜀·李珣《浣溪沙》词:"风流学得内家妆,小钗横戴一枝芳。"

④《汉宫春》:词调名。

⑤桑干:水名。源出山西省桑干山,流经河北省及北京郊外。

⑥十三陵：明代十三个皇帝陵墓的总称。在今北京市昌平区北的天寿山中。分别为成祖永乐长陵、仁宗洪熙献陵、宣宗宣德景陵、英宗正统裕陵、宪宗成化茂陵、孝宗弘治泰陵、武宗正德康陵、世宗嘉靖永陵、穆宗隆庆昭陵、神宗万历定陵、光宗泰昌庆陵、熹宗天启德陵和怀宗崇祯思陵。

长 相 思

吴山东,越山东①,山外江潮一派通。烟波隔万重。　　来匆匆,去匆匆,夜半星光夜半风。相逢如梦中。

【说明】

此词以山水相隔的遥远和匆匆欢聚的不易,衬托出一对恋人的相思之苦及对爱情的忠贞。意境开阔优美,情感纯真诚挚。

【注释】

①吴山、越山:吴山亦称胥山,在浙江杭州市西湖东南。春秋时为吴国南界。延至南邻越国境内的山,即称越山。

计南阳

计南阳(生卒年不详),字子山。江南华亭(今上海市松江区)人。明末诸生。著有《江枫草》。

花　非　花

同心花①,合欢树②。四更风,五更雨。画眉山上鹧鸪啼③,画眉山下郎行去。

【说明】

作者以风雨中的同心花、合欢树作比,喻男女爱情的不幸。"鹧鸪啼""郎行去"二句,更寓有"当年只恨传金缕,何必相逢成别苦"(计南阳《玉楼春·闺思》词)的哀怨。全词语言隽永晓畅,具有浓厚的民歌色彩。

【注释】

①同心花:花名。南朝陈·江总《秋日新宠美人应令诗》:"愿并迎春比翼燕,常作照日同心花。"后以此花喻男女情投意合。

②合欢树:落叶乔木,叶繁而成镰状,夜则成对相合。夏季开花,淡红色。古人常以合欢相赠,认为可以消怨合好。

③画眉山:山名。在今浙江省平阳县南雁荡山顺溪之西。因其山峰尖利似笔,故亦称为画眉尖峰。　鹧鸪啼:人谓鹧鸪鸣叫,声似"行不得也哥哥"。

魏允楠

魏允楠(生卒年不详),字交让。嘉善(今属浙江)人。明末诸生。生平事迹不详。

金 明 池

金陵怀古

燕子矶边,凤凰山上①,又是狂风骤雨。金砌玉阶何处问②,尽燕麦兔葵满路③。问秦淮、桂楫兰桡④,却只见、衰草垂垂将暮⑤。叹绛阙蛛萦⑥,纱窗尘积,一任晚鸦来去。　　想王谢风流何处⑦?便紫燕黄莺,一时无主。看当日、词臣狎客⑧,空剩得、白杨粪土。最伤心、景物三春⑨,教苑里蛙声,公私相诉。但渡口寒烟,亭中皓月,兀自依依芳树⑩。

【说明】

这首词的上片写故都南京失陷后、野草丛生、蛛丝萦阙、门窗尘积、乌鸦来去的荒芜景象;下片以东晋王、谢等豪门世族的败落史实,比喻当今帝王朝臣的腐败淫靡。故国之思、亡国之痛寄寓怀古之中。

【注释】

①燕子矶:矶名。见本书朱一是《二郎神·岷峨万里》注①。　　凤凰山:在今江苏省江宁县境内。

②金砌玉阶:形容宫殿的奢华。

③燕麦兔葵:亦作兔葵、燕麦,系两种野草名。唐·刘禹锡《再游玄都观》诗"并引":"重游玄都观,荡然无复一树,唯兔葵燕麦动摇于春风耳。"

④秦淮:即秦淮河。　　桂楫兰桡:以桂木和木兰制成的船桨,亦借指华美的游船。萧纲(梁简文帝)《采莲曲》:"桂楫兰桡浮碧水,江花玉面两相似。"

⑤垂垂：渐渐，一点一点地。宋·苏轼《陌上花》诗之一："遗民几度垂垂老，游女长歌缓缓归。"

　　⑥绛阙蛛萦：宫殿的门阙被蜘蛛所结的丝网攀绕着。

　　⑦王谢：东晋时王、谢二姓世为望族，故常并称。唐·刘禹锡《乌衣巷》诗："旧时王谢堂前燕，飞入寻常百姓家。"

　　⑧狎客：亲昵而又经常共同游宴的人。《南史·陈本纪下》：陈后主愈骄，"常使张贵妃、孔贵人等八人夹坐，江总、孔范等十人预宴，号曰'狎客'。"

　　⑨三春：指春季的三个月，或春季的第三个月。

　　⑩兀自：还，尚，仍然。朱秋娘《采桑子》词："梅子青青又带黄，兀自未归来。"　　依依：恋恋不舍。汉·苏武《诗四首》之二："胡马失其群，思心常依依。"

彭孙贻

彭孙贻(1615—1673),字仲谋,一字羿仁,号茗斋。海盐(今属浙江)人。明末贡生。终生不仕。长于诗文词,工画山水墨兰。著有《茗斋集》《彭氏旧闻录》等。

满 江 红

次文山和王昭仪韵①。昭仪"嫦娥相顾肯从容,随圆缺"句,须于"相顾"处略读断,原是决绝语,不是商量语。文山惜之,似误。然文山所和二结句,又高出昭仪上。读之悲感,敬步二阕。(录其一)

曾侍昭阳②,回眸处、六宫无色③。惊鼙鼓,渔阳尘起,琼花离阙④。行在猿啼铃断续⑤,深宫燕去风翻侧。只钱塘、早晚两潮来,无休歇。　　天子气,宫云灭。天宝事,宫娥说⑥。恨当时不饮,月氏王血⑦。宁坠绿珠楼下井⑧,休看青冢原头月⑨。愿思归,望帝早南还⑩,刀环缺⑪。

【说明】

作者在词中借用有关古代史实喻明朝的灭亡,并寄寓自己国破家亡的哀痛,及誓不屈服于清朝统治者的决心。词句深沉含蓄,悲切感人。

附宋·王昭仪(王清惠)《满江红》词:

太液芙蓉,浑不似、旧时颜色。曾记得,春风雨露,玉楼金阙。名播兰簪妃后里,晕潮莲脸君王侧。忽一声、鼙鼓揭天来,繁华歇。

龙虎散,风云灭。千古恨,凭谁说?对山河百二,泪盈襟血。客馆夜惊尘土梦,宫车晓碾关山月。问嫦娥,相顾肯从容,随圆缺。

南宋文天祥《满江红·和王夫人韵》结句为"笑乐昌,一段好风流,菱花缺";其《满江红·代王夫人作》结句为"算妾身,不愿似天家,金瓯缺"。

【注释】

①文山:南宋民族英雄文天祥,字宋瑞,号文山。　　王昭仪:指南宋王清惠。昭仪,为古代宫中女官名。清·徐釚《词苑丛谈·纪事一》载:南宋德祐二年(1276),元兵攻入杭州,宋朝谢、全两后以下皆赴北。有王昭仪名清惠者,题《满江红》于驿壁。词的结句为"愿嫦娥相顾肯从容,随圆缺"。文天祥读至此结句时,叹曰:"惜哉,夫人于此少商量矣!"

②昭阳:汉时宫殿名。后常以昭阳宫指后妃所居之处。

③"回眸处"二句:系化用白居易《长恨歌》"回眸一笑百媚生,六宫粉黛无颜色"的诗句。　　眸(móu):眼珠。亦指眼睛。

④"惊鼙鼓"三句:白居易《长恨歌》:"渔阳鼙鼓动地来,惊破霓裳羽衣曲。"渔阳尘起:指唐天宝十四年(755)安禄山、史思明发动的叛乱。渔阳,唐郡名。相当于现今北京市平谷区、天津市蓟县等地。　　琼花:珍异的花木名。此喻被元兵掳去北行的南宋后妃。

⑤行在:旧称帝王行幸时所至之处为行在。

⑥"天宝事"二句:典出唐·元稹《行宫》诗:"白头宫女在,闲坐说玄宗。"天宝:唐玄宗李隆基的年号(742—756)。

⑦月氏(zhī):亦作"月支",古代西域部族名。此借指侵略南宋的元军。

⑧绿珠:《晋书·石崇传》云:绿珠为石崇爱姬。赵王司马伦专权,其嬖臣孙秀向石崇索要绿珠,石崇不许。孙秀劝司马伦捕杀石崇,绿珠为此跳楼自杀。

⑨青冢:指汉代王昭君的墓。在今内蒙古自治区呼和浩特市南。相传冢上草色常青,故称青冢。

⑩望帝:汉·扬雄《蜀王本纪》:有一男子名杜宇,自立为蜀王,号称望帝。

⑪刀环缺:指不得返国。刀环,《汉书·李广苏建传》载:"(任)立政等见(李)陵,未得私语,即日视(李)陵,而数数自循其刀环,握其足,阴谕之,言可还归汉也。"环与"还"同音。

水调歌头

吴山怀古①

吴越几争斗②,不改此江山。钱塘昔日西渡,风雪过江寒。回首宋家宫阙，试问万松何处[3]，荒草有无间。落日牛羊道，虎迹自斑斑。

兴亡事，芦叶岸，白鸥闲。英雄多少衣锦[4]，大树已摧残。三折云峰尽处[5]，七里滩头钓客[6]，自在一渔竿。笑煞风波子[7]，日日弄潮还[8]。

【说明】

吴山在今杭州市境内。此词借与此地有关的吴越争斗、越王句践率军渡钱塘江灭吴国等典型史实，抒发江山犹是而人事皆非的亡国之痛，并表明自己坚贞不屈、绝不仕清的高尚情操。结尾"笑煞风波子，日日弄潮还"二句，是对逐名争利、失守变节者的极大鄙视和嘲讽。

【注释】

①吴山：山名。在今浙江杭州市西湖东南。春秋时为吴国南界，故称吴山。南宋初，金主完颜亮大举南侵。其所作《吴山》诗，其中有"提兵百万西湖上，立马吴山第一峰"之句。

②吴越：指春秋时吴国和越国，在今江浙一带。两国为邻，但世为仇敌，经常争战。

③万松：即万松岭。在今杭州市东凤山门外。旧时岭上松树甚多。唐·白居易《夜归》诗"万株松树青山上"即咏此岭。

④衣锦：穿着锦绣衣服。多喻显贵。

⑤云峰：高耸入云的山峰。

⑥七里滩：亦称七里濑、富春渚等。在今浙江省桐庐县严陵山西，是东汉著名隐士严光隐居垂钓的地方。

⑦风波子：犹言风波之民，即易变之人。此指没有气节的人。

⑧弄潮：指泅水为戏或驾舟竞渡等。此处喻指趋炎附势、追名逐利等活动。

西　河

金陵怀古，次美成韵[1]

龙虎地，繁华六代犹记。红衣落尽[2]，只洲前、一双鹭起。秦淮日夜向东流，澄江如练无际[3]。　　白门外，枯杙倚[4]。楼船朽橛难系[5]。

石头城坏⑥,有燕子衔泥故垒。倡家犹唱《后庭花》⑦,清商《子夜》流水⑧。　　卖花声过春满市。闹红楼⑨、烟月千里。春色岂关人世,任野棠无主,流莺成对,衔入临春故宫里。

附周邦彦《西河·金陵》词:

佳丽地,南朝盛事谁记?山围故国绕清江,髻鬟对起。怒涛寂寞打孤城,风樯遥度天际。　　断崖树,犹倒倚,莫愁艇子曾系。空馀旧迹郁苍苍,雾沉半垒。夜深月过女墙来,伤心东望淮水。　　酒旗戏鼓甚处市?想依稀、王谢邻里。燕子不知何世,入寻常巷陌人家,相对如说兴亡,斜阳里。

【说明】

此为三叠慢词。上片写金陵昔日的繁华和当今的败落;中片用"枯杙""朽橛""城坏""故垒"等词,进一步突出金陵王气黯然销尽的衰败景象和不知亡国恨的人们;下片写明朝故宫的荒凉。通篇借怀古而倾吐深沉的家国之痛,凄楚苍凉。

【注释】

①金陵:即今江苏南京市。　　次韵:与他人和诗并依原诗词用韵的次序,称"次韵"。　　美成:宋代著名婉约派词作家周邦彦,字美成。曾作词《西河·佳丽地》。

②红衣:指荷花。唐·羊士谔《郡中即事三首》之二:"红衣落尽暗香残,叶上秋光白露寒。"

③练:白色的熟绢。此形容江水。南朝齐·谢朓《晚登三山还望京邑》诗:"馀霞散成绮,澄江静如练。"

④白门:六朝时,称都城建康(今南京市)的西门为白门。　　杙(yì):木桩。

⑤楼船:有叠层的大船。多指战船。唐·刘禹锡《西塞山怀古》诗:"西晋楼船下益州,金陵王气黯然收。"　　橛(jué):短木桩,木橛子。

⑥石头城:亦称石首城、石城。故址在今南京市西的石头山后。

⑦《后庭花》:原为唐教坊曲名,后为词调名。唐·杜牧《泊秦淮》诗:"商女不知亡国恨,隔江犹唱《后庭花》。"后常指代亡国之音。

⑧子夜:即子夜歌。见本书吴宽《采桑子·纤云尽卷天如水》注②。　　流水:指乐曲高妙。

⑨红楼:红色或华丽的楼房。多指富贵人家妇女所居之处。

叶小鸾

叶小鸾(女,1616—1632),字琼章,一字瑶期。吴江(今属江苏)人。女诗人沈宜修第三女。许嫁昆山(今属江苏)张立平为妻,未婚而卒。勤奋好学,长于诗词,兼善琴棋书画。著有《返生香》一书(又名《疏香阁遗集》)。

南 歌 子

秋 夜

门掩瑶琴静①,窗消画卷闲②。半庭香雾绕阑干。一带淡烟红树,隔楼看。　　云散青天瘦③,风来翠袖寒④。嫦娥眉又小檀弯⑤。照得满阶花影,只难攀。

【说明】

叶小鸾所作《南歌子·秋夜》共两首,此是其中的第一首。上片写瑶琴静、画卷闲的室内环境与雾绕阑干、淡烟红树的庭院景色,下片写青天高远、弯月悬空、花影扶疏的秋夜风光。通篇借景寓情,气韵韶秀,音调和雅。清人陈廷焯评此词曰:"'云散'五字新警。"(《别调集》卷二)

【注释】

①瑶琴:饰以美玉的琴。

②窗消:此指窗户已被疏帘遮挡。消,消失,不见。

③瘦:犹谓夜幕降临,寥廓天空变得狭窄。

④翠袖寒:系化用杜甫《佳人》中的诗句:"天寒翠袖薄,日暮倚修竹。"

⑤嫦娥眉:犹言眉月,即新月。嫦娥,月神名。　檀弯:红亮的弯月。檀,浅红色。

踏莎行

闺　情

意怯花笺,心慵绣谱①,送春总是无情绪。多情芳草带愁来,无情燕子衔春去。　倚遍阑干,斜阳几许。望残山水濛濛处。青山隔断碧天低,依稀想得春归路②。

【说明】

作者以情景相生的手法,将自己的惜春之情融于山水景物的描写之中。词情哀婉,独具特色。后人评其词作曰:"叶小鸾词笔哀艳,不减朱淑真。求诸明代作者,尤不易觏也。"(清·陈廷焯《白雨斋词话》卷三)

【注释】

①"意怯"二句:是说既不愿写诗,又懒得刺绣。花笺:精美的信笺。　绣谱:刺绣用的载有各种花样图案的图谱。

②依稀:仿佛。

疏帘淡月

秋　夜

窗纱欲暮,渐暝色朦胧①,暗迷平楚②。断雁凄凉③,点点远天无数。苍烟染遍西风路。剪江枫、飘红荻浦④。画栏东角,疏帘底畔,徘徊闲伫。　漫赢得、长宵如许⑤。又锦屏香冷,绣帏寒据⑥。满耳秋声,长向树梢来去。萧萧竹响不疑雨。悄窥人、嫦娥寒兔⑦。壁摇灯影,空阶露结,怨虫相语。

【说明】

这首词主要描写秋景、秋思,上片写秋日黄昏户外的景色,下片写秋夜室内个人的感受,意境清旷幽美。后人评此词曰:"黯然欲暮,飒然若秋,虽不相关,正使人不能已已。"(清·顾璟芳等《兰皋明词汇选》卷七)又云:"琼章(叶小鸾字)不欲作艳语,故词格坚浑,无香奁气。"(清·冯金伯《词苑萃编》卷七)

【注释】

①暝色:晦暗之色,夜色。

②平楚:登高远望,见丛林树梢齐如平地,故称平楚。南朝齐·谢朓《宣城郡内登望》诗:"寒城一以眺,平楚正苍然。"

③断雁:失群的雁。

④荻浦:生有荻草的水边。唐·李中《秋雨二首》之二:"竹窗秋睡美,荻浦夜渔寒。"

⑤长宵:长夜。南朝宋·谢惠连《秋怀》诗:"耿介繁虑积,展转长宵半。"
如许:如此,这样。

⑥据:居处。亦作占据解。

⑦嫦娥:亦作姮娥。月神名。汉·刘安《淮南子·览冥训》:"羿请不死之药于西王母,姮娥窃以奔月。"　　寒兔:古代神话言月中有兔。晋·傅玄《拟天问》:"月中何有?白兔捣药。"

许大就

许大就(生卒年不详),字岂凡。江南无锡(今属江苏)人。明末副贡生。入清后不仕。

满 江 红

秋望感旧

极目天涯,斜阳下、暮云凝碧。渺愁予①,残山剩水,沉沙折戟②。鹦鹉芳洲秋水满③,蒹葭南浦霜华白④。卷西风、一阵落苍烟,神鸦黑。　　清溪上,江郎宅⑤;西州路,羊昙客⑥。把风流文采,尽情销歇。欲洗旧愁凭酒盏,青天为我留明月。唤渔翁、一叶破沧浪⑦,横吹笛。

【说明】

这首词为秋日远望、感旧伤怀之作。作者抱遗民之恨,入清不仕。面对残山剩水、草木摇落、白露寒霜的萧瑟秋景,盛衰之叹、亡国之痛油然而生。江郎、羊昙二人典故的运用,表明自己"要把风流文采,尽情销歇"而忠于故国、誓不与清朝统治者合作的决心。结尾处看似闲逸的"唤渔翁"三句,更反衬出词人面对国破家亡的残酷现实心中难言之凄苦。

【注释】

①愁予:使我愁苦。战国楚·屈原《九歌·湘夫人》:"帝子降兮北渚,目眇眇兮愁予。"

②折戟:见本书谢应芳《忆王孙·齐云一炬起红烟》注④。

③鹦鹉芳洲:即鹦鹉洲。见本书吴易《渔家傲·鹦鹉洲头天映水》注①。此借指南京附近的洲渚。

④蒹葭:指水草荻和芦苇。《诗经·秦风·蒹葭》:"蒹葭苍苍,白露为霜。所谓

伊人,在水一方。"

　　⑤江郎:指南朝梁词赋家江淹。因其晚年诗文再无佳句,故有"江郎才尽"之说。

　　⑥"西州路"二句:《晋书·谢安传》载:羊昙系谢安之甥,并为谢安所爱重。谢安去世后,羊昙悲痛万分,长年止乐,行路时亦不愿经过谢安曾经居住过的西州路。一次大醉,不觉至州门,随从之人提醒他,这是西州门。羊昙悲感不已,以马鞭叩门扉,诵曹子建诗"生存华屋处,零落归山丘",恸哭而去。

　　⑦一叶:指小舟、小船。唐·雍陶《峡中行》诗:"两崖开尽水回环,一叶才通石罅间。"

余 怀

余怀（1617—?），字澹心，一字无怀，号曼翁，又号曼持老人。莆田（今属福建）人。后寓居江宁，晚年隐居吴门。长于诗词。其词深受吴伟业、龚鼎孳等人称赏。著有《味外轩文稿》《板桥杂记》《玉琴斋词》等。

桂 枝 香

和王介甫①

江山依旧，怪卷地西风，忽然吹透。只有上阳白发②，江南红豆③。繁华往事空流水，最飘零酒狂诗瘦④。六朝花鸟⑤，五湖烟月，几人消受？　问千古英雄谁又。况霸业销沉，故园倾覆。四十馀年，收拾舞衫歌袖。莫愁艇子桓伊笛⑥，正落叶乌啼时候。草堂人倦，画屏斜倚，盈盈清昼。

【说明】

明亡后，作者曾写《感遇词》六首。他在序言中说："白香山云'四十九年身在日，一百五夜月明天。'苏子瞻云：'嗟我与君同丙子，四十九年穷不死。'余今年四十九，身既老矣，穷犹未死。追想生平，六朝如梦。每爱宋诸公词，倚而和之，聊进一杯。正山谷（宋·黄庭坚号）所云'坐来声喷霜竹也'。"此词是其中之一。怀古伤今，寄托家国之痛。

【注释】

①王介甫：北宋名臣、诗词家王安石，字介甫。其词作《桂枝香·登临送目》享誉词坛近千年。

②上阳：即上阳宫。故址在今河南省洛阳市。唐高宗时建。白居易《上阳白发人》诗："上阳人，上阳人，红颜暗老白发新。"

③红豆：相思树所结的子。古人多以此喻爱情或相思。唐·王维《相思》诗

"红豆生南国,春来发几枝。愿君多采撷,此物最相思。"

④酒狂诗瘦:作者自指。酒狂,因酒而狂放。唐·白居易《闲处觅春》诗:"迎春日日添诗思,送老时时放酒狂。"诗瘦,因赋诗苦吟而瘦损身体。唐·李白《戏赠杜甫》诗:"借问别来太瘦生,总为从前作诗苦。"

⑤六朝:见本书朱一是《二郎神·岷峨万里》注⑤。

⑥莫愁:即莫愁湖。见本书张红桥《念奴娇·凤凰山下》注⑦。　　桓伊:《晋书·桓宣传》云:"(桓伊)善音乐,尽一时之妙,为江左第一。有蔡邕柯亭笛,常自吹之。"

浣 溪 沙

芜城感旧次韵①

燕子衔春入画桡②,蜀冈杨柳拂西桥③。隋家宫殿已烟销。
绿酒细斟人脉脉④,红帘吹送影迢迢⑤。莫愁双桨带江潮⑥。

【说明】

此词为作者晚年隐居吴门(今属江苏)时所作。上片写春光媚景,燕子衔春入船,翠柳飘荡随风,而昔日隋朝广陵城的宫殿却荒芜败落;下片感旧怀人,写当年绿酒细斟、脉脉含情的情侣,及其荡船而去的离别情景。通篇清丽俊逸。"衔春"二字精警生色。后人评余怀词曰:"澹心余子,惊才绝艳,吐气若兰,而搁管题词,真搴淮海(秦观)之旗、夺小山(晏几道)之篝。"(清·沈雄《古今词话》)

【注释】

①芜城:南朝宋·鲍照《芜城赋》,描写广陵(今江苏扬州)昔日的殷富繁华及兵乱后的荒芜衰败。故后人常以芜城代指扬州。

②画桡(ráo):指装饰华丽的游船。桡,船桨,亦常借指船。

③蜀冈:山名。在今江苏省江都市西北。相传因地脉通蜀,故称蜀冈。

④脉脉:情意深厚含蓄、相视不语的样子。

⑤迢迢:遥远的样子。

⑥莫愁:代指作者所爱慕的女子。见本书张红桥《念奴娇·凤凰山下》注⑦。

念 奴 娇

和苏子瞻①

狂奴故态②,卧东山、白眼看他世上③。老子一生贫彻骨,不学黔娄模样④。醉倒金尊,笑呼银汉⑤,自命风骚将⑥。楼高百尺,峨嵋堪作屏障。　　追想五十年前,文章意气,尽淋漓悲壮。一自金铜辞汉后⑦,曾共楚囚相向⑧。司马青衫,内家红袖⑨,此地空惆怅。花奴打鼓⑩,声声唤醒瑜亮⑪。

【说明】

　　此为作者《感遇词》六首之一。上片以"白眼看人""醉倒金尊""笑呼银汉""自命风骚将"等典型镜头和贴切的典故,表现威武不能屈、贫贱不能移的傲骨正气;下片追忆五十年前遭逢明末离乱,历尽沧桑巨变的艰难和国破家亡的哀痛。因多以典故出之,情感更加深沉含蓄。

【注释】

　　①苏子瞻:北宋著名文学家、诗词家苏轼,字子瞻。其词作《念奴娇·赤壁怀古》享誉词坛近千年。

　　②狂奴故态:《后汉书·严光传》云:严光少与后来的汉光武帝刘秀同游学。及光武帝即位,便改变名姓,隐身不见。光武帝思其贤,屡召之而不赴。光武帝言其"狂奴故态"。

　　③白眼:《晋书·阮籍传》:"(阮)籍又能青白眼。见礼俗之士,以白眼对之。"后多以此表示厌恶鄙视。

　　④黔娄:战国时隐士。家贫不求仕进。汉·刘向《古列女传·黔娄妻》云:其死时,"覆以布被,手足不尽敛,覆头则足见,覆足则头见。"

　　⑤银汉:银河。亦称天河。

　　⑥风骚:此指诗文。唐·高适《同崔员外綦毋拾遗九日宴京兆府李士曹》诗:"晚晴催翰墨,秋兴引风骚。"

　　⑦金铜辞汉:唐·李贺《金铜仙人辞汉歌·序》云:"魏明帝青龙元年八月,诏

宫官牵车西取汉孝武捧露盘仙人。……宫官既拆盘,仙人临载,乃潸然泪下。"

⑧楚囚相向:《晋书·王导传》:"惟(王)导愀然变色曰:'当共戮力王室,克复神州,何至作楚囚相对泣邪!'众收泪而谢之。"楚囚,指被俘的楚国人。《春秋左传·成公九年》:"有司对曰:'郑人所献楚囚也。'"亦指处境窘迫的人。

⑨司马青衫:亦作青衫司马,指唐朝诗人白居易。见本书李东阳《满庭芳·黄叶萧萧》注⑤。　内家:指宫女。

⑩花奴:唐玄宗时,汝南王李进小名称花奴,善击羯鼓。

⑪瑜亮:指三国时名臣周瑜和诸葛亮。

沁 园 春

和刘后村①

老去悲秋,菊蕊盈头,竹叶盈杯②。正洞庭木落③,宫莺乍别;楚天云净,旅雁初回。天许闲人,人寻韵事,高筑栽花十丈台。催租吏,纵咆哮如虎,如我何哉!　　东篱更葺茅斋④。邺架上、藏书万卷堆⑤。叹年将半百,须髯如戟⑥;运逢百六⑦,心事成灰。莫话封侯,休言献策,只劝先生归去来。平生恨,恨相如太白,未是奇才⑧。

【说明】

此词是作者《感遇词》六首之一,是与南宋辛派词人刘克庄《沁园春·梦孚若》相和的词作。词中秋景和环境的描写,更衬托出词人隐居生活的孤寂及壮志难酬的苦闷,一定程度上反映了明末爱国文人的生活状况。

【注释】

①刘后村:南宋词人刘克庄,号后村居士。其词作《沁园春·梦孚若》享誉词坛数百年。

②竹叶:酒名,即竹叶青。唐·刘禹锡《忆江南》词:"犹有桃花流水上,无辞竹叶醉尊前。"

③洞庭木落:系化用屈原《九歌·湘夫人》中"袅袅兮秋风,洞庭波兮木叶下"的诗句。

④葺(qì):补治,修理。

⑤邺架:唐朝李泌官至宰相,封邺县侯,家富藏书。唐·韩愈《送诸葛觉往随州读书》诗:"邺侯家多书,插架三万轴。"故后世称人藏书丰富为邺架。

⑥戟(jǐ):古代一种能直刺、横击的兵器。此处形容胡须。

⑦百六:古代术数家以四千六百一十七年为一元,元朝入主中国的一百零六年内有旱灾九年,称阳九。故有百六、阳九为厄运之说。《汉书·谷永传》:"陛下承八世之功业,当阳数之标季,遭无妄之卦运,直(值)百六之灾厄,三难异科,杂焉同会。"

⑧"恨相如"二句:指西汉司马相如及唐朝李白虽负文名,但缺乏治国安邦的才能。

摸 鱼 儿

和辛幼安①

最伤情,落花飞絮,牵惹春光不住②。佳人缥缈朱楼下,一曲清歌何处?莺无语,谁传道,桃花人面《黄金缕》③。霍王小女④。恨芳草王孙,书生薄幸,空写断肠句⑤。　　江南好,茂苑繁华如故,画船多少箫鼓。吴宫花草随风雨,更有千门万户。苏台暮⑥。君不见,夷光少伯皆尘土⑦。斜阳无主。看鸥鸟忘机⑧,飞来飞去,只在烟深处。

【说明】

此词为作者《感遇词》六首之一。上片惜春怀故,叹惜人生,落花飞絮的暮春时节,眷念往昔的朱楼佳人、桃花人面、霍王小女;下片怀古伤时,感叹盛衰。吴国苑囿宫殿荒芜冷落,范蠡、西施化为尘土。结尾"看鸥鸟忘机,飞来飞去,只在烟深处",是对脱俗隐逸生活的向往。

【注释】

①辛幼安:南宋辛弃疾,字幼安,号稼轩。其词作《摸鱼儿·更能消几番风雨》系辛词代表作之一,享誉词坛数百年。

②牵惹:招引,挽住。宋·李弥逊《次韵张嵇中侍郎》诗:"重追一笑欢,百忧

罢牵惹。"

③桃花人面：唐·崔护《题都城南庄》诗："去年今日此门中，人面桃花相映红。" 　《黄金缕》：词调名。本名《鹊踏枝》，亦称《蝶恋花》等。

④霍王小女：指唐时妓女霍小玉。唐·蒋防《霍小玉传》云：霍王小女，字小玉。姿质秾艳，高情逸态，通晓诗书，兼善音乐。

⑤"恨芳草"三句：唐·蒋防《霍小玉传》云：陇西进士李益援笔成章，引谕山河，指诚日月，句句恳切，与霍小玉订立盟约。但不久，却将霍小玉遗弃而另结新欢。王孙：贵公子。 　薄幸：薄情。

⑥苏台：即姑苏台，又称胥台。在吴县（今江苏苏州）西南姑苏山上。相传为春秋时吴王阖闾或夫差所建。

⑦夷光：指春秋时越国美女西施，名夷光。范蠡将其献与吴王夫差。越灭吴后，西施随范蠡泛游五湖而去。 　少伯：指范蠡，字少伯。越国大夫，曾辅佐越王句践刻苦图强，灭掉吴国。

⑧忘机：与世无争，自甘恬淡。

王夫之

　　王夫之(1619—1692)，字而农，号姜斋。衡阳(今属湖南)人。崇祯十五年(1642)举人。南明桂王时官行人。明亡后，归居衡阳石船山，专力著述，学者称为船山先生。学识渊博，通经史，善诗文。著有《船山遗书》等。

青 玉 案

忆　旧

　　桃花春水湘江渡。纵一艇，迢迢去①，落日赪光摇远浦②。风中飞絮，云边归雁，尽指天涯路。　　故人知我年华暮，唱彻灞陵回首句③。花落风狂春不住。如今更老，佳期逾杳，谁倩啼鹃诉④？

【说明】
　　作者曾前往桂林依南明永历帝朱由榔力图恢复大明，因事不成，遂浪迹郴州、永州、邵阳等地，最后归居湖南衡阳石船山。此词即追忆自己由湘江渡口乘艇回衡阳时的情景，及故人相送时的惜别之情。如今复明无望，人亦更老，亡国之痛只能寄寓词中。

【注释】
　　①迢迢：遥远的样子。
　　②赪(chēng)光：红光，红霞。赪，赤色。南朝齐·谢朓《望三湖》诗："积水照赪霞，高台望归翼。"
　　③灞陵：亦作霸陵，在今陕西西安市东。附近有灞桥，古人送客至此桥即折柳赠别。
　　④倩：请。

更 漏 子

本 意

斜月横,疏星炯①,不道秋宵真永②。声缓缓,滴泠泠③,双眸未易扃④。　　霜叶坠,幽虫絮⑤,薄酒何曾得醉? 天下事,少年心⑥,分明点点深。

【说明】

唐五代时期,很多词调就是词的题目,如《女冠子》即咏女道士,《虞美人》即咏虞姬。这首词题称为"本意",即循旧例将词调作为词题。这首词通过秋夜景色的描写,寄托自己的家国之思。意境冷寂凄凉,气格刚健劲直。

【注释】

①炯(jiǒng):明亮。

②不道:不料,想不到。　永:长,漫长,远。唐·骆宾王《别李峤得胜字》诗:"寒更承永夜,凉景向秋澄。"

③泠泠(líng líng):形容声音清脆。

④扃(jiōng):关闭。犹"合"。

⑤絮:絮聒。

⑥少年心:指雄心壮志,爱国报国之心。

玉 楼 春

白 莲

娟娟片月涵秋影①,低照银塘光不定。绿云冉冉粉初匀②,玉露泠泠香自省③。　　荻花风起秋波冷,独拥檀心窥晓镜④。他时欲与问归魂,水碧天空清夜永。

此词为王夫之晚年所作。白莲,即白色荷花。莲为花中君子,出于污泥而不染,溢清香于泽流,芳姿婀娜,资质高洁,因此古人常以荷花为高尚纯洁的象征。南明亡后,作者誓不仕清,深居山中四十馀年,著书立说百馀种。其故国之思生死不忘,坚贞高洁终生不移。故词中咏的是白莲,实为作者自况。

【注释】

①娟娟:清丽美好的样子。唐·杜甫《寄韩谏议》诗:"美人娟娟隔秋水,濯足洞庭望八荒。" 涵:沉浸。

②绿云:绿叶茂盛之状。唐·白居易《云居寺孤桐》诗:"一株青玉立,千叶绿云委。" 冉冉:此指荷叶柔美低垂的样子。

③玉露泠泠:此处指白莲花上清冷欲滴、晶莹透明的露水。

④檀心:浅红色的花心。 晓镜:指清澈如镜的水面。

蝶 恋 花

衰 柳

为问西风因底怨①,百转千回,苦要情丝断②。叶叶飘零都不管,回塘早似天涯远③。 阵阵寒鸦飞影乱,总趁斜阳,谁肯还留恋?梦里鹅黄拖锦线④,春光难借寒蝉唤。

【说明】

词的上片写秋风摧残下衰柳枝条断折、树叶飘零的景象,下片写栖柳寒鸦纷纷离去和柳色春光难再的感叹。作者借咏衰柳,寄寓亡国之痛与复国无望的哀伤。

【注释】

①底:何。唐·杜荀鹤《钓叟》诗:"渠将底物为诱饵,一度抬竿一箇鱼。"

②苦要:偏要,竭力要。

③回塘:堤岸回曲的池塘。唐·温庭筠《商山早行》诗:"因思杜陵梦,凫雁满回塘。"

④鹅黄:淡黄色。　　　锦线:形容柳丝之美。

风　流　子

自　笑

老夫无藉处,问今古更有几人知? 把红霞揉碎,挼成火枣①;玉露团合,酿就冰梨。饱餐罢,擎篮盛夜色②,添炭煮冰澌③。一掐中天,星随指落,还从残腊,花促春归。　　秋风落叶里,扪碧霄④,敲响玻璃⑤。大笑天翁白雀⑥,输我偷骑。金弹惊开,幽窗啼鸟;玉笙唤起,茅店荒鸡⑦。且殷勤属望,绝调锺期⑧。

【说明】

南明灭亡后,作者窜伏穷山,漂泊无定,甚至一岁数迁其居。此词即以丰富的想象、浪漫含蓄的文笔再现了作者流寓他乡的贫穷生活状况和知音难遇的孤寂苦闷的心情。"自笑"的深处凝聚着无限的哀痛。

【注释】

①挼(ruó):揉搓。唐·韩愈《咏雪赠张籍》诗:"片片匀如剪,纷纷碎若挼。"

②擎:举。此指提。

③冰澌:冰水。澌,解冻时流动的水。

④碧霄:青空,天空。唐·刘禹锡《秋词二首》之一:"晴空一鹤排云上,便引诗情上碧霄。"

⑤玻璃:此处形容天空。

⑥天翁:即天公。

⑦茅店荒鸡:系化用唐·温庭筠《商山早行》中的诗句:"鸡声茅店月,人迹板桥霜。"此处意谓起大早独行。茅店,简陋的旅店。荒鸡,古时指夜间三鼓前便鸣叫的鸡。宋·苏轼《召还至都门先寄子由》诗:"荒鸡号月未三更,客梦还家得俄顷。"

⑧锺期:亦作钟子期。春秋时楚人。伯牙鼓琴,无论意在高山或意在流水,锺子期皆能听而知之。锺子期死后,伯牙破琴绝弦,终生不复鼓琴,因为世间再

无知音者。

惜馀春慢

本　意

　　似惜花娇,如怜柳懒,前月峭寒深护①。从今追数,雨雨风风,总是被他轻误。便与挥手东风,闲愁抛向,绿阴深处。也应念,曲岸数枝新柳,不禁飞絮。　　争遣不烧烛留欢,暗邀花住②?坐待啼莺催曙③。怕燕子归来,定巢栖稳,不解商量细语。未拟攀留长久,乍雨乍晴,由来无据。待荷珠露满④,梅丸黄熟⑤,任伊归去⑥。

【说明】
　　这首词的题目亦为"惜馀春",故题"本意"。风雨相催,落花飞絮,到处是暮春景象;小荷初露,梅子黄熟,又是初夏风光。春归夏临之际,作者借写景来抒发"长恨春归无觅处"(唐·白居易《大林寺桃花》)的惋惜、惆怅情怀。近人叶恭绰评此词曰:"宛转关情,心灰肠断。"(《广箧中词》一)

【注释】
　　①峭寒:严寒。多指春寒。峭,急,尖利。唐·孟郊《秋怀》诗:"冷露滴梦破,峭风梳骨寒。"
　　②"争遣"二句:典出宋·苏轼《海棠》诗:"只恐夜深花睡去,故烧高烛照红妆。"争遣:怎么能使。欢:欢喜,欢乐。
　　③莺:亦称黄鹂、黄鸟等。多栖息于高树或林地,清晨觅食,鸣声清脆婉转,故曰"啼莺催曙"。
　　④荷珠:指荷叶上的露水。
　　⑤梅丸:即梅子。梅为落叶乔木,早春开花,立夏后,果实成熟而色黄,故亦称黄梅。
　　⑥伊:它。此指春光。

烛影摇红

九月十九日①

瑞霭金台②,琼枝光射龙楼雪③。群仙笑指九阊开④,朱凤翔丹穴⑤。云暗雁风高揭⑥,向海屋重标珠阙⑦。彩鹓飞舞⑧,日暖霜轻,小春佳节⑨。　迢递谁知⑩,碧鸡影里催啼鴂⑪。骖鸾不待玉京游⑫,难挽瑶池辙⑬。《黄竹》歌声悲咽⑭。望翠霭双鸳翼折⑮。金茎露冷⑯,几处啼乌,桥山夜月⑰。

【说明】

1646 年清军攻破福州,南明唐王朱聿键被杀。桂王朱由榔即位于广东肇庆,改元永历。至 1662 年朱由榔被吴三桂杀害,南明彻底灭亡。此词便是哀悼南明永历帝的词作。词中借用了很多与神话传说有关的典故,再现了南明最后一个皇帝朱由榔的兴亡过程。全词虚无缥缈,婉转含蓄。作者的孤忠、孤愤亦流露其中。

【注释】

①九月十九日:是南明桂王朱由榔的诞辰日。

②瑞霭:祥瑞的云气。　金台:黄金所筑的台。北魏·郦道元《水经注·河水》:"上有金台玉阙,亦元气之所合,天帝君所治处也。"此指南明的殿阁楼台。

③龙楼:指帝王宫阙。南唐·李煜《破阵子·四十年来家国》词:"凤阁龙楼连霄汉,玉树琼枝作烟萝。"

④九阊:犹言九门。神话传说中的九道天门。古制,天子所居有九门,故亦指皇宫。

⑤丹穴:山名。《山海经·南山经》:"又东五百里曰丹穴之山……有鸟焉,其状如鸡,五彩而文,名曰凤皇。"

⑥雁风:秋风。秋季大雁南飞,故称。　高揭:高高掀起。

⑦海屋:海上仙屋。唐·卢照邻《于时春也,慨然有江湖之思,寄赠柳九陇》诗:"海屋银为栋,云车电作鞭。"　珠阙:以珠宝为饰的宫殿。

⑧彩鹓:亦名鹓雏。传说中的神鸟。《庄子·秋水篇》:"南方有鸟,其名曰鹓雏。……发于南海而飞于北海,非梧桐不止,非练实不食,非醴泉不饮。"

⑨小春:农历十月,也称小阳春。意谓十月不寒,有如初春。宋·陆游《闲居初冬作》诗:"东窗换纸明初日,南圃移花及小春。"

⑩迢递:遥远的样子,很高的样子。此处为遥远之意。唐·王勃《春思赋》:"帝乡迢递关河里,神皋欲暮风烟起。"

⑪碧鸡:山名,在今云南昆明市西。苍崖碧水,景色奇观。

⑫骖鸾:乘鸾。南朝梁·江淹《别赋》:"驾鹤上汉,骖鸾腾天。"　　玉京:天上宫殿名。道家称天上有黄金阙、白玉京,为天帝所居。亦指帝都。

⑬瑶池:神话传说中神仙居住的地方。《穆天子传》卷三:"天子觞西王母于瑶池之上。"

⑭《黄竹》:古诗篇名。《穆天子传》卷五:"日中大寒,北风雨雪,有冻人。天子作诗三章以哀民,词曰'我徂黄竹'。"

⑮翠甍(méng)双鸳:形似鸳鸯的绿瓦。甍,栋梁,屋脊。

⑯金茎:铜柱,用以擎承露盘。唐·杜甫《秋兴八首》之五:"蓬莱宫阙对南山,承露金茎霄汉间。"

⑰桥山:山名。在今陕西省黄陵县西北。相传山上有黄帝陵墓。《史记·五帝本纪》:"黄帝崩,葬桥山。"

绮 罗 香

读《邵康节遗事》①,属纩之际②,闻户外人语,惊问所语云何?且云:"我道复了幽州。"声息如丝,俄顷逝矣。有感而作。

流水平桥,一声杜宇③,早怕洛阳春暮。杨柳梧桐,旧梦了无寻处④。拼午醉、日转花梢,甚夜阑⑤、风吹芳树。到更残、月落西峰,泠然蝴蝶忘归路⑥。　　关心一丝别挂,欲挽银河水⑦,仙槎遥渡⑧。万里闲愁,长怨迷离烟雾。任老眼、月窟幽寻⑨,更无人、花前低诉。君知否?雁字云沉,难写伤心句!

【说明】

邵雍生活在北宋后期,当时幽州(古代多指河北北部一带)为辽国侵占,故其临终时尚云:"我道复了幽州。"念念不忘失地的恢复。作者感于此事,以词寄寓自己的故国之思、亡国之痛。近人叶恭

绰评此词云:"缠绵往复,忠厚之遗。"(《广箧中词》一)

【注释】

①邵康节:即北宋哲学家邵雍,字尧夫,谥康节。曾隐居共城(今河南省辉县西北)苏门山百源之上,故后人亦称百源先生。后居河南洛阳,为居所取名安乐窝,自号安乐先生,与司马光、吕公著等交流甚密。

②属纩:人将死时,将丝绵放其口鼻上,以验有无气息。后称病重将死为属纩。《礼记·丧大记》云:"疾病,……男女改服,属纩以俟绝气。"纩,新丝绵。

③杜宇:杜鹃鸟。见本书贝琼《水龙吟·楚天归雁千行》注⑧。

④了无:完全没有。晋·陶渊明《癸卯十二月中作与从弟敬远》诗:"萧索空宇中,了无一可悦。"

⑤夜阑:夜将尽时。宋·苏轼《临江仙·夜饮东坡醒复醉》:"夜阑风静縠纹平,小舟从此逝,江海寄馀生。"

⑥泠然:冷清的样子。

⑦"欲挽"句:唐·杜甫《洗兵马》诗:"安得壮士挽天河,净洗甲兵长不用。"

⑧仙槎(chá):仙人所乘的竹筏。此句系活用"乘槎"之典,喻邵雍升天。槎,木筏或竹筏。

⑨月窟:犹言月中。

望　梅

忆　旧

如今风味,在东风微劣,片红初坠。早已知疏柳垂丝,绾不住春光①,斜阳烟际。漫倩游丝②,邀取定巢燕子。更空梁泥落,竹影梢空,才栖还起。　　阑干带愁重倚。又蛱蝶粘衣,粉痕深渍。拨不开也似难忘,奈暝色催人③,孤灯结蕊④。梦锁寒帏,数尽题愁锦字⑤。当年酝就万斛⑥,送春残泪。

【说明】

作者以写景抒情、托物寓意的表现手法,写出了这首忆旧词作。上片写片红初坠、春燕难留的春归景象,下片写阑干独倚、寒帏孤灯的忆旧情态。意境凄清冷寂,情感哀婉缠绵。

【注释】

①绾:系,拴缚。

②游丝:蜘蛛、青虫等所吐之丝而又飘于空中者。南朝梁·沈约《三月三日率尔成章》诗:"游丝映空转,高杨拂地垂。"

③暝色:夜色。

④灯结蕊:犹灯花。古人有灯花爆而百事喜的说法。

⑤锦字:书信。见本书杨基《多丽·问莺花》注⑧。

⑥斛(hú):量器名,古代容量单位。原以十斗为一斛,南宋改为五斗。

摸 鱼 儿

辛词烟柳斜阳之句宜其悲也①,乃尤有甚于彼者,复用韵写之。

向西园花飞一片,早已伤心春去。残红落尽更如今,难把流光追数。留不住,征鸿影,黄沙紫塞秦关路②。从谁寄语?道有人独对,雨打梨花,看粘泥飞絮。　　倩流水,欲觅芳踪还误③。津头风雨深妒④。凄凉庾信《江南赋》⑤,难向无情天诉。为楚舞,流不尽、楚歌血溅阴陵土⑥。寸心知苦。望万里荒烟,一蓑渔艇,渺渺无归处。

【说明】

作者以比兴寄托的手法,在这首词中对抗清而捐躯的忠臣义士及军人百姓深表哀悼,同时寄寓了自己家国难投的悲痛。近人叶恭绰曾言:"船山词言皆有物,与并时批风抹露者迥殊,知此方可以言词旨。"(《广箧中词》一)

【注释】

①烟柳斜阳:宋·辛弃疾《摸鱼儿·更能消几番风雨》词中有"休去倚危楼,斜阳正在,烟柳断肠处"的词句。

②紫塞:原指北方边塞。此处指长城。见本书陈儒《念奴娇·天风万里》注⑨。

秦关:秦地的关塞。

③芳踪:此暗喻抗清军民的行踪和所在。

④津头:津渡,渡口。

⑤《江南赋》:北周·庾信所作《哀江南赋》。赋中描述了南朝梁的兴亡过程和百姓的悲惨遭遇以及个人的悲苦身世。

⑥楚歌:楚人之歌。《史记·项羽本纪》:"夜闻汉军四面皆楚歌,项王乃大惊曰:'汉皆已得楚乎?是何楚人之多也!'" 阴陵:汉朝时县名。故址在今安徽省定远县西北,是古代项羽兵败迷道之处。《史记·项羽本纪》:"项王至阴陵,迷失道。问一田父,田父绐曰'左'。左,乃陷大泽中,以故汉追及之。"

摸 鱼 儿

东洲桃浪①

剪中流、白𬞟芳草,燕尾江分南浦。盈盈待学春花靥②,人面年年如故③。留春住,笑几许浮萍,旧梦迷残絮。棠桡无数④。尽泛月莲舒,留仙裙在⑤,载取春归去。   佳丽地,仙院迢遥烟雾。湿香飞上丹户⑥。醮坛珠斗疏灯映⑦,共作一天花雨。君莫诉,君不见,桃根已失江南渡⑧。风狂雨妒。便万点落英,几湾流水,不是避秦路⑨。

【说明】

此调共八首,总题曰"潇湘小八景词",此词是其中的第三首。作者于词序中云:"乙未(南明永历九年,即 1655 年)春,余寓形晋宁山中,……寄调《摸鱼儿》,咏潇湘小八景。"(见《潇湘怨词》)近人叶恭绰评此词云:"故国之思,体兼骚辨。船山词言皆有物,与并时批风抹露者迥殊,知此方可以言词旨。"(《广箧中词》一)

【注释】

①东洲:地名。在今湖南省衡阳市境内。湘江水至此分流洲渚两侧,如燕尾之状。

②盈盈:美好的样子。 靥(yè):古代女子在面颊上所点抹的妆饰物。此处喻桃花的娇艳。

③"人面"句:即"年年岁岁花相似,岁岁年年人不同"(唐·刘希夷《代白头吟》)之意。人面:此指美似少女容颜的桃花。

④棠桡(ráo)：以沙棠木制成的船桨。亦代指船。桡，船桨。汉·刘安《淮南子·主术》："夫七尺之桡而制船之左右者，以水为资。"

⑤留仙裙：有绉的衣裙。汉·伶玄《赵飞燕外传》云：汉成帝曾命制作千人舟，携后妃等游乐太液池中。风起，帝命侍臣冯无方持皇后裙，风止，裙为之绉。此后宫人便称绉裙为留仙裙。

⑥丹户：犹言朱门，即红漆门。古代王侯贵族的宅门皆漆红色，以示尊贵。

⑦醮坛：祭神的坛场。　珠斗：北斗星。唐·王维《同崔员外秋宵寓直》诗："月迥藏珠斗，云消出绛河。"亦指星斗。

⑧桃根：渡口名，即桃叶渡。详见本书张红桥《念奴娇·凤凰山下》注⑥。

⑨避秦路：晋·陶渊明《桃花源记》云："自云先世避秦时乱，率妻子邑人来此绝境，不复出焉。"此指东洲已为清兵所占，不是避乱隐居之地。

张煌言

张煌言(1620—1664),字玄箸,号苍水。鄞县(今浙江宁波市鄞州区)人。明崇祯年间举人。官至权兵部尚书。长期从事抗清复明活动。后兵败,退居南田的悬岙岛(今浙江省象山县南),不久被俘,不屈而死。著有《张苍水集》《奇零诗草》《采薇吟》等。

柳 梢 青

锦样江山,何人坏了,雨嶂烟峦①? 故苑莺花,旧家燕子,一例阑珊②。　　此身付与天顽③,休更问、秦关汉关。白发镜中,青萍匣里④,和泪相看。

【说明】

作者传世词共有六首,皆为清康熙三年(1664)兵败退居悬岙岛后所作。此词即是其中之一。上片写锦绣江山的沦丧和对亡国者的质问,下片写自己抗清复明的决心和壮志难酬的悲苦。通篇起伏跌宕,慷慨苍凉,血肉丰满的英雄形象跃然纸上。

【注释】

①雨嶂烟峦:笼罩在烟雨云雾中的山峦。元·惟则《赠弟人远入京》诗:"雨嶂烟峦翠欲流,天开图画万山头。"

②阑珊:衰落。南唐·李煜《浪淘沙令》:"帘外雨潺潺,春意阑珊。"

③天顽:天生的愚钝、顽固。此指誓不与清朝统治者合作。

④青萍:剑名。

长 相 思

秋

秋山青,秋水明,午梦惊秋醒未醒,乾坤一草亭。　　故国盟,故园情,夜阑斜月透疏櫺①,孤鸿三两声。

【说明】

　　此词作于清康熙三年(1664)秋。当时作者已退居悬岙岛,结茅屋于荒洲,做继续抗清的准备。不幸的是,因被人出卖被捕,于同年九月在杭州遇害。词写秋景秋思,反映了作者处境的艰难及日夜萦怀的家国之思、亡国之痛。凄凉悲切,真挚感人。

【注释】

　　①疏櫺(líng):窗户上稀疏的木格子。

满 江 红

怀岳忠武①

　　屈指兴亡,恨南北、黄图销歇②。便几个孤忠大义,冰清玉烈③。赵信城边羌笛雨④,李陵台畔胡笳月⑤。惨模糊、吹出玉关情⑥,声凄切。　　汉宫露,梁园雪⑦;双龙逝,一鸿灭⑧。剩逋臣怒击⑨,唾壶皆缺⑩。豪杰气吐白凤髓,高怀眦饮黄羊血⑪。试排云、待把捧日心⑫,诉金阙⑬。

【说明】

　　南宋抗金名将岳飞是张煌言最敬仰的民族英雄。他曾说:"国亡家破欲何之? 西子湖头有我师。日月双悬于氏墓(于谦墓),乾坤半壁岳家祠。"(《甲辰八月辞故里》诗)岳飞所作《满江红》词慷慨激昂,千古传诵。此词即为作者步岳飞词的原韵而作。词以"怀岳忠武"为题,淋漓尽致地抒发了自己国破家亡的哀痛及抗清复国的决心。忠烈悲壮,亦同岳词,"千载后读之,凛凛有生气焉"(清·陈廷焯《白雨斋词话》)。

【注释】

　　①岳忠武:即南宋抗金名将岳飞。后为宋高宗和秦桧陷害致死。孝宗淳熙

六年(1179)赐谥"武穆",理宗淳祐六年(1246)改谥"忠武"。

②黄图:帝都。唐·骆宾王《同崔驸马晓初登楼思京》诗:"白云乡思远,黄图归路难。"此指版图,国土。　　销歇:同"消歇"。即消散,消亡。

③冰清玉烈:喻人的品质如同冰玉,高洁而坚贞。烈,坚美。

④赵信城:城名。故址在今蒙古人民共和国境内。《史记·匈奴列传》:"(汉军)北至阗颜山赵信城而还。"

⑤李陵台:台名。故址在今山西省大同市北。汉武帝时,李陵兵败降匈奴后,曾登此台,南望汉朝家山。

⑥玉关:即玉门关,在今甘肃省敦煌市西北。唐·李白《子夜吴歌》:"秋风吹不尽,总是玉关情。"

⑦梁园:亦称梁苑、兔园。见本书高启《天仙子·怀旧》注③。

⑧双龙:指南明隆武帝朱聿键(清顺治三年,即1646年在汀州遇害)和永历帝朱由榔(清康熙元年,即1662年在昆明殉难)。　　一鸿:指鲁王朱以海,清康熙元年(1662)死于金门。

⑨逋臣:流亡或逃亡的臣子。此处系作者自指。

⑩唾壶皆缺:南朝宋·刘义庆《世说新语·豪爽》:"王处仲每酒后,辄咏'老骥伏枥,志在千里。烈士暮年,壮心不已',以如意打唾壶,壶口尽缺。"

(11)白凤髓:此喻岳飞的文才。　　眦饮:裂眦而饮。表示极为愤怒。《史记·项羽本纪》载:樊哙头发上指,目眦尽裂。项王赐之卮酒,哙一饮而尽。

(12)捧日心:忠心。旧时以日喻帝王,故以捧日指拥戴、忠于。

(13)金阙:皇帝的宫阙。

满 江 红

萧瑟风云,埋没尽、英雄本色。最髪指①,驼酥羊酪②,故宫旧阙。青山未筑祁连冢③,沧海犹衔精卫石④。又谁知、铁马也郎当⑤,雕弓折。　　谁讨贼?颜卿檄⑥;谁抗虏?苏卿节⑦。拼三台坠紫⑧,九京藏碧⑨。燕语呢喃新旧雨⑩,雁声嘹唳兴亡月⑪。怕他年、西台恸哭人⑫,泪成血。

【说明】

清康熙元年(1662)四月,永历帝朱由榔在昆明殉难,南明最后一个政权被消灭。不久,郑成功病逝于台湾,鲁王又死于金门。在万分艰苦的情况下,张煌言退居海岛,想到国土的沦丧、忠臣义士的死难,以及多年来抗清斗争的艰难与失败,作者奋笔写下此词。词中以颜杲卿、苏武作比,表达了自己抗清到底、视死如归的决心。意境清旷苍凉,气势雄浑悲壮。

【注释】

①髪指:头发直竖,形容愤怒到极点。《史记·刺客列传》:"士皆瞋目,髪尽上指冠。"

②驼酥羊酪:驼羊乳所制成的食品饮料等。

③祁连冢:指汉代抗击匈奴的名将霍去病的墓。《汉书·卫青霍去病传》云:霍去病死,"上(指汉武帝)悼之,发属国玄甲,军陈自长安至茂陵(今陕西省兴平市),为冢象祁连山。"

④精卫:神话中的鸟名。《山海经·北山经》云:炎帝少女名女娃,游于东海而溺死,化为精卫鸟,常衔西山石以填东海。

⑤朗当:残破败落或萎靡不振的样子。

⑥颜卿:指唐代颜杲卿。《旧唐书·忠义·颜杲卿传》云:安禄山起兵叛乱,常山太守颜杲卿乃檄告河北郡县。郡县闻之,皆杀贼守将,使十五郡得以固守。

⑦苏卿:指汉代苏武。《汉书·李广苏武传》载:汉武帝时,苏武奉命出使匈奴而被扣留。苏武坚贞不屈,持汉节牧羊北海边,十九年后才得以归汉。

⑧三台:官名。汉袭秦制,设置中台(尚书)、宪台(御史)、外台(谒者),合称三台。　　坠紫:丧失官职。紫,紫衣。为高官的公服。

⑨九京:同九原,即墓地。晋卿大夫的墓地在九原,故后世以九原代称墓地。　　碧:碧血。《庄子·外物》:"苌弘死于蜀,藏其血,三年而化为碧。"后人常以碧血指忠臣志士、为国死难者的血。

⑩新旧雨:典出唐·杜甫《秋述》:"秋,杜子卧病长安旅次,多雨生鱼,青苔及榻。常时车马之客,旧,雨来;今,雨不来。"意谓旧时宾客遇雨亦来,而今遇雨不至。后遂以旧雨比喻老朋友、故人,今雨(亦称新雨)比喻新交。宋·范成大《丙午新正书怀》诗:"人情旧雨非今雨,老境增年是减年。"

⑪嘹唳:鸟鸣声。

⑫西台:即严子陵钓台。在今浙江省桐庐县富春山下。宋代谢翱曾登西台祭奠文天祥,并作《西台恸哭记》。

沈 谦

沈谦(1620—1670)，字去矜，号东江。仁和(今浙江杭州)人。明诸生。后隐居临平东乡，为"西泠十子"之一。善古文，工诗词。著有《东江词韵》《填词杂说》《东江草堂集》等。

东风无力

南楼春望

翠密红疏，节候乍过寒食①。燕冲帘，莺睨树②，东风无力。正斜阳楼上独凭阑，万里春愁直③。　　情思恹恹④，纵写遍新诗，难寄归鸿双翼。玉簪恩，金钿约，竟无消息⑤。但蒙天卷地是杨花，不辨江南北。

【说明】

此为作者的自度曲，自注云词调名出自宋朝范成大《眼儿媚·酣酣日脚紫烟浮》："溶溶泄泄，东风无力，欲皱还休。"词写暮春时节，异乡游子的羁旅之情。"燕冲帘，莺睨树"的生动描写，使春愁情思变得有形可见。结尾二句，更衬托出人物思念亲人、情书难寄的无限愁苦及茫然孤寂的情景。后人评曰："去矜(沈谦)列名于'西泠十子'，填词称最。"(清·沈雄《柳塘词话》)

【注释】

①寒食：节令名。在农历清明前一日或前二日。相传晋文公为悼念抱树被焚而死的介之推，即定于这日禁火寒食。

②睨(nì)：斜视。

③直：临。宋·陆游《上天竺复杂庵记》："后负白云峰，前直狮子、乳窦二峰。"

④恹恹：精神不振的样子。唐·韩偓《春尽日》诗："把酒送春惆怅在，年年三月病恹恹。"

⑤"玉簪恩"三句：意谓闺中妻子的消息也得不到。玉簪、金钿：皆为女子首饰名。此处代指闺中人。

董 白

　　董白(女,1624—1651),字小宛,一字青莲。明末秦淮名妓。天资聪慧,能诗词,善绘画,通晓茶经、食谱等。后为如皋(今属江苏)名士冒襄姬妾,居艳月楼。清兵南侵,辗转于离乱之中。年二十八岁病卒。著有《影梅庵词》。

河 满 子

柬辟疆夫子①

　　眼底非关午倦,眉间微带秋痕。惹上心头推不去,凄凄黯黯消魂。试问清宵倚枕②,惟馀被冷香温。　　酿就蕉声夜雨,幻成柳色朝云。欲说依然无可语③,此情还许谁论④? 待对明灯独坐,偿他泪渍罗巾⑤。

【说明】

　　此为秦淮名妓董小宛写给丈夫冒襄的词作。词以"清宵倚枕""被冷香温""明灯独坐""泪渍罗巾"等典型镜头,展现出词作者孤身独处的寂寞和萦绕心头的相思。字里行间流露着夫妻间的忠贞之情。

【注释】

　　①柬:书信。此指寄与丈夫冒辟疆的词篇。　　辟疆:冒襄,字辟疆,号巢民,又号朴巢。如皋(今属江苏)人。明末名士,与方以智、陈贞慧、侯方域并称四公子。明亡后隐居不仕。著有《朴巢诗文集》《影梅庵忆语》等。

　　②清宵:清静的夜晚。南朝梁·萧统(昭明太子)《钟山解讲诗》:"清宵出望园,诘晨届钟岭。"

　　③可语:适意的语言。

　　④许:允许。

　　⑤偿(cháng):偿还,酬报。　　渍(zì):沾染。犹"湿"。

陆宏定

陆宏定(1629—？)，字紫度，号纶山，又号蓬叟。海宁(今属浙江)人。坚守明遗民之节，入清不仕。长于诗词古文。著有《一草堂集》《宁远堂集》《凭西阁长短句》等。

望 湘 人

记归程过半，家住天南，吴烟越岫飘渺①。转眼秋冬，几回新月，偏向离人燎皎②。急管宵残③，疏钟梦断，客衣寒悄。忆临歧、泪染湘罗，怕助风霜易老。　　是尔翠黛慵描④，正恹恹憔悴，向予低道：念此去谁怜？冷暖关山路杳。才携手教，款语丁宁⑤，眼底征云缭绕。悔不剪、春雨蘼芜⑥，牵惹愁怀多少。

【说明】

词的上片描写游子返乡途中归心似箭、辗转难眠的情景；下片追忆分别之时，妻子的愁苦情态及亲切叮咛。前后相映，构思新奇。昔日离别的痛苦和夫妻间的深挚感情，皆由归途中的相思托出。"悔不剪、春雨蘼芜，牵惹愁怀多少"句，更为缠绵悱恻，委婉多情。

【注释】

①岫(xiù)：峰峦，山谷。

②燎皎：光耀明亮的样子。

③管：乐器名。《诗经·周颂·有瞽》："既备乃奏，箫管备举。"　宵残：夜残，夜将尽。

④翠黛：青黑色的颜料。古代女子用以画眉，故多以翠黛指女子眉毛。唐·秦韬玉《咏手》诗："鸾镜巧梳匀翠黛，画楼闲望擘珠帘。"

⑤款语：恳谈，亲切谈话。唐·王建《题金家竹溪》诗："乡使到来常款语，还闻世上有功臣。"

⑥蘼芜：亦称茳蓠，香草的一种。

徐石麒

徐石麒(生卒年不详),字又陵,号坦庵。原籍湖北,后寓居江都(今江苏扬州市)。遭明末兵乱,隐居不仕。精研名理,又善花卉、工诗词、精制曲。顺治二年(1645),清军攻陷扬州,他冒死入城取出所著之书。著有《坦庵词曲六种》等。

柳 梢 青

真州道中用秦少游韵①

风起晴沙。马蹄不谙②,歧路交斜。荒市无人,断垣高树③,犹着春花。 征衫揾泪天涯④。听不尽,西风晚鸦。隔岸青磷⑤,望如烟火,疑是人家。

【说明】

徐石麒这首和北宋著名诗人秦观词韵的词作,写真州沿途所见断墙残壁、尸骨横野、乌鸦哀鸣、人烟绝迹的荒芜景象,真实地再现了明末战乱中真州地区所遭受的严重破坏,和广大百姓的悲惨遭遇。

附宋·秦观《柳梢青·吴中》词:

岸草平沙。吴王故苑,柳袅烟斜。雨后寒轻,风前香软,春在梨花。 行人一棹天涯。酒醒处,残阳乱鸦。门外秋千,墙头红粉,深院谁家?

【注释】

①真州:地名。今江苏省仪征市、南京市六合区一带。 秦少游:北宋著名词人秦观,字少游。

②谙(ān):熟识,熟悉。唐·王建《新嫁娘》诗:"未谙姑食性,先遣小姑尝。"

③垣(yuán):墙。

④揾(wèn):擦拭。宋·辛弃疾《水龙吟·登建康赏心亭》词:"倩何人,唤取红巾翠袖,揾英雄泪。"

⑤青磷:青荧的磷火。刘安《淮南子·氾论训》:"老槐生火,久血为磷。"

祝英台近

难后怀蕙庵①

雨中山,山下渡,犹是旧时路。指尽征帆,都向日边去②。萧萧红蓼西风,白蘋秋水,望岭表、苏郎何处③?　　莫回顾。只有烟雨鸣鸠,惊飞夕阳坞④。断刹荒丘⑤,再诵鲍照赋⑥。归来又恐伤心,人非物换,空一座锦城如故⑦。

【说明】

此词作于清顺治二年(1645)清兵攻破扬州以后。这首词描写对友人的深切怀念,及扬州遭受战乱劫掠后的败落景象。"断刹荒丘""人非物换",反映了清军的残暴以及给百姓带来的深重灾难。

【注释】

①难后:顺治二年(1645),清军攻破扬州,屠戮甚惨。难后即指扬州经过此难之后。　蕙庵:即徐宗麟,蕙庵为其字。

②日边:形容极远的地方。唐·李白《望天门山》诗:"两岸青山相对出,孤帆一片日边来。"

③岭表:北宋苏轼曾谪居惠州、儋州(今分属广东、海南)。今之广东、广西及越南北部地区旧称为岭表,亦称岭南、岭外。此处以苏轼借指当时远在岭南的友人蕙庵。

④坞:土堡,小城。《后汉书·马援传》:"缮城郭,起坞候。"唐·李贤等注引《字林》:"坞,小障也。一曰小城。"

⑤刹(chà):指佛塔、寺庙。

⑥鲍照赋:南朝宋·鲍照曾登广陵城(今江苏省扬州市),作《芜城赋》,描写当时广陵遭受兵乱后的荒芜残破景象。此处喻扬州再次遭到战乱浩劫。

⑦锦城:成都的别称。此处借指扬州。

沈永启

沈永启(生卒年不详),字方思,号旋轮。明末吴江(今属江苏)人。生平事迹不详。

玉 楼 春

仲秋晦夜效温飞卿体①

广寒宫闭阴风裂②,长夜营营如万劫③。当时宋玉楚江秋④,留在人间化成血。　姑苏台冷啼乌歇⑤,鬼火生光渔火灭。摩空海日透遥天⑥,纸帐离魂刚梦别⑦。

【说明】

秋风萧瑟、昏暗无光之夜,作者效仿唐朝词人温庭筠体作此词。词的上片以阴风似裂、长夜如劫、人间成血,隐喻清兵的残暴、现实的黑暗;下片以姑苏台冷、鬼火生光、纸帐离魂,展示阴森可怖、国破家亡的景象。可谓一首明朝遗民的悲歌,意境凄惨清旷,情感哀伤愤懑。

【注释】

①仲秋:指农历八月。　晦夜:暗夜。　温飞卿:指唐代词人温庭筠,字飞卿。与李商隐齐名,时称温李。

②广寒宫:神话传说中的月中宫殿名。

③营营:往来盘旋的样子。《诗经·小雅·青蝇》:“营营青蝇,止于樊。”毛《传》曰:“营营,往来貌。”《汉书·扬雄传》:“羽骑营营,驴分殊事。”唐·颜师古注曰:“营营,周旋貌。”此处引申为无穷无尽。　万劫:佛家认为世界一成一毁为一劫。犹言万世。

④楚江秋:楚江,泛指古代楚地的河流。战国楚·宋玉《九辩》:“悲哉秋之为气也,萧瑟兮草木摇落而变衰。憭栗兮若在远行,登山临水兮送将归。”

⑤姑苏台:一名胥台,在吴县(今江苏苏州)西南姑苏山上。

⑥摩空:即摩天。形容极高。

⑦纸帐:用纸制成的帐子。宋·朱敦儒《鹧鸪天·岁暮》词:"道人还了鸳鸯债,纸帐梅花醉梦间。"

玉 楼 春

漫 言①

原来昼尽还须夜,懵懂天公劳杀也②。千古精灵何处归③? 浮生赢得沧波泻④。山河大地如传舍⑤,只此芸芸相代谢⑥。双鬓消磨浊酒中,凭高一望皆蒿野⑦。

【说明】

清军南侵,志士仁人纷纷为国捐躯,无数平民百姓死于战火,山河破碎,满目荒凉。词句"双鬓消磨浊酒中",凝聚着作者无限的忧国忧民之情。

【注释】

①漫言:犹漫说,随意不受拘束地说。

②懵懂:糊涂,不明白。

③精灵:指为国捐躯者的灵魂。

④浮生:平生。

⑤"山河"句:转用李白《春夜宴桃李园序》中"夫天地者,万物之逆旅"之意。传舍:客舍。

⑥芸芸:众多貌。此指百姓。

⑦蒿野:指杂草丛生的荒野。

满 江 红

文将叔归隐南庄①

障眼风尘②,忍虚谈、志盟泉石③! 但此际,狐狼奋臂④,羽毛应惜。落月惊残千里梦,孤帆吊尽三江客⑤。且归来、蓬户课桑麻⑥,渊明宅⑦。　　酒百盏,乾坤窄⑧;情一点,山川白⑨。怅英雄何处?空歌黍麦⑩。床畔青萍徒夜吼⑪,伤时可奈同鸡肋⑫。问天公、甚日靖烽烟⑬,筹前席⑭?

【说明】

　　天下离乱,友人即将归隐南庄,作者以词赠别。上片写清军的凶残猖獗和对死难者的悼念,同时指出"羽毛应惜",是友人暂且归隐事农的原因;下片写江山易主,满目荒凉,虽有复明雄心,但壮志难酬。结尾"问天公、甚日靖烽烟,筹前席"句,表达了恢复故国、渴望和平的心愿。

【注释】

　　①文将叔:作者的友人,其生平事迹不详。

　　②风尘:此处喻战乱。《汉书·终军传》:"边境时有风尘之警,臣宜被坚执锐,当矢石,启前行。"杜甫《野望》诗:"海内风尘诸弟隔,天涯涕泪一身遥。"

　　③忍:怎忍。　　泉石:指山水。

　　④狐狼奋臂:喻清兵残暴猖獗。

　　⑤三江客:此处泛指江浙一带为抗清而捐躯的忠义之士。三江,有多种说法,此处应取《国语·越语》中的说法,指吴江、钱塘江和浦阳江。客,指为国牺牲和惨遭战祸的人。

　　⑥课:学,从事。　　桑麻:桑和麻。借指农事。

　　⑦渊明宅:晋·陶渊明《归园田居》之一:"方宅十馀亩,草屋八九间,榆柳荫后檐,桃李罗堂前。"

　　⑧乾坤:天地。唐·韩愈《喜雪献裴尚书》诗:"浩荡乾坤合,霏微物象移。"

　　⑨白:此指萧瑟荒凉。

　　⑩黍麦:指《诗经》中的《黍离》《麦秀歌》二诗,皆为感伤国家衰亡而触景生情之作。(见《诗经·王风·黍离》及《史记·宋微子世家》)

　　⑪青萍:宝剑名。

　　⑫鸡肋:喻身体瘦弱。

　　⑬靖:平定,止息。　　烽烟:指战乱。

　　⑭筹:筹谋策划。　　前席:即移坐而前。《史记·屈原贾生列传》:"贾生因具道(鬼神)所以然之状,至夜半,文帝前席。"

贺裳

贺裳(生卒年不详),字黄公,号糵斋,又号九曲阿隐者、白凤词人。江南丹阳(今属江苏)人。明末清初尚在世。康熙初年诸生。曾取明代人评史诸书,其义有未当者,则折衷其是,著《史折》。家富藏书,长于诗词文史。著有《皱水轩词筌》《红牙词》等。

木兰花慢

闻 雁

听嘹嘹新雁①,齐飞过、小楼前。正香兽将销②,兰缸欲灭③,拥髻孤眠。搴帷问伊消息④,奈乘风、都在碧云边。莫是未经南浦⑤,如何一字无传？　　低徊半晌,记盟言、终不信相捐⑥。想蓼岸寻铺⑦,芦汀投宿⑧,露冷烟寒。泽国几朝凄止⑨,怕一时、误损了鸾笺⑩。拟倩画梁双燕,去时亲讯何缘。

【说明】

相传书信系于雁足,飞雁即可送至亲人手中,故古诗文中多有鸿雁传书的描写。此词亦以此传说为依据,写闺妇相思之情。后人评此词曰:"只是人遐信杳耳,却从雁上或猜疑,或诘问,或打算,或代彼出脱,或自为愁闷、自为慰藉,殆无绪不牵,有思必到矣。"(清·顾璟芳等《兰皋明词汇选》卷七)

【注释】

①嘹嘹:指雁鸣叫声。

②香兽:铸成兽形的香炉。此借指香。

③兰缸:亦作兰釭。用兰膏点燃的灯。南朝齐·王融《咏幔》诗:"但愿置樽酒,兰釭当夜明。"

④搴(qiān)帷:撩起、挂起帷幕。三国魏·曹植《弃妇》诗:"搴帷更摄带,抚

弦弹鸣筝。"

⑤南浦:南面的水边。后人多以南浦称送别的地方。南朝梁·江淹《别赋》:"送君南浦,伤如之何?"

⑥相捐:相弃。此指背负盟约。

⑦蓼岸:长有蓼草的河岸或水边。　　　　饷(bǔ):晚饭。

⑧芦汀:生长着芦草的水边。

⑨泽国:多沼泽的地方。犹水乡。　　　　几朝:几日,几天。

⑩鸾笺:彩笺,华丽的纸张。宋·苏易简《文房四谱·纸谱》:"蜀人造十色笺,凡十幅为一榻,……然逐幅于方板之上砑之,则隐起花木麟鸾,千状万态。"后人遂称彩笺为鸾笺。古人多用以题咏或写信。此代指书信。

刘　胜

刘胜(女,生卒年不详),明时妓女。长于诗词。所存词篇,辑录于《历代闺秀诗馀》等书中。

苏　幕　遮

恨桃花,憎柳絮。何事春来,浪逐东风去①。邂逅从君花下语②。无那情痴③,魂梦偏倾注。　　楚台风,巫峡雨④,暮暮朝朝⑤,无计重相遇。背地偷弹双玉筯⑥。笑我情多,翻为多情误。

【说明】

这是一首描写爱情的词作。词的上片写柳绿花红之时,一位少女与一男子偶然相遇,并一见钟情;下片借用巫山神女的传说,衬托出盼望再次欢会的心愿与别后的相思。直率的语言、生动的描写,使一位纯真多情、大胆热烈、不为封建礼教所束缚的少女形象跃然纸上。

【注释】

①浪逐:随意追逐。

②邂逅(xiè hòu):意谓不期而遇。《诗经·郑风·野有蔓草》:"邂逅相遇,适我愿兮。"

③无那:即无奈,无可奈何。唐·王昌龄《从军行》诗:"更吹横笛关山月,无那金闺万里愁。"

④楚台风,巫峡雨:用战国时楚怀王梦中与巫山神女相遇的典故。见本书黄娥《巫山一段云·巫女朝朝艳》注①。

⑤暮暮朝朝:亦作朝朝暮暮,即日日夜夜。战国楚·宋玉《高唐赋》:"妾在巫山之阳,高丘之阻,旦为朝云,暮为行雨。朝朝暮暮,阳台之下。"

⑥玉筯:喻女子的眼泪。南朝梁·刘孝威《独不见》诗:"谁怜双玉筯,流面复流襟。"唐·李白《闺情》诗:"玉筯夜垂流,双双落朱颜。"

马如玉

马如玉(女,生卒年不详),字楚屿。明时金陵(今江苏南京)妓人。长于诗词。所存词作,辑录于《明词综》等书中。

凤凰台上忆吹箫

清夜无眠,湘帘不卷①,潇潇雨打蕉窗②。听秋声几点,滴碎秋肠。望断天涯芳讯③,人寂寞、偏觉更长。灯花落,枕屏斜倚,睡鸭销香④。　　思量。旧欢团扇⑤,只等闲抛却,尘冷兰房⑥。数楼头征雁,影去潇湘⑦。隔院吹来玉笛,声幽咽、渐入伊凉⑧。桐叶响,金风阵阵⑨,寒透罗裳。

【说明】

上片写清秋长夜,西风阵阵,阴雨绵绵,孤身独处的闺妇辗转不眠,思念着山水相隔的夫君,企盼着天涯芳讯;下片写昔日的欢聚,今日的寂寞。心里默数着楼头飞过的征雁,耳边回旋着邻院幽咽的笛声,形象地展现出闺妇冷落无聊和思亲怀远的痛苦情态。意境清幽凄冷,感情哀婉缠绵。

【注释】

①湘帘:用湘妃竹编制成的帘子。

②潇潇:细雨声。　蕉窗:可以看到外面栽种芭蕉的窗户。此句意谓潇潇秋雨打在芭蕉叶上的声音透过窗户传到室内。

③芳讯:美好的音讯。亦指书信。

④睡鸭:古代一种造型为凫鸭入睡状的香炉,故称睡鸭。多为铜制,中空,里面可以焚香,烟从鸭口中冒出。唐·李商隐《促漏》诗:"舞鸾镜匣收残黛,睡鸭香炉换夕熏。"

⑤团扇:亦称宫扇,圆形有柄的扇子,古代宫中常用。此代指所咏思妇,谓夫妻分离。

⑥兰房:薰染兰香的居室。多指女子所居住的房屋。唐·韦庄《江城子》词:

"髻鬟狼藉黛眉长,出兰房,别檀郎。"

⑦潇湘:潇水、湘水二水名,在今湖南省境内。

⑧伊凉:古地名,即伊州(今新疆维吾尔自治区哈密市)和凉州(今甘肃武威市)。此处喻遥远的边地。

⑨金风:秋风。《文选》所收晋·张协《杂诗》之三:"金风扇素节,丹霞启阴期。"唐·李善等注:"西方为秋而主金,故秋风曰金风也。"

屈大均

屈大均(1929—1696),原名绍隆,字翁山,又字介子。番禺(今属广东)人。明末诸生。明亡后出家为僧,法名今种,字一灵、骚馀。中年返初服,改今名。长于诗词。与陈恭尹、梁佩兰齐名,时称岭南三大家。著有《九歌草堂集》《道援堂词》(一名《骚屑词》)。

浣 溪 沙

一片花含一片愁,愁随江水不东流。飞飞长傍景阳楼①。 六代只馀芳草在②,三园空有乳莺留。白门容易白人头③。

【说明】

这首词为作者寓居金陵(今南京市)时所作。上片以片花含愁、愁不东流的具体描写衬托愁苦的沉重,下片以六代芳草在、三园乳莺留的荒凉景象抒家国情思和遗民之痛。缘情写景,景中含情,意境凄清哀婉。

【注释】

①景阳楼:南朝宫殿名。故址在今南京市玄武湖侧。详见本书陈子龙《山花子·杨柳迷离晓雾中》注①。

②六代:即六朝。见本书朱一是《二郎神·岷峨万里》注⑤。

③白门:金陵的别称。见本书彭孙贻《西河·龙虎地》注④。

浣 溪 沙

杜 鹃①

血洒青山尽作花,花残人影未还家。声声只是为天涯②。 有恨朱楼当凤阙③,无穷青冢在龙沙④。催归不得恨琵琶。

【说明】

在杜鹃啼血催归的季节,流落异乡的广大百姓却血洒青山,人影未返,埋葬在西北边塞和沙漠地带。这首词作真实地反映了明亡后人民流离失所、家国难投的悲惨情景,咏物抒情,饱含遗民之痛。

【注释】

①杜鹃:鸟名。见本书杨基《夏初临·瘦绿添肥》注⑨。

②天涯:此处指流落到远方的人们。

③凤阙:汉代宫阙名。《史记·孝武本纪》:"于是作建章宫,……其东则凤阙,高二十馀丈。"亦指宫殿、朝廷。

④青冢:见本书彭孙贻《满江红·曾侍昭阳》注⑨。此处泛指坟墓。　龙沙:地区名。古代多指我国西北边塞地区和沙漠地带。唐·李白《塞下曲》:"将军分虎竹,战士卧龙沙。"

潇　湘　神

零　陵　作①

潇水流,湘水流②,三闾愁接二妃愁③。潇碧湘蓝虽两色,鸳鸯总作一天秋。

【说明】

此词为作者在湖南零陵居住时所作,共三首,此为其中之一。清兵攻陷广州,屈大均即投身于抗清斗争,尔后胸怀复明之志,慨然北走燕赵等地。词中借悼念被楚王疏远、放逐的爱国诗人屈原,及为帝舜殉身而投潇湘之水的娥皇、女英二妃,以抒情怀,感叹人生和个人身世。

【注释】

①零陵:古地名。在今湖南境内。《史记·五帝本纪》:"(舜)南巡狩,崩于苍梧之野,葬于江南九疑,是为零陵。"

②潇水、湘水:二水皆在湘南境内,于零陵县境汇合。汇合后潇水碧,湘水

蓝,名曰鸳鸯水。

③三闾:指战国时楚人屈原。见本书吴易《渔家傲·鹦鹉洲头天映水》注⑤。

二妃:见本书陈洪绶《菩萨蛮·秋风袅袅飘梧叶》注⑥。

梦 江 南

悲落叶,叶落落当春。岁岁叶飞还有叶,年年人去更无人①。红带泪痕新②。

悲落叶,叶落绝归期。纵使归来花满树,新枝不是旧时枝。且逐水流迟。

【说明】

此词调原四首,以上是其中的第一、二首。作者以比兴寄托的手法、清新晓畅的语言,抒发了自己由落叶而引发的人生之叹、家国之恨。后人评"且逐水流迟"句云:"含有无限凄婉,令人不忍寻味,却又不容已于寻味。"(清·况周颐《蕙风词话》卷五)

【注释】

①"岁岁"二句:系套用唐·刘希夷《代白头吟》中的诗句:"年年岁岁花相似,岁岁年年人不同。"

②"红带"句:形容着雨带露的红花。

虞 美 人①

无风亦向朱栏舞,情为君王苦②。乌江不渡为红颜,忍使香魂无主独东还③? 春含古血看犹暖,巧作红深浅④。花前休唱楚人歌,恐惹英雄又唤奈虞何⑤。

【说明】

作者以巧妙的构思、形象的语言,使词中的花似人、人如花,娇花美姬相互辉映,浑然一体。既突出了虞姬的可爱,又展现了历史人物的忠贞爱情与悲壮结局。全词起伏宛转,跌宕有致。

【注释】

①虞美人:此处既是词牌名,又是词的本意。虞美人,指秦末项羽的宠妾虞姬,又指以虞美人为名的花草。

②"无风"二句:清·沈雄《古今词话》载:雅州出虞美人草,唱《虞美人曲》,则随风而舞,且应拍节。此处亦指善舞的虞姬。

③"乌江"二句:《史记·项羽本纪》载:项羽败退乌江,乌江亭长劝其船渡。项羽笑曰:"天之亡我,我何渡为!且籍(项羽名籍,字羽)与江东子弟八千人渡江而西,今无一人还,纵江东父兄怜而王我,我何面目见之?"此处言项羽为虞姬香魂而不肯独返江东,突出了他对爱情的忠贞。

④红深浅:虞美人花,亦称丽春花。花有紫、红、白等色,故言红深浅。

⑤"花前"二句:《史记·项羽本纪》载:项羽被困垓下,夜闻汉军四面皆楚歌,大惊,起而饮于帐中,且对虞姬、骓马为歌曰:"力拔山兮气盖世,时不利兮骓不逝。骓不逝兮可奈何,虞兮虞兮奈若何!"虞姬和之,歌罢拔剑自刎。

江城梅花引

　　黄花和我满头霜。怕重阳,又重阳。不分早梅还与斗寒香①。老去看花如雾里,被花恼,总断肠。　　断肠断肠苦参商②。夜已长,天已凉。一叶一叶落不尽,悲似潇湘③。那得罗浮清梦到兰房④?明月笑人眠太早,飞去也,影徘徊,尚半床。

【说明】

　　此词为作者晚年所作。时值秋叶黄花、重阳佳节,客居异地的作者思念家乡、怀念亲人之情油然而生。"人生不相见,动如参与商"(杜甫《赠卫八处士》诗),盼望与亲人欢聚而不能,只好对月无眠,形影相吊。"明月笑人眠太早"四句,清空淡泊,却韵味无穷。

【注释】

①不分:不服气。宋·葛胜仲《浣溪沙·赏芍药》词:"不分与花为近侍,难更溱洧赠闲人。"

②参商:见本书林鸿《八声甘州·算人生》注②。

③潇湘:见本书张绖《风流子·新阳上帘帻》注⑩。

④罗浮:山名。见本书吴承恩《临江仙·春气著花如醉酒》注⑥。此指作者家乡。　　兰房:见本书马如玉《凤凰台上忆吹箫·清夜无眠》注⑥。

紫萸香慢

送　雁

恨沙蓬①、偏随人转,更怜雾柳难青。问征鸿南向,几时暖返龙庭②?正有无边烟雪,与鲜飙千里③,送度长城。向并门少待④,白首牧羝人⑤,正海上、手携李卿⑥。　　秋声,宿定还惊。愁里月,不分明。又哀筝四起,衣砧断续⑦,终夜伤情。跨羊小儿争射,恁能到、白蘋汀⑧?尽长天、遍排人字,逆风飞去,毛羽随处飘零,书寄未成。

【说明】

此为屈大均寓居西北时的词作。"问征鸿南向,几时暖返龙庭?"点出题意"送雁"。以汉代白首牧羊的苏武自况,喻自己处境的艰难和忠于故国、坚贞不屈的心志。以"跨羊小儿争射"作比,说明清兵的凶残及自己故园难返的惆怅与不安。名为送雁,实为借物抒情。后人评此词曰:"声情激楚,喷薄而出。"(近人叶恭绰《广箧中词》卷一)近人朱孝臧题屈大均词集云:"湘真老,断代殿朱明。不信明珠生海峤,江南哀怨总难平,愁绝庾兰成!"(《彊村语业》卷三)

【注释】

①沙蓬:生长在沙漠中的蓬草。秋天枯萎,大风中可连根拔起,随风而飞卷,故又称飞蓬。

②龙庭:本指匈奴的王庭或祭天地鬼神的地方,亦泛指西北边塞。唐·李白《古风》五十九首之六:"昔别雁门关,今戍龙庭前。"

③鲜飙:意为凉风。南朝齐·谢朓《夏始和刘潺陵》诗:"对窗斜日过,洞幌鲜飙入。"

④并门:即并州。今山西太原一带。

⑤"白首"句:指苏武。见本书张煌言《满江红·萧瑟风云》注⑦。　　羝(dī):

公羊。

⑥李卿:即李陵,字少卿。汉武帝时任骑都尉。曾率兵五千击匈奴,战败投降。旧题李陵"别诗"中有"携手上河梁,游子暮何之?徘徊蹊路侧,恨恨不能辞"等句,相传就是李陵与苏武言别时所作,又称河梁诗。

⑦砧(zhēn):捣衣石。

⑧白蘋:生于浅水中的植物,夏秋时开白色小花。

长 亭 怨

与李天生冬夜宿雁门关作①

记烧烛、雁门高处。积雪封城,冻云迷路。添尽香煤,紫貂相拥夜深语。苦寒如许,难和尔、凄凉句。一片望乡愁,饮不醉、垆头驼乳②。

无处,问长城旧主,但见武灵遗墓③。沙飞似箭,乱穿向、草中狐兔。那能使、口北关南④,更重作、并州门户⑤。且莫吊沙场,收拾秦弓归去⑥。

【说明】

作者以迷茫辽阔的积雪冻云衬托遥望乡愁的深重,以赵武灵王墓独存和江山易主的景象寄寓国破家亡的悲痛。结尾"且莫吊沙场,收拾秦弓归去",表达复明的心愿和顽强的斗志。全词格调悲壮,气势磅礴,充溢着爱国激情。叶恭绰评此词曰:"纵横排荡,稼轩(辛弃疾)神髓。"(《广箧中词》卷一)

【注释】

①李天生:即李因笃,字天生。陕西富平人。明末诸生。能文工诗,精于音训。早年曾从事抗清活动。 雁门关:系长城著名要隘关口之一。在今山西省代县西北。

②垆:安放酒瓮、酒坛的土台子。

③武灵:指战国时期的赵武灵王。《史记·赵世家》云:赵武灵王曾进行军事改革,穿胡服,习骑射,攻破楼烦等地,使国势强盛。其坟墓在沙丘,即今河北省广宗县西北大平台。

④口北关南:指张家口以北、雁门关以南一带。

⑤并州:古地名,即今太原市。

⑥秦弓:古代秦地所产的弓。汉·班固《汉书·地理志》云:"秦有南山檀柘,可为弓干。"

念 奴 娇

秣陵怀古①

萧条如此,更何须、苦忆江南佳丽。花柳何曾迷六代②,只为春光能醉。玉笛风朝,金筇霜夕,吹得天憔悴。秦淮波浅,忍含如许清泪。　　任尔燕子无情,飞归旧国,又怎忘兴替!虎踞龙蟠那得久③,莫又苍苍王气。灵谷梅花④,蒋山松树⑤,未识何年岁。石人犹在,问君多少能记?

【说明】

　　明亡后,作者出家为僧。清顺治十六年(1659),他游访金陵(今江苏南京),住在灵谷寺,并作《孝陵恭谒记》《秣陵》二首、《灵谷寺》等三篇诗文。此词亦写于这个时期。借秣陵怀古感叹盛衰兴亡,以寄故国之思。"秦淮波浅",难容清泪,极写遗民哀痛的深重。结尾"石人犹在,问君多少能记",感慨隽永,言尽意不尽。

【注释】

　　①秣陵:即今江苏南京市。

　　②六代:亦作六朝。见本书朱一是《二郎神·岷峨万里》注⑤。

　　③虎踞龙蟠:见本书陈儒《念奴娇·天风万里》注⑥。

　　④灵谷:寺名。在今南京市中山门外中山陵东。

　　⑤蒋山:即钟山,又名紫金山。在今江苏南京市中山门外。汉末秣陵尉蒋子文逐盗死难于此,孙权为其立庙于钟山,孙权的祖父名锺,为避祖讳,故改钟山为蒋山。

高 阳 台

　　红草沟寒,黄华峪暝①,频惊雨雪当秋。并骑三云,双双正拥貂裘②。婴雏抱向雕鞍上③,指故乡、万里炎洲④。念高堂、九子分飞,饥凤啾啾⑤。　　门闾倚尽因新妇,秦珠秀丽,汉玉温柔,况有银筝,边声一一蠲愁⑥。人间乐事天频妒,把恩情、忽与东流。恨当年、月未团圆,花未绸缪⑦。

【说明】

　　清康熙五年(1666),经友人李因笃介绍,屈大均于代州(今属山西)和王华姜结为夫妻,并生一女,取名为雁。王华姜聪明贤惠,多才多艺,琴棋书画无所不能,又好骑马习射,但不幸早逝。不久,爱女亦夭殇。哀痛之中,作者悼亡诗文甚多,此词即为其中之一。"人间乐事天频妒,把恩情、忽与东流",声泪俱下,情真意切。"婴雏",即指爱女阿雁。作者在"伤稚女阿雁"的《春草碧》词中亦有"天妒人月频圆,箫声忽使秦楼断"之句。

【注释】

　　①华:通"花"。《诗经·周南·桃夭》:"桃之夭夭,灼灼其华。"　　暝:昏暗。

　　②"并骑"二句:是说夫妻双双穿皮衣,跨骏马,驰骋在三云大地。　　三云:当指云州、云中、左云等地,皆在山西境内。

　　③婴雏:幼儿。此指爱女阿雁。

　　④炎洲:传说为南海中的洲名。汉·东方朔《海内十洲记》:"炎洲,在南海中,地方二千里,去北岸九万里。"此指作者家乡广东。

　　⑤高堂:谓父母。　　饥凤:此指等待奉养的老母。　　啾啾:象声词。此指盼子归来的焦急心情。

　　⑥"秦珠"四句:意谓倚门老母夸赞儿媳秀丽洁净如秦地宝珠、温柔素雅似汉白美玉,且能弹筝为人解忧愁。　　蠲(juān):除去,消除。

　　⑦绸缪:紧缠密绕。

夏完淳

夏完淳(1631—1647),原名复,字存古,号小隐。江苏华亭(今上海市松江区)人。南明鲁王时曾官中书舍人。十四岁时即随父夏允彝、师陈子龙起兵抗清。后为清兵所执,押至南京,不屈而死。早负文名,诗词文赋兼善。著有《夏完淳集》。

采 桑 子

片风丝雨笼烟絮,玉点香球①。玉点香球,尽日东风不满楼②。暗将亡国伤心事,诉与东流。诉与东流,万里长江一带愁③。

【说明】

明崇祯十七年(1644)三月,李自成领导的农民起义军攻占了北京,崇祯帝自杀。同年四月清军入关。明亡后,夏完淳与其父夏允彝、老师陈子龙在江南积极参加抗清复明的斗争,这首词即作于此期间。词中写景抒情,缘情写景,亡国之痛、复明之志寄寓其中。

【注释】

①玉点香球:此处形容微风中的柳絮。

②"尽日东风不满楼"句:此处反用唐·许浑《咸阳城东楼》诗句"山雨欲来风满楼"之意。

③"诉与东流"二句:系化用南唐·李煜《虞美人》词:"问君能有几多愁,恰似一江春水向东流"之句。

卜 算 子

断 肠

秋色到空闺,夜扫梧桐叶。谁料同心结不成①,翻就相思结。

十二玉阑干,风动灯明灭。立尽黄昏泪几行,一片鸦啼月。

【说明】

　　清顺治二年(1645),夏完淳与钱栴的女儿钱秦篆结为夫妻。当时江南各地义师蜂起,夏完淳婚后即离家,投入抗清复国的斗争中。词中写少妇秋夜空闺思夫、凭栏泪眼望夫,表达了作者在转战奔走中对爱妻的一往情深。意境悲怆,感情真挚。作者尚有《寄内》《遗夫人书》等诗文传世。

【注释】

　　①同心结:见本书杨慎《临江仙·数了归期还又数》注③。

忆 秦 娥

怀　远

　　伤离别,相思又值清明节①。清明节,蓟门衰草②,汉宫红叶。　　愁怀万种凭谁说③,边鸿不到音书绝。音书绝,长安何处④,晚山重叠。

【说明】

　　清明节,是汉族的传统节日。《月令七十二候集解》云:"物至此时,皆以洁齐而清明矣。"此日民间有踏青、祭扫坟墓之俗。作者有感于清明之时,写词怀远思亲,寄故国之思、悼亡之情。意境清旷悲凉,感情深沉凄婉。

【注释】

　　①清明节:农历二十四节气之一。在阳历的四月五日或六日。

　　②蓟门:即蓟丘。故址在今北京市德胜门外。

　　③凭:依仗。

　　④长安:古都名。即今陕西西安市。此借指国都。

寻 芳 草

别 恨

几阵杜鹃啼,却在那、杏花深处。小禽儿、唤得人归去,唤不得愁归去。　离别又春深,最恨也、多情飞絮。恨柳丝、系得离愁住,系不得离人住。

【说明】

作者通过杜鹃鸣啼、柳丝摇曳等春日常见景物的描写,使自己的离愁别恨生动形象地跃然纸上。情景交融,凄婉晓畅。

一 剪 梅

咏 柳

无限伤心夕照中,故国凄凉,剩粉馀红。金沟御水自西东①,昨岁陈宫,今岁隋宫。　往事思量一晌空②,飞絮无情,依旧烟笼③。长条短叶翠濛濛,才过西风,又过东风。

【说明】

作者于词中借咏柳叹兴亡,以寄故国之思、亡国之痛。用字遣词含蓄蕴藉,而寄意却颇为深邃。

【注释】

①金沟御水:指宫廷御园中的河流溪水。金·元好问《梁园春》诗:"暖入金沟细浪翻,津桥杨柳绿纤纤。"

②一晌:片刻,时间很短。

③"飞絮"二句:系化用唐·韦庄《金陵图》诗中"无情最是台城柳,依旧烟笼十里堤"之句。

婆罗门引

春 尽 夜

晚鸦飞去，一枝花影送黄昏。春归不阻重门。辞却江南三月，何处梦堪温？更阶前新绿，空锁芳尘。　　随风曳云，不须兰棹朱轮①。只有梧桐枝上，留得三分。多情皓魄②，怕明宵、还照旧钗痕。登楼望，柳外销魂。

【说明】

这首词以闺思闺怨、花草云月，寄寓作者深深的故国之情和亡国之恨。近人况周颐曾言："明夏节愍完淳，年十七殉国难，词人中未之有也。其《大哀》《九哀》诸作，庶几趾美楚《骚》。夫以灵均（屈原字）辞笔为长短句，乌有不工者乎！"（《蕙风词话》卷五）

【注释】

①兰棹：木兰制成的划船工具。亦代指船。唐·张九龄《东湖临泛饯王司马》诗："兰棹无劳速，菱歌不厌长。"　　朱轮：红漆车轮。古代多指达官贵人所乘之车。

②皓魄：月亮。唐·权德舆《奉酬从兄南仲见示十九韵》："清光杳无际，皓魄流霜空。"

鱼游春水

春 暮

离愁心上住，卷尽重帘推不去。帘前青草，又送一番愁绪。凤楼人远箫如梦①，鸳锦诗成机不语②。两地相思，半林烟树。　　犹忆那回去路，暗浴双鸥催晚渡。天涯几度书回，又逢春暮。流莺已为啼鹃妒，蝴蝶更禁丝雨误③。十二时中，情怀无数。

这首闺情词寄寓着作者对妻子的深切怀念。"住""推""送"等字顿使无形无知的离愁变得有情有意。以"半林烟树"喻相思的深重。这种比喻手法历来有之,可以增强艺术感染力。如"若问闲愁都几许?一川烟草,满城风絮,梅子黄时雨。"(宋·贺铸《青玉案·横塘路》)"流莺"二句,隐喻当时世道的邪恶。

【注释】

①"凤楼"句:借用萧史之事。详见本书瞿祐《贺新郎·风露非人世》注①。

②"鸳锦"句:指晋时窦滔妻苏氏之事。详见本书杨基《多丽·问莺花》注⑧。

③丝雨:毛毛细雨。

烛影摇红

寓 怨

辜负天工①,九重自有春如海②。佳期一梦断人肠,静倚银钉待③。隔浦红兰堪采,上扁舟、伤心欸乃④。梨花带雨,柳絮迎风,一番愁债。　　回首当年,绮楼画阁生光彩。朝弹瑶瑟夜银筝,歌舞人潇洒。一自市朝更改⑤,暗销魂、繁华难再。金钗十二⑥,珠履三千⑦,凄凉千载。

【说明】

词的上片写思妇伤春怀人的情景,下片写思妇对往昔欢乐繁华的追忆。作者国破家亡的哀痛寄寓其中。况周颐评此词说:"声哀以思,与《莲社词》'双阙中天'阕托旨略同。"(《蕙风词话》卷五)宋代张抡所著《莲社词》中有《烛影摇红·双阙中天》一首。其中有"驰隙流年,恍如一瞬星霜换。今宵谁念泣孤臣,回首长安远"等句。

【注释】

①天工:自然形成的工巧。对人工而言。

②九重:指天。

③银钲(gāng)：银灯。北宋·晏几道《鹧鸪天》词："今宵剩把银钲照，犹恐相逢是梦中。"

④欸乃：行船摇橹声。亦指船歌、渔歌。唐·元结《欸乃曲五首·序》："作《欸乃五首》，令舟子唱之，盖以取适于道路耳。"

⑤市朝：指交易场所和官府治事的地方。此处代指朝代。

⑥金钗十二：指一人戴十二钗。亦指富人姬妾或歌舞妓甚多。唐·白居易《酬思黯戏赠同用狂字》："钟乳三千两，金钗十二行。"

⑦珠履三千：《史记·春申君列传》："春申君客三千馀人，其上客皆蹑珠履。"珠履，缀珠的鞋。

满 江 红

　　无限伤心，吊亡国、云山故道①。蓦蓦地②，杜鹃啼罢，棠梨开早。愁随花絮飞来也，四山锁尽愁难扫。叹年年、春色倍还人，谁年少？
　　梨花雪③，丝风晓；柳枝雨，笼烟袅。禁三千白发④，镜华虚照。锦袖朱颜人似玉，也应同向金樽老。想当时、罗绮少年场，生春草。

【说明】

　　词牌《满江红》又称《念良游》《伤春曲》，双调，九十三字，音节高亢，感情激越，适于抒发激昂悲壮之情。作者用此词牌写景抒情，亡国之痛、人生之叹寄寓其中。清·沈雄《柳塘词话》云："(夏完淳词)慷慨淋漓，不须易水悲歌，一时凄感，闻者不能为怀。"

【注释】

　　①云山：此指山高路远。唐·张祜《胡渭州》诗："乡国不知何处是，云山漫漫使人愁。"

　　②蓦蓦地：犹蓦地，忽然。

　　③梨花雪：指梨花洁白如雪。金·史肃《偶书》诗："东风数点梨花雪，吹我伤春万里心。"

　　④三千白发：系化用李白《秋浦歌》中"白发三千丈，缘愁似个长"的诗句。

顾贞立

顾贞立(女,生卒年不详),原名文婉,字碧汾,自号避秦人。明末无锡(今属江苏)人。系顾贞观之姐,同邑侯晋之妻。工诗词。与女词人王朗常相唱和。著有《栖香阁词》。

虞 美 人

暗伤亡国偷弹泪,此夜如何睡?月明何处断人肠?最是依然歌舞宴昭阳①。　几年尝遍愁滋味,难觅无愁地。欲笺心事寄嫦娥②,为问肯容同住广寒么③?

【说明】

词以朴素晓畅的语言道出了暗中弹泪、哀愁深重的亡国之痛和当时社会动荡不安及统治者淫靡腐败的情景。"欲笺心事寄嫦娥"二句,写对安定美好生活的向往,用语新奇传神。

【注释】

①昭阳:宫殿名。汉成帝时赵飞燕所居之处。后多代指皇后之宫。

②笺(jiān):小幅精美的纸张,用以题诗或写信等。

③广寒:即广寒宫。见本书沈永启《玉楼春·广寒宫闭阴风裂》注②。

满 江 红

楚黄署中闻警①

仆本恨人②,那禁得、悲哉秋气③! 恰又是、将归送别,登山临水。一派角声烟霭外④,数行雁字波光里⑤。试凭高、觅取旧妆楼,谁同倚?　乡梦远,书迢递。人半载,辞家矣。叹吴头楚尾⑥,倏然孤寄⑦。江上空怜商女曲⑧,闺中漫洒神州泪⑨。算缟綦⑩、何必让男儿,天应忌。

【说明】

此为作者寓居江西时的词作。萧瑟之秋,登临送别,在烟雾角声、波光飞雁的苍茫之中,他乡游子怀国思乡,怆然泪下。"江上空怜商女曲,闺中漫洒神州泪"二句对比鲜明,是对那些终日纵情声色而不知亡国恨的须眉男子的极大嘲讽。意境悲愤凄凉,语带风云,气含骚雅,毫无脂粉之气。

【注释】

①黄:古地名。今江西弋阳,属楚地。　署中:即官府中。

②仆:古时人对自身的谦称。　恨人:失志含恨的人。南朝梁·江淹《恨赋》:"仆本恨人,心惊不已。"

③悲哉秋气:出自战国楚·宋玉《九辩》"悲哉!秋之为气也"之句。

④角:古乐器名。多用作军号。《北史·齐安德王延宗传》:"周武帝乃驻马,鸣角收兵。"

⑤雁字:见本书夏允彝《千秋岁引·泽国微茫》注⑤。

⑥吴头楚尾:江西的别称。江西北部春秋时为吴、楚两国交界之处,如首尾相接,故称吴头楚尾。

⑦翛(xiāo)然:无拘无束的样子。　寄:寄居。

⑧商女:歌女。唐·杜牧《泊秦淮》诗:"商女不知亡国恨,隔江犹唱《后庭花》。"

⑨神州:中国的别称。

⑩缟綦:此处指白色和青黑色的服装,以表亡国的哀痛。缟,白色。綦,青黑色。《诗经·郑风·出其东门》:"缟衣綦巾,聊乐我员。"

百 字 令

文窗潇洒①,青梅小、正是牡丹时节。珠箔低垂微雨过②,险韵词成新阕③。轻拂乌阑④,横陈绿绮⑤,燕子香泥湿。朱樱初熟⑥,炉香茗碗清绝⑦。　消受几日韶华⑧,几番风雨,杜宇声声泣⑨。门外絮飞花落尽,春去谁能留得?绿叶成阴,荷钱渐长⑩,多少闲踪迹。两眉馀恨,至今犹是堆积。

【说明】

　　词调《百字令》,即《念奴娇》。这首词为惜春抒情之作。上片写青梅含翠、牡丹争艳、雏燕低飞、朱樱初熟的春光媚景,及填词赋诗、抚琴品茶的风雅生活;下片写风雨潇潇、杜鹃声声、絮飞花落、绿浓荷长的暮春景象。"两眉馀恨,至今犹是堆积",叹年华易逝,春光难驻。意境清幽秀美,哀婉惆怅。

【注释】

　　①文:同"纹",花纹。　　潇洒:清雅脱俗。唐·李白《王右军》诗:"右军本清真,潇洒在风尘。"

　　②珠箔:珠帘。见本书马洪《满庭芳·春老园林》注③。

　　③险韵:以生僻难押的字为诗韵,称险韵。

　　④乌阑:乌木制成的琴床。

　　⑤绿绮:琴名。晋·傅玄《琴赋·序》:"司马相如有琴曰绿绮。"

　　⑥朱樱:樱桃成熟时为深红色,故称朱樱。

　　⑦茗碗:即茶碗。

　　⑧韶华:春光。亦指人的青春。唐·戴叔伦《暮春感怀》诗:"东皇去后韶华尽,老圃寒香别有秋。"

　　⑨杜宇:鸟名,亦称杜鹃。见本书杨基《夏初临·瘦绿添肥》注⑨。

　　⑩荷钱:初生的荷叶形似小钱,故称荷钱。

吴妠

吴妠(女,生卒年不详),字华生,又字凝真,号冰蟾子。明末江南华亭(今上海市松江区)人。系曹焜之妻。善诗词,工绘画。著有《忘忧草》《采石篇》《风兰独啸》等。

满 江 红

雨抹荷池①,添艳了、闹红稠绿②。更带着,牵鱼藻鉴③,浮波凫玉④。榴朵辞枝焚碧藓⑤,蝉声送远翻新曲。向幽轩⑥,一枕梦惊回,风敲竹。　　丝雨霁,轻凉足;残照短,纤红续⑦。渐云遮渡口,烟粘山麓。凉月照人心似水,此身拟向清虚蹴⑧。记广寒庭畔素衣中⑨,曾相熟。

【说明】

暑夏之时,作者触景生情,流于笔端。词的上片写白昼之景:荷花吐艳,榴花辞枝,鱼游池中,鸭浮水上,蝉鸣枝头;下片写月夜之景:细雨初晴,云烟弥漫,红烛再续,明月悬空。典型景物相互辉映,构成了一幅清新自然、高雅绝俗、美如仙境的画图。

【注释】

①抹:扫,过。

②闹:繁茂。　稠:多,密。

③藻:水草。　鉴:指清澈、水平如镜的湖面。

④凫:野鸭。　玉:此处意谓洁白。

⑤"榴朵"句:意谓落在绿苔中的红色榴花就像燃烧的火焰。焚:烧。

⑥幽轩:幽静深邃的居室。轩,较小的居室。

⑦纤红续:此指黄昏日落后点燃红烛,以续光明。

⑧清虚:亦作清虚府、清虚殿,即月宫。唐·谭用之《江边秋夕》诗:"七色花虬一声鹤,几时乘兴上清虚。"　蹴:践踏。此指行走。

⑨广寒庭:即月宫。　素衣:借指仙女。

曹元方

曹元方,生卒年及生平事迹皆不详。

汉 宫 春

寓 剑 津①

架屋如巢,依槎牙古树②,四面旌幡③。乡山迢递④,依稀遮断云寒。灯前儿女,料此时、洒泣春园。雨霏微、淡黄杨柳,消受皓月孤烟。　　家在绿云天半,惜风衣雨饭,行客无闲⑤。不觉老来头上,对镜苍颜。郁葱佳气,问中原,何日蹁跹⑥? 弹清泪,拭眼遐望,羡煞塞雁先还。

【说明】

明末战乱之际,作者客居剑津(今福建省南平市)。月夜独处,辗转难眠,想象家人思念自己的情景,"灯前儿女,料此时、洒泣春园"。南明时,清军南下,中原失守,百姓妻离子散,流落他乡。"问中原,何日蹁跹"二句,写出了人们企盼早日返回故乡、安居乐业的美好心愿。

【注释】

①寓:寄居。　剑津:地名。即今福建省南平市。宋代称南剑州,明初改称延平府。

②槎牙:树木枝干错杂歧出的样子。

③旌幡:长条形的旗帜。旌,旗的总称。幡,长幅下垂的旗。唐·雍陶《赠金河戍客》诗:"戍远旌幡少,年深帐幕低。"

④迢递:遥远的样子。唐·孟浩然《赴京途中遇雪》诗:"迢递秦京道,苍茫岁暮天。"

⑤无闲:没有空闲。

⑥蹁跹:旋转的舞姿。此处意指轻松欢快地返回(中原)。

陈恭尹

陈恭尹（1631—1700），字元孝，号独漉山人，又号罗浮布衣。顺德（今属广东）人。其父陈邦彦抗清失败后殉难，他当时方十馀岁，及长，遂隐居，终生不仕清。工诗文词，其诗词清迥拔俗，兼善书法。与屈大均、梁佩兰齐名，并称"岭南三大家"。著有《独漉堂集》。

白　苎

送王础尘之惠州①

未曾行，算归日，征途匪远。胸怀弗恶，只是颠毛堪叹②。记从前、几番沉醉别江岸。精悍。目如星，鬘似漆，雄姿顾盼。天公多事，都把冰霜暗换③。去来间、百年屈指过多半。　何时始旦？平生热泪，向云霄一洒，作天花散。洞号朱明④，井有丹砂⑤，仙迹堪按⑥。且待秋风，与子登归看⑦。

【说明】

南朝梁·江淹《别赋》云："黯然销魂者，唯别而已矣！"作者晚年送友前往惠州（今属广东），忆昔伤今，当年"目如星，鬘似漆，雄姿顾盼"；而今却年过半百，鬓发如霜。人生易老，青春难再，使人怆然。"平生热泪"三句，写故国之思。结句"且待秋风，与子登归看"，意境清凉，但毫无儿女情态。

【注释】

①王础尘：生平事迹不详。　之：往。
②颠毛：头顶的头发。
③冰霜：喻鬓发变白，宛如霜雪。
④朱明：道家书载有十大洞天。广东罗浮山洞，称为朱明辉真之洞天。此句语义双关，兼有怀念朱明王朝之意。

⑤丹砂：硃砂。晋·葛洪《抱朴子·内篇·金丹》："凡草木烧之即烬，而丹砂烧之成水银，积变又还成丹砂，其去凡草木亦远矣，故能令人长生。"另，丹砂又称硃砂，色赤红，故其中又隐含前朝国姓"朱"，亦隐寓怀念朱明王朝之意在焉。

⑥按：止住，犹居住、驻留。《史记·卫将军骠骑列传》："遂西定河南地，按榆谿旧塞。"

⑦子登：当为王础尘的字。